诺贝尔文学奖得主
莫言演讲全编

THE
STORYTELLER

莫 言
演讲集
· 1 ·

讲故事的人

莫言

2012年4月,在北京

2012年12月,与上届诺贝尔文学奖得主特朗斯特罗默(坐轮椅者)合影

2012年12月,在斯德哥尔摩诺贝尔博物馆

2014年9月，保加利亚索菲亚大学荣誉博士学位授予仪式

2014年9月，法国Aix-Marseille大学荣誉博士学位授予仪式

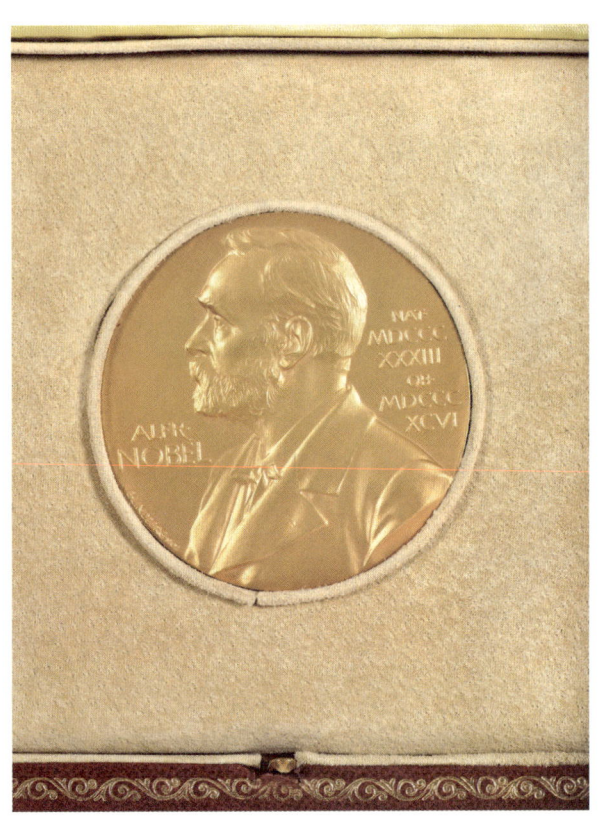

2012年诺贝尔文学奖奖章

2012年诺贝尔文学奖证书

诺贝尔文学奖受奖演说：
讲故事的人
莫言

尊敬的瑞典学院各位院士，女士们、先生们：

通过电视或者网络，我想在座的各位，对遥远的高密东北乡，已经有了或多或少的了解。你们也许看到了我的九十岁的老父亲，看到了我的哥哥姐姐，我的妻子女儿和我的一岁零四个月的外孙女。但有一个我此刻最想念的人，我的母亲，你们永远无法看到了。我获奖后，很多人分享了我的光荣，但我的母亲却无法分享了。

我母亲生于1922年，卒于1994年。她的骨灰，埋葬在村庄东边的桃园里。去年，一条铁路要从那儿穿过，我们不得不将她的坟墓迁移到距离村子更远的地方。挖开坟墓后，我们看到，棺木已经腐朽，母亲的骨殖，已经与泥土混为一体。我们只好象征性地挖起一些泥土，移到新的墓穴里。也就是从那一时刻起，我感到，我的母亲是大地的一部分，我站在大地上的诉

这是瑞典演讲的写作。乡下小区上。

莫言 2018年

《讲故事的人》手稿

目 录

第一辑

3　作家一辈子干的一件事
　　　——在京都大学的演讲

8　神秘的日本与我的文学历程
　　　——在日本驹泽大学的即席演讲

20　饥饿和孤独是我创作的财富
　　　——在斯坦福大学的演讲

28　福克纳大叔,你好吗
　　　——在加州大学伯克莱校区的演讲

35 我在美国出版的三本书
　　——在科罗拉多大学博尔德校区的演讲

42 我的《丰乳肥臀》
　　——在哥伦比亚大学的演讲

49 《檀香刑》是一个巨大的寓言
　　——在京都大学会馆的演讲

55 小说与社会生活
　　——在京都大学会馆的演讲

63 生死疲劳不是梦
　　——香港浸会大学"红楼梦文学奖"得奖感言

66 韩国万海文学奖获奖感言

68 关于《蛙》的京都演讲

73 第八届茅盾文学奖获奖感言

第二辑

77 在法兰克福"感知中国"论坛上的演讲

84 文学是世界的
　　——在法兰克福书展开幕式上的演讲

90 从学习蒲松龄谈起
　　——体味五光十色、百味杂陈的写作人生

97 一个令人无法言说的时代
　　——在解放军艺术学院文学系的演讲

142	美国文学对中国文学以及我个人的影响
	——在第二届中美文化论坛上的发言之一
150	美国文学对中国文学的影响
	——在第二届中美文化论坛上的发言之二
155	我为什么写作
	——在绍兴文理学院的演讲
200	文学与我们所处的时代
	——在解放军艺术学院的演讲
215	想象的炮弹飞向何方
	——在复旦大学创意写作班上的演讲

第三辑

247	在中国驻瑞典大使馆的讲话
250	讲故事的人
	——在瑞典学院的诺贝尔文学奖受奖演讲
263	在华人工商联欢迎午宴上的讲话
265	一堂特别的中国课
272	诺贝尔奖晚宴致辞
	——现场演讲
275	两个故事
	——在瑞典笔会的演讲
281	我的文学创作道路

295 我小说中的人物及原型
　　——在美国哥伦比亚大学的演讲

307 幻觉现实主义与中国当代文学
　　——在香港公开大学的演讲

318 领受香港中文大学荣誉博士致辞

320 首届汪曾祺华语小说奖获奖感言

323 在法国艾克斯马赛大学接受荣誉博士答谢辞

第一辑

作家一辈子干的一件事

——在京都大学的演讲

时间：1999 年 10 月 23 日下午
地点：日本京都

我能够在这里对你们演讲，是因为我写过一些小说，是因为日本的汉学家吉田富夫先生、藤井省三先生和其他的几位先生把我的一些小说翻译成了日文。我的小说能被吉田富夫先生、藤井省三先生和其他的先生慧眼看中是我的幸运；我能够踏上日本美丽的国土并对你们演讲是我的荣耀。而今天的幸运和荣耀，是我二十年前开始写作时做梦也想象不到的。

二十年前，当我拿起笔创作第一篇小说时，还是一个刚从我的故乡高密东北乡的高粱地里钻出来的农民，用中国的城里人嘲笑乡下人的说法，是"脑袋上顶着高粱花子"。我开始文学创作的最初动机非常简单，就是想赚一点稿费买一双闪闪发亮的皮鞋，满足一下虚荣心。当然，在我买上了皮鞋之后，我的野心便随之膨胀了。那时的我又想买一只上海造的手表，戴在手腕上，回乡去向我的乡亲们炫耀。

那时我还在一个军营里站岗,在那些漫漫长夜里,我沉浸在想象的甜蜜当中。我想象着穿着皮鞋戴着手表在故乡的大街上走来走去的情景,我想象着村子里的姑娘们投到我身上的充满爱意的目光。我经常被自己的想象激动得热泪盈眶,以至于忘了换岗的时间。但可悲的是,最终我也没能用稿费换来手表,我戴的第一块手表还是我的父亲卖了一头牛帮我买的;更可悲的是,当我穿着皮鞋戴着手表在大街上走来走去时,也没有一个姑娘把目光投到我的身上,只有一些老太太用鄙夷的目光打量着我。

在我刚开始创作时,中国的当代文学正处在所谓的"伤痕文学"后期,几乎所有的作品,都在控诉"文化大革命"的罪恶。这时的中国文学,还负载着很多政治任务,并没有取得独立的品格。我模仿着当时流行的作品,写了一些今天看起来应该烧掉的作品。只有当我意识到文学必须摆脱为政治服务的魔影时,我才写出了比较完全意义上的文学作品。这时,已是八十年代的中期了。我的觉悟,得之于阅读:那是十五年前冬天里的一个深夜,当我从川端康成的《雪国》里读到"一只黑色的秋田狗蹲在那里的一块踏石上,久久地舔着热水"这样一个句子时,一幅生动的画面栩栩如生地出现在我的眼前,我感到像被心仪已久的姑娘抚摸了一下似的,激动不安,兴奋无比。我明白了什么是小说,我知道了我应该写什么,也知道了应该怎样写。在此之前,我一直在为写什么和怎样写发愁,既找不到适合自己的故事,更发不出自己的声音。川端康成小说中的这样一句话,如同暗夜中的灯塔,照亮了我前进的道路。

当时我已经顾不上把《雪国》读完,放下他的书,我就抓起了自己的笔,写出了这样的句子:"高密东北乡原产白色温驯的大狗,绵延数代之后,很难再见一匹纯种。"这是在我的小说中第一次出现"高密东北乡"这个字眼,也是在我的小说中第一次出现关于"纯种"的概念。这篇小说就是后来赢得过"台湾联合文学奖"并被翻译成多种外文的《白狗秋千架》。从此之后,我高高地举起了"高密东北乡"这面大旗,就像一个草莽英雄一样,开始了招兵买马、创建王国的工作。

在举起"高密东北乡"这杆大旗之前,或者说在读到川端康成先生的"舔着热水的秋田狗"之前,我一直找不到创作的素材。我遵循着教科书里的教导,到农村、工厂里去体验生活,但归来后还是感到没有什么东西好写。川端康成的秋田狗唤醒了我:原来狗也可以进入文学,原来热水也可以进入文学!从此之后,我再也不必为找不到小说素材而发愁了。从此之后,当我写着一篇小说的时候,新的小说就像急着回家下蛋的母鸡一样,在我的身后咕咕乱叫。过去是我写小说,现在是小说写我,我成了小说的奴隶。

当然,每一个作家都必然地生活在一定的社会政治环境中,要想写出完全与政治无关的作品也是不可能的。但好的作家,总是千方百计地使自己的作品具有更加广泛和普遍的意义,总是使自己的作品能被更多的人接受和理解。好的作家虽然写的很可能只是他的故乡那块巴掌大小的地方,很可能只是那块巴掌大小的地方上的人和事,但由于他动笔之前就意识到了那块巴掌大的地方是世界的一个不可缺少的组成部分,那块巴掌大的地方上发生的事情是世界历史的一个片段,所以,他的作品就具有了走向世界、被全部人类理解和接受的可能性。这是美国作家福克纳给我的启示,也是日本作家水上勉、三岛由纪夫、大江健三郎给我的启示。当然,没有他们,我也会这样写;没有他们,我也会走上这条道路。但他们的创作实践为我提供了有用的经验,使我少走了许多弯路。

1985年,我写出了《透明的红萝卜》《爆炸》《枯河》等一批小说,在文坛上获得了广泛的名声。1986 年,我写出了《红高粱家族》,确立了在文坛的地位。1987 年,我写了《欢乐》和《红蝗》,这两部中篇小说引起了激烈的争论,连许多一直吹捧我的评论家也不喜欢我了,我知道他们被我吓坏了。接下来的两年内,我创作了长篇小说《天堂蒜薹之歌》和《十三步》。《天堂蒜薹之歌》是根据一个真实的事件而写,那里的贪官污吏扬言要打断我的腿。《十三步》是一部复杂的作品,去年我在法国巴黎的一所大学演讲,一个法国读者对我说,她用了五种颜色的笔做着记号,才把这本书读懂。我告诉她,如果让我重读《十三步》,需要用六种颜色的笔做记号。1989 年,我写出了已被藤井省三先生翻译成日文的《酒国》,这部长篇,在中国几乎无人知道,但我认为它是我迄今为止最完美的长篇,我为它感到骄傲。接下来的几年里,我写作了大量的中短篇小说,在创作这些中短篇小说时,我的心一直不得安宁,因为有一个巨大的题材在召唤着我,这个题材,就是被吉田富夫教授翻译成日文的《丰乳肥臀》,这部书给我带来了很多麻烦,当然也给我带来了新的声誉。如果把《酒国》和《丰乳肥臀》进行比较,那么,《酒国》是我的美丽刁蛮的情人,而《丰乳肥臀》则是我的宽厚沉稳的祖母。

  我曾经被中国的文学评论家贴上了许多的文学标签,他们时而说我是"新感觉派",时而说我是"寻根派",时而又把我划到"先锋派"的阵营里。对此我既不反对也不赞同。作家关心的只是自己的创作,他甚至不去关心读者对自己作品的看法。他关心的只是自己作品中人物的命运,因为这是他创造的比他自己更为重要的生命,与他血肉相连。一个作家一辈子其实只能干一件事:把自己的血肉,连同自己的灵魂,转移到自己的作品中去。

  一个作家一辈子可能写出几十本书,可能塑造出几百个人物,但几十本书只不过是一本书的种种翻版,几百个人物只不过是一个人物的种种化身。这几十本书合成的一本书就是作家的自传,这几百个人物合成的一个人物就是作家的自我。

如果硬要我从自己的书里抽出一个这样的人物,那么,这个人物就是我在《透明的红萝卜》里写的那个没有姓名的黑孩子。这个黑孩子虽然具有说话的能力,但他很少说话,他感到说话对他是一种沉重的负担。这个黑孩子能够忍受常人不能忍受的苦难,他在滴水成冰的严寒天气里,只穿一条短裤,光着脊背,赤着双脚;他能够将烧红的钢铁攥在手里;他能够对自己身上的伤口熟视无睹。他具有幻想的能力,能够看到别人看不到的奇异而美丽的事物;他能够听到别人听不到的声音,譬如他能听到头发落到地上发出的声音;他能嗅到别人嗅不到的气味;当然,他也像《丰乳肥臀》中的上官金童一样迷恋着女人的乳房……正因为他具有了这些非同寻常之处,所以他感受到的世界就是在常人看来显得既奇特又新鲜的世界。所以他就用自己的眼睛开拓了人类的视野,所以他用自己的体验丰富了人类的体验,所以他既是我又超出了我,他既是人又超越了人。在科技如此发达、复制生活如此方便的今天,这种似是而非的超越,正是文学存在着、并可能继续存在下去的理由。

黑孩子是一个精灵,他与我一起成长,并伴随着我走遍天下,他是我的保护神。现在,他就站在我的身后,如果男士们看不到他,女士们一定看到了,因为无论多么奇特的孩子,都有自己的母亲。

神秘的日本与我的文学历程
——在日本驹泽大学的即席演讲

时间：1999年10月28日下午
地点：日本东京

梶井基次郎的柠檬

我是第一次踏上日本的国土，尽管在此之前，在我的小说里，已经有了很多关于日本的山川河流、风土人情的描写。那是完全的想象，闭门造车。来到日本后，发现我的想象与真实的日本大相径庭。我小说中的日本，是一个文学的日本，这个日本不在地球上。

这次短暂的日本之旅，可以说是一次文学之旅，更可以说是一次神秘之旅。

前天我们到达伊豆半岛中央那个有很多温泉和旅馆的地方时，正是黄昏时刻。暮色苍茫，深不可测的猫越川里水声喧哗，狭窄的道路两旁生长着许多湿漉漉的大树和攀缘植物，我感觉到那里边活动着很多神秘的精灵。驹泽大学的釜屋修先生首先带我来到了汤本馆——这是当年川端康成写作《伊豆舞女》时居住的地方,一个小小的旅馆。釜屋修先生不知用什么样的花言巧语说服了那个看门的老太太,使她允许我参观川端康成居住过的房间。我坐在通往那个著名的房间的楼梯上照了一张相,然后还坐在川端康成坐过的垫子上照了一张相,想从那上边沾染一点灵气。我知道楼梯是真的,但坐垫肯定是假的。这是一个小小的但是十分雅致的房间,与川端康成的气质十分的相似,我感到这个房间好像是为他特意布置的。

从汤本馆出来,走过一段弯曲而晦暗的山路,就到了梶井基次郎写作《柠檬》时居住的小旅馆。梶井是一个少年天才,写完了《柠檬》不久就吐血而死。据釜屋修先生说,《柠檬》是一部才华横溢的作品,可惜至今还没有中文译本,而大多数的日本人也不知道有这样一个作家曾经写过这样一部作品。釜屋修先生说,在七十多年前,这个地方还没有电,也不通车,人烟稀少,冷僻荒凉。每天晚上,梶井都顶着满天的星光或是月光,沿着曲折的山路,到汤本馆去,与川端康成谈论文学,谈到深夜,一个人再走回来。我想知道川端康成会不会送送这个面色苍白的青年呢。在深夜的星光闪烁的曲曲折折的山路上,行走着一老一少两个文学的精灵。釜屋修先生说他不知道,文献上也没有记载。但我心中固执地认为一定有过这种情景,这是一种感人至深的情景。釜屋修先生说,梶井死后,为了纪念他,日本的作家们就设了一个柠檬节,在每年的梶井忌日召开,到时会有很多日本作家从各地赶来参加。但现在这个节好像日渐衰微,人们已经忘记了梶井,也忘记了他的《柠檬》,当然也就不会有多少人远路风尘地来参加这个柠檬节了。

出了梶井的旅馆,沿着陡峭的小路,爬上山包,釜屋修先生带我去看梶井的坟墓。在山包上,还能看到一缕血红的霞光照耀着孤零零的墓和墓前紫色的石碑。石碑的顶端,有一个金黄的东西在闪闪发光。是一颗柠檬。釜屋修先生惊奇地说:这个季节哪里来的柠檬呢?而我在想:是什么人赶在我来之前放上了这颗柠檬呢?

川端康成的幽灵

当天夜里,我们下榻在距离汤本馆不远的绿色天城旅馆。这家旅馆的规模比汤本馆大一点,现代化的气息浓一些,但旅客寥寥,似乎只有我们几个人。晚饭之后,各回寝室,熄灯就寝。隔着窗户,听到猫越川里的流水声愈加响亮。几分寒意、几分怯意伴随着我进入梦乡。深夜起来解手时(这家饭店的房间里没有卫生间),我拉开门,一阵凉风扑面而来,风里似乎还有一股浓烈的脂粉香气。我的心中不由得一阵紧张,似乎是害怕,但更像是兴奋。当我穿越长长的走廊走向卫生间时,听到在身后的楼梯上,响起了一阵清脆的木屐声。我驻足等待,望着那楼梯的出口,希望能看到一个像白莲花一样不胜凉风娇羞的日本美人从那里出来。但没有人出来,木屐声也消逝了,只有猫越川里的流水在响亮着,好像那木屐声从来就没有出现过,出现的只是我的幻觉。我带着几分遗憾进入卫生间。卫生间里有不少的间隔。我推门进去时,就听到抽水马桶哗哗地一阵响。如果说刚才从楼梯口传来的木屐声是我的幻觉,那这次,马桶的响亮水声,绝对是真实的。听,那排过水之后的抽水声还在继续着。这说明卫生间里有一个起夜者,他很快就要走出来的。但一直等我离开卫生间时,也没有人从那个水声响亮过的间隔里走出来。当我冒着冒犯别人的危险拉开那个间隔的门时,结果你们应该猜到了,里边什么人都没有。回到房间后我再也没有睡着,一直侧耳听着外边的动静,但除了川里的水声,再无别的声响。后来,临近天亮时,从很远的地方,竟然传来了几声公鸡的啼叫。这又是一种让我感慨万端的声音。我已经有多少年没有听到公鸡的叫声了,我一辈子从来也没有在这样的环境里,在这样幽静的、神秘的凌晨听到从遥远的仿佛隔了几百个岁月的地方传来的公鸡的叫声。我想起了"鸡声茅店月,人迹板桥霜"的意境,想起了偷鸡的时迁、给顾客烧汤的店小二,想起了刺配沧州的林冲。在那个时代里,鸡是人家的报晓钟,洗脚水不叫洗脚水,叫"汤",洗澡水肯定也叫"汤",川端康成先生住过的那家旅馆不就叫汤本馆吗?我住的旅馆的底层有一个非常不错的温泉澡堂,头天晚上我们几个人一起去泡过。里边蒸汽缭绕,汤从石缝里咕嘟咕嘟地冒出来,澡堂里充溢着一股浓烈的硫黄气味。反正已经睡不着了,天亮后就要告别伊豆,当然也就告别了可爱的温泉,何不再去泡它一汤呢?

我一个人下楼进了澡堂,因为没有人,我连温泉和更衣室之间的推拉门也没关。我躺在热水里,迷迷糊糊地想着夜里发生的事情,这时候,面前的推拉门无声无息地合上了。我以为是旅馆的工作人员帮我拉上了门,但门是无声无息、缓缓地合上的,根本就没有人。我回去和同来的朋友说起这件奇遇,他们不相信。他们说可能是电动的感应门,但下去考察之后,发现根本不是什么电动门,而且显然是很少关过,用手推着都有些费劲,并且发出咯咯吱吱的响声。接着,我们去吃早饭,吃饭时又说起这件事,朋友们还是不信,以为我是在装神弄鬼,但正在这时,摆放在我面前的一双联结在一起的一次性木筷子"啪"的一声裂开了。这件事就发生在大家的眼皮底下,但他们还是不愿意相信。

我愿意相信,从夜里到早晨发生的这些事情,如果不是川端康成先生在显灵,就是那个小舞女熏子(《伊豆舞女》中的女主角)在显灵。

井上靖的雪虫

昨天上午,釜屋修先生带着我们参观了井上靖的故居,还有他就读过的小学校。在学校后边的操场边上,立着一块井上靖亲笔题写的诗碑。词儿自然是精彩,但可惜我把它们忘记了。学校前边的水池边上有一组雕塑。左侧是一个大脑袋的小男孩,身上背着一个包袱,手里举着一片枫叶,脸仰着,似乎是在追赶他的雪虫(井上靖有一篇著名的小说,题目就叫《雪虫》)。据釜屋修先生说,这是一种非常美丽的虫子,每当深秋枫叶红了的季节,在黄昏的时候,就会出来飞舞,像纷纷飘扬的雪片。后来在伊豆的"森林·文学"博物馆里,我见到了雪虫的标本,那是一种透明的小飞虫,果然十分美丽。据说井上靖少年时期,放学回家的路上,就追赶着飞舞的雪虫奔跑,他的《雪虫》写的就是童年时期的一段生活。在男孩雕像的右侧,塑着一个老奶奶,这或者是井上靖的母亲,或者是他的奶奶。她坐着,举起一只手,既像召唤孩子回家,又像鼓励孩子远行。这组雕像让我十分感动,我感到仿佛回到了自己的少年时期,仿佛看到了少年的井上靖在放学回家的路上,手持枫叶追赶雪虫的情景。

回到东京的晚上,釜屋修先生打电话到旅馆,告诉我他也有一个神奇的遭遇:他回家打开报纸,一眼就看到了一篇关于伊豆半岛的雪虫的文章,而且还配着一张照片。文章里说,这种神奇的小飞虫,几十年前在秋天的黄昏时漫天飞舞,但现在已经绝迹了。至此,我的脑子里已经有了三篇小说的题目:第一篇是《梶井基次郎的柠檬》,第二篇是《川端康成的幽灵》,第三篇是《井上靖的雪虫》。

东京街头的狐狸姑娘

昨天晚上到了繁华喧闹的东京,我在伊豆半岛酝酿出的文学灵感就逃逸了三分之一。晚上到了新宿的街头一看,那种伊豆式的优雅文学灵感就只剩下十分之一了。因为大街上活动着许多狐狸一样的姑娘。她们染着五颜六色的头发,穿着比京剧演员的朝靴还要底厚的鞋子,脸上沾着许多小星星,嘴唇涂成银灰色。她们脸上的星星和她们的嘴唇在电灯照耀下闪闪发光。她们脸上的表情和她们的动作行为都让我联想到狐狸。这时,跑掉的小说灵感又回来了,当然这已经不是伊豆式的灵感,而是东京式的灵感。我的第四篇小说的题目也有了:《东京街头的狐狸姑娘》。

在东京除发现许多狐狸姑娘之外,我还在大学的门前发现了一群乌鸦青年。他们都穿着漆黑的衣服,头上戴着明檐的黑色帽子。他们在大街上游行时,我还没把他们和乌鸦联系在一起,只是当他们游行完毕,当一个新生为他们的学长、也是校旗的旗手卸下身上的皮带时——那个新生在为学长卸皮带前后都要连连鞠躬、哇哇怪叫——我突然地感到,他们与乌鸦是那样地相似。不但嘴里发出的声音像,连神态打扮都像。我想《大学门前的乌鸦少年》应该成为我的第五篇小说题目。

我发现好像日本的年轻人都在马路上玩耍,女的变成了狐狸,男的变成了乌鸦,而日本的老人却在努力地工作。高速公路上收费的是老年人,维修道路的也是老年人;开出租车的是老年人,收垃圾的也是老年人,研究中国文学的更是老年人。我想这也许是日本的一种崭新的人生哲学:年轻时就拼命玩,玩不动了就开始工作。

废话说得太多了，下面我想应该谈谈严肃的文学问题了。

昨天中午我与釜屋修先生和毛丹青同志一起穿越那条因为被川端康成在小说里描写过而著了名的天城隧道时，正好与沼津中学的一群女孩子同行。穿越隧道时大家都不约而同地发出了尖叫，使出吃奶的力气发出各式各样的尖叫。其中一个女生的尖叫持续了足有三分钟。她的尖叫大致可以分为三节，前边是兴奋地尖叫，中间是忧伤地尖叫，结尾是疯狂地尖叫。一声尖叫可以分成三段，包含了三个深刻的人生的主题。现在我的第六篇小说的题目又产生了：《女中学生的尖叫》。

其实在穿越隧道的时候，我想得最多的还是川端康成的《伊豆舞女》。我这次去伊豆之前有一个美丽的梦想，那就是希望能在那里遇到一个像熏子一样美丽动人、情窦初开的艺伎，但我跟熏子的幽灵擦肩而过，却跟一群与熏子年龄相仿的女中学生结伴而行。隧道还是那条隧道，姑娘还是那样年轻的姑娘，但生活已经发生了翻天覆地的变化。

牵过一条川端康成的狗

八十年代中期的一天，我从川端康成的小说《雪国》里读到了这样一个句子："一只黑色壮硕的秋田狗，站在河边的一块踏石上舔着热水。"我感到眼前出现了一幅鲜明的画面，仿佛能够感受到水的热气和狗的气息。我想，原来狗也可以堂而皇之地写进小说，原来连河里的热水与水边的踏石都可以成为小说的材料啊！

我的小说《白狗秋千架》的第一句就是："高密东北乡原产白色温驯的大狗，绵延数代之后，很难再见一匹纯种。"这是我的小说中第一次出现"高密东北乡"的字眼，也是第一次提到关于"纯种"的概念。从此之后,一发而不可收,我的小说就多数以"高密东北乡"为背景了。那里是我的故乡,是我生活了二十年、度过了我的全部青少年时期的地方。自从我写出了《白狗秋千架》之后,就仿佛打开了一扇闸门。过去我感到没有什么东西可写,但现在我感到要写的东西源源不断地奔涌而来。我写一篇小说的时候,另一篇小说的构思就冒了出来。常常有这样的情况:一篇小说还没写完,几篇新的小说就构思好了等待着我去写它们了。1984年至1987年这几年中,我写出了大约一百万字的小说。这一时期的作品,有许多个人的亲身经历,小说中的不少人物都有真实的原型。

用想象扩展"故乡"

我的成名作《透明的红萝卜》就写了我个人的一段亲身经历。当时,我在一个离家不远的桥梁工地上给一个铁匠拉风箱,白天打铁,晚上就睡在桥洞子里。桥洞子外边就是一片生产队的黄麻地,黄麻地旁边是一片萝卜地。因为饥饿,当然也因为嘴馋,我在劳动的间隙里,溜到萝卜地里偷了一个红萝卜,但不幸被看萝卜的人捉住了。那人很有经验,把我的一双新鞋子剥下来,送到桥梁工地的负责人那里。那时我的脚只有三十码,但鞋子是三十四码的,为的是能够多穿几年,因为小孩子的脚长得很快。我穿着一双大鞋走起路来就像电影里的卓别林一样,摇摇摆摆,根本跑不快,否则那个看萝卜的老头子也不可能捉到我。

桥梁工地的负责人在桥墩上挂上了一张毛主席的宝像,然后把所有的民工组织起来,在桥墩前站成了一片。负责人对大家讲了我的错误,然后就让我站在毛主席像前向毛主席请罪。请罪的方式就是先由犯罪人背诵一段毛主席的语录,然后就忏悔自己的罪行。我记得自己背诵了"三大纪律八项注意",这段语录里有"不拿群众一针一线、不损坏老百姓的庄稼"的条文,与我所犯错误倒是很贴切,尽管我只是一个饥饿的顽童而不是革命军人。我痛哭流涕地对毛主席说:"敬爱的毛主席,我对不起您老人家,忘记了您老人家的教导,偷了生产队里一个红萝卜。但是我实在是太饿了。我今后宁愿吃草也不偷生产队里的萝卜了⋯⋯"桥梁工地的负责人一看我的态度不错,而且毕竟是一个孩子犯了个小错误,就把我的鞋子还给我,让我过了关。

但我在大庭广众面前向毛主席请罪的场面被我的二哥看到了。他押我回家,一路上不断地对着我的屁股和肩背施加拳脚,这是那种抓住弟妹把柄时的半大男孩常有的恶劣表现。回家后他就把这事向父母做了汇报。我的父亲认为我丢了家庭的面子,大怒。全家人一起动手修理我,父亲是首席打手。父亲好像从电影里汲取了一些经验,他找来一条绳子,放在腌咸菜的盐水缸里浸湿,让我自己把裤子脱下来——他怕把我的裤子打破——然后他就用盐水绳子抽打我的屁股。电影里的共产党员宁死不屈,我是一绳子下去就叫苦连天。我的母亲一看父亲下了狠手,心中不忍了,就跑到婶婶家把我爷爷叫了来。爷爷为我解了围。爷爷说:"奶奶个熊,小孩子拔个萝卜吃,有什么了不起?值得你这样打?"我爷爷对人民公社这一套一开始就反感,他自己偷偷地去开小荒,拒绝参加生产队里的劳动。我爷爷1958年时就预言:人民公社是兔子的尾巴长不了,后来果然应了验。但当时他是被当成了阻挡历史前进的老顽固看待的。根据这段惨痛的经历,我写出了短篇小说《枯河》与中篇小说《透明的红萝卜》。

我的小说《红高粱》里有一个王文义,这个人物实际上是以我的一个邻居为模特的。我不但用了他的事迹,而且使用了他的真实的名字。我知道这样不妥,但在写作的时候感到只有使用了真实的名字笔下才能有神气。本来我想等写完后就改一个名字,但是等我写完之后,改成无论什么名字都感到不合适。后来,电影在我们村子里放映了,小说也在村子里流传,王文义认识一些字,电影和小说都看了。他看到我在小说里把他写死了,很是愤怒,拄着一根棍子到我家找我父亲。说我还活得好好的,你家三儿子就把我给写死了。我对你们家不错,咱们是几辈子的邻居了,怎么能这样子糟蹋人呢?我父亲说,他小说中的第一句话就是"我父亲是个土匪种",难道我是个土匪种吗?这是小说。王大叔说,你们家的事我不管,但我还活着,把我写死我不高兴。我父亲说,儿子大了不由爷了,等他回来你自己找他算账吧。我探家时买了两瓶酒去看望他,也有个道歉的意思在里边。我说大叔,我是把您往好里写,把您塑造成了一个大英雄。他说:什么大英雄?有听到枪声就捂着耳朵大喊"司令司令我的头没有了"的大英雄吗?我说后来您不是很英勇地牺牲了吗?大叔很宽容地说:反正人已经被你写死了,咱爷们也就不计较了。这样吧,你再去给我买两瓶酒吧,听说你用这篇小说挣了不少钱?

　　过了这个阶段后,我发现一味地写自己的亲身经历和家乡那点子事也不是个办法,别人不烦,我自己也烦了。我想我的"高密东北乡"应该是一个开放的概念,而不是一个封闭的概念;应该是一个文学的概念,而不是一个地理的概念。我创造了这个"高密东北乡",实际上是为了进入与自己的童年经验紧密相连的人文地理环境,它是没有围墙甚至没有国界的。如果说"高密东北乡"是一个文学的王国,那么我这个开国王君应该不断地扩展它的疆域。在这种思想的指导下,我写了《丰乳肥臀》。

在《丰乳肥臀》中,我为"高密东北乡"搬来了山峦、丘陵、沼泽、沙漠,还有许多在真实的高密东北乡从来没有生长过的植物。翻译这部作品的吉田富夫先生到我的故乡去寻找我小说中的东西,展现在他眼前的是一望无际的平原,没有山峦也没有丘陵,没有沙漠更没有沼泽,当然也没有那些神奇的植物。我知道他感到非常的失望。前几年翻译我的《酒国》的藤井省三先生到高密去看红高粱,也没有看到,他也上了我的当。当然,所谓扩展"高密东北乡"的疆域,并不仅仅是地理和植被的丰富与增添,更重要的是思维空间的扩展。这也就是几年前我曾经提出的对故乡的超越。夸张一点说,这是一个深刻的哲学命题,我心中大概地明白它的意义,但很难用清晰的语言把它表述出来。

十五年前,当我开始了真正意义上的文学创作时,我就写过一篇题为《天马行空》的短文,在那篇文章里,我认为一个小说家最宝贵的素质就是具有超于常人的想象力,想象出来的东西比真实的东西更加美好。譬如从来没见过大海的作家写出来的大海可能比渔民的儿子写出来的大海更加神奇,因为他把大海变成了他的想象力的实验场。

前几天,一位记者曾经问过我,在我的小说中为什么会有那样美好的爱情描写。我说我实在想不出我的哪篇小说里有过美好的爱情描写。根据中国某些作家们的经验,一个写出了美好爱情的作家,一定会收到许多年轻姑娘们写来的信件,有的信里还附有姑娘的玉照,但我至今也没有收到过一封这样的信。前几年在学校学习时收到过一封十分肉麻的,但后来知道那是一个男同学的恶作剧。我回答记者的提问,说:如果你认为我的小说中有美好的爱情描写,我自然很愿意承认,要问我为什么能写出这样子美好的爱情,其根本原因就是我没有谈过恋爱。一个在爱情上经验丰富的人，笔下的爱情一般来说都是索然无味的。我认为一个小说家的情感经历，或者说他想象出的情感经历，比他的真实经历更为宝贵，因为一个人的亲身经历毕竟是有限的，而想象力是无限的。你可以在想象中与一千个女人谈情说爱，甚至同床共枕，但生活中一个女人就够你忙活的了。我想在我今后的小说中很可能出现日本的风景，东京的狐狸姑娘和乌鸦青年很可能变成我小说中的人物，如果我愿意，我可以把这些全部地移植到我的"高密东北乡"里来，当然要加以改造，甚至改造得面目全非。

过去曾经有过一个响亮的口号，叫作"无产阶级没有国籍"，但现在看来这个口号是一句浪漫的空话。但是不是可以说：小说家是有国籍的，但小说是没有国籍的呢？今天我能够坐在这里胡说八道，就部分地证明了这个口号。

饥饿和孤独是我创作的财富
——在斯坦福大学的演讲

时间：2000 年 3 月
地点：美国加州

每个作家都有他成为作家的理由，我自然也不能例外。但我为什么成了一个这样的作家，而没有成为像海明威、福克纳那样的作家，我想这与我独特的童年经历有关。我认为这是我的幸运，也是我在今后的岁月里还可以继续从事写作这个职业的理由。

从现在退回去大约四十年，也就是二十世纪的六十年代初期，正是中国近代历史上一个古怪而狂热的时期。那时候一方面是物质极度的贫乏，人民吃不饱穿不暖，几乎可以说是在死亡线上挣扎；但另一方面却是人民的高度的政治热情，饥饿的人民勒紧裤腰带进行着共产主义实验。那时候我们虽然饿得半死，却认为自己是世界上最幸福的人，而世界上还有三分之二的人——包括美国人——都还生活在"水深火热"的苦难生活之中。而我们这些饿得半死的人还肩负着把你们从苦海里拯救出来的神圣责任。当然，到了八十年代，中国对外敞开了大门之后,我们才恍然大悟、如梦初醒。

在我的童年时期,根本就不知道世界上还有照相这码事,知道了也照不起。所以我只能根据后来看到过的一些历史照片,再加上自己的回忆,来想象出自己的童年形象。我敢担保我想象出来的形象是真实的。那时,我们这些五六岁的孩子,在春、夏、秋三个季节里,基本上是赤身裸体的,只有到了严寒的冬季,才胡乱地穿上一件衣服。那些衣服的破烂程度是今天的中国孩子想象不到的。我相信我奶奶经常教导我的一句话,她说人只有享不了的福,但是没有受不了的罪。我也相信达尔文的适者生存学说,人在险恶的环境里,也许会焕发出惊人的生命力。不能适应的都死掉了,能够活下来的,就是优良的品种。所以大概地可以说,我也是一个优良的品种。那时候我们都有惊人的抗寒能力,连浑身羽毛的小鸟都冻得唧唧乱叫时,我们光着屁股,也没有感到冷得受不了。那时候你们如果到我们村子里去,一定可以看到一些或者光着屁股或者穿着单薄的破衣烂衫的孩子,在雪地里追逐打闹。我对当时的我充满了敬佩之情,那时我真的不简单,比现在的我优秀许多倍。那时候我们身上几乎没有多少肌肉,我们的胳膊和腿细得像木棍一样,但我们的肚子却大得像一个大水罐子。我们的肚皮仿佛是透明的,隔着肚皮,可以看到里边的肠子在蠢蠢欲动。我们的脖子细长,似乎挑不住我们沉重的头颅。

那时候我们这些孩子的思想非常单纯,我们每天想的就是食物和如何才能搞到食物。我们就像一群饥饿的小狗,在村子里的大街小巷里嗅来嗅去,寻找可以果腹的食物。许多在今天看来根本不能入口的东西,在当时却成了我们的美味。我们吃树上的叶子;树上的叶子吃光后,我们就吃树的皮;树皮吃光后,我们就啃树干。那时候我们村的树是地球上最倒霉的树,它们被我们啃得遍体鳞伤。那时候我们都练出了一口锋利的牙齿,世界上大概没有我们咬不动的东西。我的一个小伙伴后来当了电工,他的工具袋里既没有钳子也没有刀子,像铅笔那样粗的钢丝他毫不费力地就可以咬断;别的电工用刀子和钳子才能完成的工作,他用牙齿就可以完成了。那时我的牙齿也很好,但不如我那个当了电工的朋友牙齿好,否则我很可能是一个优秀的电工而不是一个作家。1961年的春天,我们村子里的小学校里拉来了一车亮晶晶的煤块,我们孤陋寡闻,不知道这是什么东西。一个聪明的孩子拿起一块煤,咯嘣咯嘣地吃起来。看他吃得香甜样子,味道肯定很好。于是我们一拥而上,每人抢起一块煤,咯嘣咯嘣吃起来。我感到那煤块越嚼越香,味道的确是好极了。看到我们吃得香甜,村子里的大人们也扑上来吃,学校里的校长出来阻止,于是人们就开始哄抢。至于煤块吃到肚子里的感觉,我已经忘记了,但吃煤时口腔里的感觉和煤的味道,至今还牢记在心。不要以为那时候我们就没有欢乐,其实那时候我们也还是有许多的欢乐。我们为发现了一种可以食用的物品而欢欣鼓舞。

这样的饥饿岁月大概延续了两年多。到了六十年代中期,我们的生活好了起来,虽然还是吃不饱,但每人每年可以分到二百斤粮食,再加上到田野里去挖一点野菜,基本上可以维持人的生命,饿死人的事越来越少了。

当然,仅仅有饥饿的体验,并不一定就能成为作家,但饥饿使我成为一个对生命的体验特别深刻的作家。长期的饥饿使我知道,食物对于人是多么的重要。什么光荣、事业、理想、爱情,都是吃饱肚子之后才有的事情。因为吃我曾经丧失过自尊,因为吃我曾经被人像狗一样地凌辱,因为吃我才发奋走上了创作之路。

当我成为作家之后,我开始回忆我童年时的孤独,就像面对着满桌子美食回忆饥饿一样。我的家乡高密东北乡是三个县交界的地区,交通闭塞,地广人稀。村子外边是一望无际的洼地,野草繁茂,野花很多,我每天都要到洼地里去放牛,因为我很小的时候已经辍学。所以当别人家的孩子在学校里读书时,我就在田野里与牛为伴。我对牛的了解甚至胜过了我对人的了解。我知道牛的喜怒哀乐,懂得牛的表情,知道它们心里想的什么。在那样一片在一个孩子眼里几乎是无边无际的原野里,只有我和几头牛在一起。牛安详地吃草,眼睛蓝得好像大海里的海水。我想跟牛谈谈,但是牛只顾吃草,根本不理我。我仰面朝天躺在草地上,看着天上的白云缓慢地移动,好像他们是一些懒洋洋的大汉。我想跟白云说话,白云也不理我。天上有许多鸟儿,有云雀,有百灵,还有一些我认识它们但叫不出它们的名字。它们叫得实在是太动人了。我经常被鸟儿的叫声感动得热泪盈眶。我想与鸟儿们交流,但是它们也很忙,它们也不理睬我。我躺在草地上,心中充满了悲伤的感情。在这样的环境下,我首先学会了想入非非。这是一种半梦半醒的状态。许多美妙的念头纷至沓来。我躺在草地上理解了什么叫爱情,也理解了什么叫善良。然后我学会了自言自语。那时候我真是才华横溢、出口成章、滔滔不绝,而且合辙押韵。有一次我对着一棵树在自言自语,我的母亲听到后大吃一惊,她对我的父亲说:"他爹,咱这孩子是不是有毛病了?"后来我长大了一些,参加了生产队的集体劳动,进入了成人社会,我在放牛时养成的喜欢说话的毛病给我的家人带来了许多的麻烦。我母亲痛苦地劝告我:"孩子,你能不能不说话?"我当时被母亲的表情感动得鼻酸眼热,发誓再也不说话,但一到了人前,肚子里的话就像一窝老鼠似的奔突而出。话说过之后又后悔无比,感到自己辜负了母亲的教导。

所以当我开始我的作家生涯时,我自己为自己起了一个笔名:莫言。但就像我的母亲经常骂我的那样,"狗改不了吃屎,狼改不了吃肉",我改不了喜欢说话的毛病。为此我把文坛上的许多人都得罪了,因为我最喜欢说的是真话。现在,随着年龄的增长,我的话说得越来越少,我母亲的在天之灵一定可以感到一些欣慰了吧!

我的作家梦想是很早时就发生了的。那时候,我的邻居是一个大学中文系的被打成右派、开除学籍、下放回家的学生。我与他在一起劳动,起初他还忘不了自己曾经是一个大学生,说起话来文绉绉的。但是严酷的农村生活和艰苦的劳动很快就把他那点知识分子的酸气改造得干干净净,他变成了一个与我一样的农民。在劳动的间隙里,我们饥肠辘辘,胃里泛着酸水。我们最大的乐趣就是聚集在一起谈论食物。大家把自己曾经吃过的或者是听说过的美食讲出来让大家享受,这是真正的精神会餐。说者津津有味,听者直咽口水。一个老头给我们讲当年他在青岛的饭馆里当堂倌时见识过的那些名菜,什么红烧肉啦,大烧鸡啦;我们眼睁睁地望着他的嘴巴,仿佛嗅到了那些美味食品的味道,仿佛看到了那些美味佳肴从天上飘飘而来。那个右派大学生说他认识一个作家,写了一本书,得了成千上万的稿费。他每天吃三顿饺子,而且还是肥肉馅的,咬一口,那些肥油就唧唧地往外冒。我们不相信竟然有富贵到每天都可以吃三次饺子的人,但大学生用蔑视的口吻对我们说:人家是作家!懂不懂?作家!从此我就知道了,只要当了作家,就可以每天吃三次饺子,而且是肥肉馅的。每天吃三次肥肉馅饺子,那是多么幸福的生活!天上的神仙也不过如此了。从那时起,我就下定了决心,长大后一定要当一个作家。

我开始创作时,的确没有那么崇高的理想,动机也很低俗。我可不敢像许多中国作家那样把自己想象成"人类灵魂工程师",更没有想到要用小说来改造社会。前边我已经说过,我创作的最原始的动力就是对于美食的渴望。当然在我成了名之后,我也学着说了一些冠冕堂皇的话,但那些话连我自己也不相信。我是一个出身底层的人,所以我的作品中充满了世俗的观点;谁如果想从我的作品中读出高雅和优美,他多半会失望。这是没有办法的事,什么人说什么话,什么藤结什么瓜,什么鸟叫什么调,什么作家写什么作品。我是一个在饥饿和孤独中成长的人,我见多了人间的苦难和不公平,我的心中充满了对人类的同情和对不平等社会的愤怒,所以我只能写出这样的小说。当然,随着我的肚子渐渐吃饱,我的文学也发生了一些变化。我渐渐地知道,人即便每天吃三次饺子,也还是有痛苦,而这种精神上的痛苦,其程度并不亚于饥饿。表现这种精神上的痛苦,同样是一个作家的神圣的职责。但我在描写人的精神痛苦时,也总是忘不了饥饿带给人的肉体痛苦。我不知道这是我的优点还是我的缺点,但我知道这是我的宿命。

我最早的创作是不值一提的,但也是不能不提的,因为那是属于我的历史,也是属于中国当代文学的历史。我记得我写的最早的作品是写一篇挖河的小说,写一个民兵连长早晨起来,站在我们的毛主席像前,向他祈祷,祝愿他万寿无疆万寿无疆万寿无疆。然后那人就起身去村里开会,决定要他带队到外边去挖一条很大的河流。他的女朋友为了支持他去挖河,决定将婚期往后推迟三年。而一个老地主听说了这个消息,深夜里潜进生产队的饲养室,用铁锹把一匹即将到挖河的工地上拉车的黑骡子的腿给铲断了。这就是阶级斗争,而且非常的激烈。大家都如临大敌,纷纷动员起来,与阶级敌人展开了激烈的斗争。最后河挖好了,老地主也被抓起来了。这样的故事今天是没人要看的,但当时中国的文坛上全是这样的东西。如果你不这样写,就不可能发表。尽管我这样写了,也还是没有发表。因为我写得还不够革命。

到了七十年代后期,中国的局面发生了变化,中国的文学也开始发生变化,但变化是微弱而缓慢的。当时还有许多的禁区,譬如不许写爱情,不许写共产党的错误。但文学渴望自由的激情是压抑不住的,作家们挖空心思,转弯抹角地想突破禁区。这个时期就是中国的伤痕文学。我是八十年代初期开始写作的,那时中国的文学已经有了很大的发展,所有的禁区几乎都突破了,西方的许多作家都被介绍了过来,大家都在近乎发疯地模仿他们。我是一个躺在草地上长大的孩子,没上几天学,文学的理论几乎是一窍不通,但我凭着直感认识到,我不能学那些正在文坛上走红的人的样子,把西方作家的东西改头换面当成自己的。我认为那是二流货色,成不了大气候。我想我必须写出属于我自己的、跟别人不一样的东西,不但跟外国的作家不一样,而且跟中国的作家也不一样。这样说并不是要否定外国文学对我的影响,恰恰相反,我是一个深受外国作家影响并且敢于坦率地承认自己受了外国作家影响的中国作家;这个问题我想应该作为一个专门的题目来讲。但我比很多中国作家高明的是,我并不刻意地去模仿外国作家的叙事方式和他们讲述的故事,而是深入地去研究他们作品的内涵,去理解他们观察生活的方式,以及他们对人生、对世界的看法。我想一个作家读另一个作家的书,实际上是一次对话,甚至是一次恋爱,如果谈得投机,有可能成为终身伴侣,如果话不投机,然后就各奔前程。

截止到目前,在美国已经出版了我的三本书,一本是《红高粱家族》,一本是《天堂蒜薹之歌》,还有一本就是刚刚面世的《酒国》。《红高粱家族》表现了我对历史和爱情的看法;《天堂蒜薹之歌》表现了我对政治的批判和对农民的同情;《酒国》表现了我对人类堕落的惋惜和对腐败官僚的痛恨。这三本书看起来迥然有别,但最深层里的东西还是一样的,那就是一个被饿怕了的孩子对美好生活的向往。

福克纳大叔，你好吗

——在加州大学伯克莱校区的演讲

时间：2000年3月
地点：美国加州

前几天在斯坦福大学演讲时，我曾经说过，一个作家读另一个作家的书，实际上是一次对话，甚至是一次恋爱，如果谈得成功，很可能成为终身伴侣，如果话不投机，大家就各奔前程。今天，我就具体地谈谈我与世界各地的作家们对话，也可以说是恋爱的过程。在我的心目中，一个好的作家是长生不死的，他的肉体当然也与常人一样迟早要化为泥土，但他的精神却会因为他的作品的流传而永垂不朽。在今天这种纸醉金迷的社会里，说这样的话显然是不合时宜——因为比读书有趣的事情实在是太多了——但为了安慰自己，鼓励自己继续创作，我还是要这样说。

几十年前，当我还是一个在故乡的草地上放牧牛羊的顽童时，就开始了阅读生涯。那时候在我们那个偏僻落后的地方，书籍是十分罕见的奢侈品。在我们高密东北乡那十几个村子里，谁家有本什么样的书我基本上都知道。为了得到阅读这些书的权利,我经常去给有书的人家干活。我们邻村一个石匠家里有一套带插图的《封神演义》,这套书好像是在讲述三千年前的中国历史,但实际上讲述的是许多超人的故事。譬如说一个人的眼睛被人挖去了,就从他的眼窝里长出了两只手,手里又长出两只眼,这两只眼能看到地下三尺的东西;还有一个人,能让自己的脑袋脱离脖子在空中唱歌,他的敌人变成了一只老鹰,将他的脑袋反着安装在他的脖子上,结果这个人往前跑时,实际上是在后退,而他往后跑时,实际上是在前进。这样的书对我这样的整天沉浸在幻想中的儿童,具有难以抵御的吸引力。为了阅读这套书,我给石匠家里拉磨磨面,磨一上午面,可以阅读这套书两个小时,而且必须在他家的磨道里读。我读书时,石匠的女儿就站在我的背后监督着我,时间一到,马上收走。如果我想继续阅读,那就要继续拉磨。那时在我们那里根本就没有钟表,所以,所谓两个小时,全看石匠女儿的情绪,她情绪好时,时间就走得缓慢,她情绪不好时,时间就走得飞快。为了让这个小姑娘保持愉快的心情,我只好到邻居家的杏树上偷杏子给她吃。像我这样的馋鬼,能把偷来的杏子送给别人吃,简直就像让馋猫把嘴里的鱼吐出来一样,但我还是将得来不易的杏子送给那个女孩,当然,石匠的女儿很好看也是一个重要的原因。总之,在我的童年时代,我付出了巨大的代价,把我们周围那十几个村子里的书都读完了。那时候我的记忆力很好,不但阅读的速度惊人,而且几乎是过目不忘。至于把读书看成是与作者的交流,在当时是谈不上的。当时是纯粹地为了看故事,而且非常的投入,经常因为书中的人物而痛哭流涕,也经常爱上书中那些可爱的女性。

我把周围村子里的十几本书读完之后,十几年里,几乎再没读过书。我以为世界上的书就是这十几本,把它们读完了,就等于把天下的书读完了。这一段时间我在农村劳动,与牛羊打交道的机会比与人打交道的机会多,我在学校里学会的那些字也几乎忘光了。但我的心里还是充满了幻想,希望能成为一个作家,过上幸福的生活。我十五岁时,石匠的女儿已经长成了一个很漂亮的大姑娘,她扎着一条垂到臀部的大辫子,生着两只毛茸茸的眼睛,一副睡眼蒙眬的样子。我对她十分着迷,经常用自己艰苦劳动换来的小钱买来糖果送给她吃。她家的菜园子与我家的菜园子紧靠着,傍晚的时候,我们都到河里担水浇菜。当我看到她担着水桶、让大辫子在背后飞舞着从河堤上飘然而下时,我的心里百感交集。我感到她是地球上最美丽的人。我跟在她的身后,用自己的赤脚去踩她留在河滩上的脚印,仿佛有一股电流从我的脚直达我的脑袋,我心中充满了幸福。我鼓足了勇气,在一个黄昏时刻,对她说我爱她,并且希望她能嫁给我做妻子,她吃了一惊,然后便哈哈大笑。她说:"你简直是癞蛤蟆想吃天鹅肉!"我感到自尊心受到了沉重的打击,但痴心不改,又托了一个大嫂去她家提亲。她让大嫂带话给我,说我只要能写出一本像她家那套《封神演义》一样的书,她就嫁给我。我到她家去找她,想对她表示一下我的雄心壮志,她不出来见我,她家那条凶猛的大狗却像老虎似的冲了出来。前几天在斯坦福演讲时,我曾经说是因为想过上一天三次吃饺子那样的幸福日子才发奋写作,其实,鼓舞我写作的,除了饺子之外,还有石匠家那个睡眼蒙眬的姑娘。我至今也没能写出一本像《封神演义》那样的书,石匠家的女儿早已经嫁给铁匠的儿子并且成了三个孩子的母亲。

我大量地阅读是我在大学的文学系读书的时候,那时我已经写了不少很坏的小说。我第一次进学校的图书馆时大吃一惊,我做梦也没想到,世界上已经有这么多人写了这么多书。但这时我已经过了读书的年龄,我发现我已经不能耐着心把一本书从头读到尾,我感到书中那些故事都没有超出我的想象力。我把一本书翻过十几页就把作者看穿了。我承认许多作家都很优秀,但我跟他们之间共同的语言不多,他们的书对我用处不大,读他们的书就像我跟一个客人彬彬有礼地客套,这种情况直到我读到福克纳为止。

我清楚地记得那是 1984 年的 12 月里一个大雪纷飞的下午,我从同学那里借到了一本福克纳的《喧哗和骚动》,我端详着印在扉页上穿着西服、扎着领带、叼着烟斗的那个老头,心中不以为然。然后我就开始阅读由中国的一个著名翻译家写的那篇漫长的序文,我一边读一边欢喜,对这个美国老头许多不合时宜的行为我感到十分理解,并且感到很亲切。譬如他从小不认真读书,譬如他喜欢胡言乱语,譬如他喜欢撒谎,他连战场都没上过,却大言不惭地对人说自己驾驶着飞机与敌人在天上大战,他还说他的脑袋里留下一块巨大的弹片,而且因为脑子里有弹片,才导致了他烦琐而晦涩的语言风格。他去领诺贝尔奖奖金,竟然醉得连金质奖章都扔到垃圾桶里;肯尼迪总统请他到白宫去赴宴,他竟然说为了吃一次饭跑到白宫去不值得。他从来不以作家自居,而是以农民自居,尤其是他创造的那个"约克纳帕塔法县"更让我心驰神往。我感到福克纳像我的故乡那些老农一样,在用不耐烦的口吻教我如何给马驹子套上笼头。

接下来我就开始读他的书,许多人都认为他的书晦涩难懂,但我却读得十分轻松。我觉得他的书就像我的故乡那些脾气古怪的老农的絮絮叨叨一样亲切,我不在乎他对我讲了什么故事,因为我编造故事的才能决不在他之下,我欣赏的是他那种讲述故事的语气和态度。他旁若无人,只顾讲自己的,就像当年我在故乡的草地上放牛时一个人对着牛和天上的鸟自言自语一样。在此之前,我一直还在按照我们的小说教程上的方法来写小说,这样的写作是真正的苦行。我感到自己找不到要写的东西,而按照我们教材上讲的,如果感到没有东西可写时,就应该下去深入生活。读了福克纳之后,我感到如梦初醒,原来小说可以这样地胡说八道,原来农村里发生的那些鸡毛蒜皮的小事也可以堂而皇之地写成小说。他的约克纳帕塔法县尤其让我明白了,一个作家,不但可以虚构人物、虚构故事,而且可以虚构地理。于是我就把他的书扔到了一边,拿起笔来写自己的小说了。受他的约克纳帕塔法县的启示,我大着胆子把我的"高密东北乡"写到了稿纸上。他的约克纳帕塔法县是完全的虚构,我的高密东北乡则是实有其地。我也下决心要写我的故乡那块像邮票那样大的地方。这简直就像打开了一道记忆的闸门,童年的生活全被激活了。我想起了当年我躺在草地上对着牛、对着云、对着树、对着鸟儿说过的话,然后我就把它们原封不动地写到我的小说里。从此后,我再也不必为找不到要写的东西而发愁,而是要为写不过来而发愁了。经常出现这样的情况,当我在写一篇小说的时候,许多新的构思,就像狗一样在我身后大声喊叫。

后来,在北京大学举行的福克纳国际研讨会上,我认识了一个美国大学的教授,他就在离福克纳的家乡不远的一所大学教书。他和他们的校长邀请我到他们学校去访问,我没有去成,他就寄给我一本有关福克纳的相册,那里边,有很多珍贵的照片。其中有一幅福克纳穿着破衣服、破靴子站在一个马棚前的照片,他的这副形象一下子就把我送回了我的高密东北乡,他让我想起了我的爷爷、父亲和许多的老乡亲。这时,福克纳作为一个伟大作家的形象在我的心中已经彻底地瓦解了,我感到我跟他之间已经没有了任何距离,我感到我们是一对心心相印、无话不谈的忘年之交。我们在一起谈论天气、庄稼、牲畜，我们在一起抽烟喝酒，我还听到他对我骂美国的评论家，听到他讽刺海明威。他还让我摸了他脑袋上那块伤疤，他说这个疤其实是让一匹花斑马咬的，但对那些傻瓜必须说是让德国的飞机炸的，然后他就得意地哈哈大笑，他的脸上布满顽童般的恶作剧的笑容。他告诉我一个作家应该大胆地、毫无愧色地撒谎，不但要虚构小说，而且可以虚构个人的经历。他还教导我，一个作家应该避开繁华的城市，到自己的家乡定居，就像一棵树必须把根扎在土地上一样。我很想按照他的教导去做，但我的家乡经常停电，水又苦又涩，冬天又没有取暖的设备，我害怕艰苦，所以至今没有回去。

我必须坦率地承认，至今我也没把福克纳那本《喧哗与骚动》读完，但我把那本美国教授送我的福克纳相册放在我的案头上，每当我对自己失去了信心时，就与他交谈一次。我承认他是我的导师，但我也曾经大言不惭地对他说："嗨，老头子，我也有超过你的地方！"我看到他的脸上浮现出讥讽的笑容，然后他就对我说："说说看，你在哪些地方超过了我？"我说："你的那个约克那帕塔法县始终是一个县，而我在不到十年的时间内，就把我的高密东北乡变成了一个非常现代的城市。在我的新作《丰乳肥臀》里，我让高密东北乡盖起了许多高楼大厦，还增添了许多现代化的娱乐设施。另外我的胆子也比你大，你写的只是你那块地方上的事情，而我敢于把发生在世界各地的事情，改头换面拿到我的高密东北乡，好像那些事情真的在那里发生过。我的真实的高密东北乡根本就没有山，但我硬给它挪来了一座山；那里也没有沙漠，我硬给它创造了一片沙漠；那里也没有沼泽，我给它弄来了一片沼泽；还有森林、湖泊、狮子、老虎……都是我给它编造出来的。近年来不断地有一些外国学生和翻译家到高密东北乡去看我在小说中描写过的那些东西,他们到了那里一看,全都大失所望,那里什么也没有,只有一片荒凉的平原,和平原上的一些毫无特色的村子。"福克纳打断我的话,冷冷地对我说:"后起的强盗总是比前辈的强盗更大胆!"

我的高密东北乡是我开创的一个文学的共和国,我就是这个王国的国王。每当我拿起笔,写我的高密东北乡故事时,就饱尝到了大权在握的幸福。在这片国土上,我可以移山填海、呼风唤雨,我让谁死谁就死、让谁活谁就活;当然,有一些大胆的强盗也造我的反,而我也必须向他们投降。我的高密东北乡系列小说出笼后,也有一些当地人对我提出抗议,他们骂我是一个背叛家乡的人,为此,我不得不多次地写文章解释,我对他们说:高密东北乡是一个文学的概念而不是一个地理的概念,高密东北乡是一个开放的概念而不是一个封闭的概念,高密东北乡是在我童年经验的基础上想象出来的一个文学的幻境;我努力地要使它成为中国的缩影,我努力地想使那里的痛苦和欢乐,与全人类的痛苦和欢乐保持一致,我努力地想使我的高密东北乡故事能够打动各个国家的读者,这将是我终生的奋斗目标。

现在,我终于踏上了我的导师福克纳大叔的国土,我希望能在繁华的大街上看到他的背影,我认识他那身破衣服,认识他那只大烟斗,我熟悉他身上那股混合着马粪和烟草的气味,我熟悉他那醉汉般的摇摇晃晃的步伐。如果发现了他,我就会在他的背后大喊一声:"福克纳大叔,我来了!"

我在美国出版的三本书
―― 在科罗拉多大学博尔德校区的演讲

时间：2000年3月
地点：美国科罗拉多州

这个题目要求我首先提到著名的汉学家、我的小说的翻译者葛浩文教授，如果没有他杰出的工作，我的小说也可能由别人翻译成英文在美国出版，但绝对没有今天这样完美的译本。许多既精通英语又精通汉语的朋友对我说，葛浩文教授的翻译与我的原著是一种旗鼓相当的搭配。但我更愿意相信，他的译本为我的原著增添了光彩。当然也有人对我说，葛浩文教授在他的译本里加上了一些我的原著中没有的东西，譬如性描写。其实他们不知道，我和葛浩文教授有约在先，我希望他能在翻译的过程中，弥补我性描写不足的缺陷。因为我知道，一个美国人在性描写方面，总是比一个中国人更有经验。我与葛浩文教授1988年便开始了合作，他写给我的信大概有一百多封，他打给我的电话更是无法统计；我们之间如此频繁的联系，为了一个目的，那就是把我的小说尽可能完美地译成英文。教授经常为了一个字、为了我在小说中写到的他不熟悉的一件东西,而与我反复磋商,我为了向他说明,不得不用我的拙劣的技术为他画图。由此可见,葛浩文教授不但是一个才华横溢的翻译家,而且还是一个作风严谨的翻译家,能与这样的人合作,是我的幸运。

我的第一本翻译成英文的书是《红高粱家族》。这本书在翻译成英文之前已经被现在中国著名的导演张艺谋改编成电影,并且在西柏林国际电影节上获得大奖。因为电影的关系,这本书知名度很高,在中国,爱好文学的人们提到我的名字,马上就会说:哦,红高粱!

其实,我可以毫不谦虚地说,小说《红高粱家族》在改编成电影之前,已经在当时的中国文坛引起了强烈的反响。首先是张艺谋借了我的光,然后我又借了他的光。

创作这部小说时,我还在大学的文学系学习。那是八十年代初期,是中国当代文学的一个黄金时代,读者们阅读的热情很高,作者们创作的热情更高。那时人们已经不满足于写一个或者读一个用传统的手法写出来的故事,读者要求作家创新,作家在梦里都想着创新。曾经有一个评论家戏言,说中国的作家们就像一群被狼追赶着的羊,这匹狼的名字就叫创新。当时我刚从山沟里出来,连拨号电话都不会打,更没有文学理论素养,所以我的身后也没有创新的狼追赶。我躲在房子里,随心所欲地写着我自己的东西。现在我多少有了一点理论素养,我才知道,真正的创新绝不是一窝蜂地去追赶时髦,而是老老实实地写自己熟悉的东西。如果你是一个有着独特的经历和人生体验的人,你写出的东西就会跟别人的不一样,而所谓新,就是跟别人不一样。你只要写出了跟别人不一样的东西,你也就具备了自己的独特的风格。这就像歌唱一样,训练能够改变的仅仅是你的技巧,但不可能改变你的嗓音。无论怎样训练,乌鸦也不可能像夜莺一样歌唱。在前几次的演讲中,我曾经提到过我的童年生活,当城里的孩子吃着牛奶面包在妈妈面前撒娇时,我与我的小伙伴们正在饥饿中挣扎,我们根本不知道地球上有那么多美好的食物,我们吃的是草根与树皮,村子里的树被我们啃得赤身裸体;当城里的孩子在小学校里唱歌跳舞时,我正在草地上放牧牛羊,因为孤独,我养成了自言自语的习惯。饥饿和孤独是我的小说中两个被反复表现的主题,也是我的两笔财富。其实我还有一笔更为宝贵的财富,这就是我在漫长的农村生活中听到的故事和传说。

1998年秋天,我在台湾访问时,曾经参加了一个座谈,座谈的题目是童年阅读经验,参加座谈的作家们童年时都读了很多书,他们童年时读过的书我至今也没读过。我说,我与你们不一样,你们童年时用眼睛阅读,我在童年时用耳朵阅读。我们村子里的人大部分是文盲,但其中有很多人出口成章、妙语连珠,满肚子都是神神鬼鬼的故事。我的爷爷、奶奶、父亲都是很会讲故事的人,我的爷爷的哥哥——我的大爷爷——更是一个讲故事大王。他是一个老中医,交游广泛,知识丰富,富有想象力。在冬天的夜晚,我和我的哥哥姐姐就跑到我的大爷爷家,围着一盏昏暗的油灯,等待他开讲。我的大爷爷下巴上生着雪白的长胡须,头秃得一根毛也没有,他的头和他的眼睛在油灯的照耀下闪闪发光。我们央求他:"大爷爷,讲个故事吧……"他总是不耐烦地说:"天天讲,哪里有那么多故事?走吧走吧,都回家睡觉去吧……"我们继续央求:"讲个吧,大爷爷,就讲一个……"于是他就开讲。现在我能记起来的故事大概有三百个,这些故事只要稍加改造就是一篇不错的小说,而我写出来的还不到五十个。这些故事我这辈子是写不完的,而且,没写出来的故事远比我写出来的精彩,这就跟一个卖水果的人总是想先把有虫眼儿的水果卖掉是一样的道理。这样精彩的故事不写出来实在是浪费，所以我准备在适当的时候把我大爷爷讲给我的故事卖掉一部分。

我大爷爷的故事大部分是用第一人称，讲得似乎都是他亲身经历的事，当时我们信以为真，后来才知道他是在随机创作。因为他是乡村医生，经常半夜三更出诊，这就为他创作故事提供了基础。他总是用这样的话开头："前天夜里，我到东村王老五家去给他老婆看病，回来时，路过那座小石桥，一个身穿白衣的女人坐在桥上哭泣。我问她：'大嫂，深更半夜的，你一个妇道人家，独自一人，在这里哭什么？'那个女人抬起头来——她可真是美丽极了，走遍天下也找不到第二个这样的美人了——这个美丽的女人说：'先生，俺的孩子病了，快要死了，你能去给他看看吗？'我大爷爷说，高密东北乡哪有我不认识的女人？这个女人，肯定是个妖精。我大爷爷问："你家住在哪里？"那女人指指桥下，说："在那里。"我大爷爷说："行了，你别装人了，我知道你是桥下那条白鳝精。"那个女人一看机关被拆穿，捂着嘴巴笑笑，说："又被你看穿了。"然后她一头扎到桥下去了。传说那座石桥下有一条像水桶那样粗的白鳝鱼，就是它变化成人来诱惑我的大爷爷。我们就问："大爷爷，你为什么不跟她去呢？既然她那样的美丽……"我大爷爷说："傻孩子们，我去了还能回来吗？"

接着他又讲了一个故事。他说不久前的一个深夜里，来了一个人，牵着一匹黑色的小毛驴，手里提着一盏红灯笼，说是家里有急病人。我的大爷爷医德很好，匆忙穿好衣服，跟着那人去了。我大爷爷说月亮出来了，那匹黑色的小驴在月光下像光滑的丝绸一样闪闪发光，那人把我的大爷爷扶到驴上，说：先生，坐好了没有？我大爷爷说坐好了。那人就在驴屁股上拍了一掌。我大爷爷说，你们做梦也想不到那头小毛驴跑得有多么快，怎么个快法。只听到耳边的风呼呼地响，路两边的树一起向后倒了。我们感叹不已,这驴是够快了,跟火箭差不多。我大爷爷说,骑在这样的飞驴上,他知道大事不好了,肯定又碰到妖精了。但究竟是个什么妖精呢?暂时还不知道。我大爷爷打定了主意要看看这到底是个什么妖精。很快,毛驴从空中降落下来,落在了一片灯火辉煌的豪宅里。那个人把我大爷爷从驴上扶下来,然后出来一个白发苍苍的老太太,把我大爷爷引到病人的房间里,原来是一个产妇要生产。乡村医生都是全活,接生对我大爷爷来说也不是一件难事。于是我大爷爷就挽起袖子,给那个产妇接生。我大爷爷说那个产妇长得也很漂亮,走遍天下也找不到第二个这样的美人了——这是我大爷爷的习惯句式——这个产妇不但长得美,而且生育的能力惊人,我大爷爷刚接下一个毛茸茸的小孩,又一个小孩子露出头来,我大爷爷想:嗨,是对双胞胎!但又一个毛茸茸的小孩子露出头来,我大爷爷想原来是三胞胎,又有一个毛茸茸的小孩子露出头来,就这样一个一个又一个,一连生了八个。都是毛茸茸的,都拖着一条小尾巴,可爱极了!我大爷爷恍然大悟,大喊一声:狐狸!这一声喊不要紧,只听到一阵鬼哭狼嚎,眼前漆黑一片,我大爷爷情急之下,张嘴咬破了自己的中指——据说此法可辟邪——这才发现,自己竟然在一座坟墓里,眼前是一堆毛茸茸的小狐狸。大狐狸跑了。

除了听过大爷爷的故事,我的奶奶、我的父亲、我的那些有天才的乡亲,他们讲过的许多故事我都牢记在心。这些故事出自不同的讲述者之口,所以具有不同的风格。如果我把他们讲给我听的故事都讲一遍,今天这次演讲可能会跟中国的万里长城一样长。我必须讲我的书了。

《红高粱家族》好像是讲述抗日战争,实际上讲的是我的那些乡亲们讲述过的民间传奇,当然还有我对美好爱情、自由生活的渴望。

在我的心中，没有什么历史，只有传奇。许多在历史上大名鼎鼎的人，其实也都是与我们一样的人，他们的英雄事迹，是人们在口头讲述的过程中不断地添油加醋的结果。我看过一些美国的评论家写的关于《红高粱家族》的文章，他们把这本书理解成一部民间的传奇，真是说到我的心坎里去了。我用最旧的方式讲述的故事，竟然被中国的评论家认为是最大的创新，我得意地笑了，我想，如果这就是创新，那创新实在是太容易了。

我的第二本被翻译成英文的书是《天堂蒜薹之歌》，我写这本书是1987年。这年的初夏，某省的一个县里发生了一件很大的事情，那个地方盛产蒜薹，因为官员的渎职和腐败，农民们收获的大量蒜薹卖不出去，成千上万斤的蒜薹都烂在家里。愤怒的农民们放火焚烧了县政府。这件事引起了很大的反响，报纸连篇累牍地做了报道。最后的结果是：那些官员们被撤职，而那些带头造反的农民被逮捕法办。这件事情激起了我的愤怒，因为我看起来是个作家，而骨子里还是个农民。于是我就用一个月的时间，写出了这部长篇小说。当然，我把这个故事发生的背景挪到了我的文学王国——高密东北乡。这部书实际上是一部饥饿之书，也是一部愤怒之书。写这部书时我更没有想到要创新，我只是感到满腔的愤怒要发泄，为了我自己，也为了广大的农民兄弟。但此书发表后，竟然还有评论家说我在创新，他们说此书使用了三个角度讲述了同一个故事：其中的一个人物是一个瞎子，他用他的歌唱把这个故事讲述了一遍；作家用客观的笔调把这个故事讲述了一遍；官方的报纸用他们的口吻把这个故事讲述了一遍。我们故乡的确有过那种像游吟诗人一样的歌唱者，他们多数是瞎子，一般是三个人结成一个小组，有的拉琴，有的打鼓，有的歌唱；他们中的确有天才，能把眼前发生的事情编成歌词，随编随唱。

我小时候对他们心怀崇敬,我认为他们都是真正的艺术家,我写《天堂蒜薹之歌》时,他们沙哑苍凉的歌唱声一直在我的耳边回响。

第三本书就是最近出版的《酒国》,这本书动笔于1989年,完成于1992年,出版于1993年。此书出版后无声无息,一向喜欢喋喋不休的评论家全都沉默了。我估计这些叶公好龙的伙计们被我吓坏了。他们口口声声地嚷叫着创新,而真正的创新来了时,他们全都闭上了眼睛。对《红高粱家族》和《天堂蒜薹之歌》我还有许多不满意的地方,如果重新写一遍,会写得更好一些;但对《酒国》,即便让我把它再写一遍,也不可能写得更好了。而且我还可以狂妄地说:中国当代作家可以写出他们各自的好书,但没有一个人能写出一本像《酒国》这样的书,这样的书只有我这样的作家才能写出。因为我自己知道,尽管我的肉体已经是一个中年人,但我的心还跟当年听我的大爷爷讲故事时一样年轻。我只有在面对着镜子时,才知道自己已经老了,而当我面对着稿纸时,我就忘记了自己的年龄,我的心中充满了儿童的趣味,我疾恶如仇,我胡言乱语,我梦话连篇,我狂欢,我胡闹,我醉了。我不必多说了,请你们读读我和葛浩文教授共同创造的《酒国》吧,这本书里的性描写全是我原著里就有的,不是葛浩文教授添加的。

接下来葛浩文教授要翻译我的《丰乳肥臀》,这本书像砖头一样厚。你可以不读我所有的书,但不能不读我的《丰乳肥臀》。在这本书里,我写了历史,写了战争,写了政治,写了饥饿,写了宗教,写了爱情,当然也写了性。葛浩文教授在翻译这本书时,大概会要求我允许他删掉一些性描写吧?但是我不会同意的,因为,《丰乳肥臀》里的性描写是我的得意之笔,等到葛浩文教授把它翻译成英文时,你们就会知道,我的性描写是多么样的精彩!

我的《丰乳肥臀》
——在哥伦比亚大学的演讲

          时间：2000 年 3 月
          地点：美国纽约

  我想，再过两年，截止到目前我写的最厚的一本书《丰乳肥臀》就会被葛浩文教授翻译成英文与读者见面。为了让大家到时候买我的书，今天我就讲讲创作这本书的经过和这本书的大概内容，也算是提前做个广告。

  1990年秋天的一个下午，我从北京的一个地铁口出来，当我踏着台阶一步步往上攀登时，猛地一抬头，我看到，在地铁的出口那里，坐着一个显然是从农村来的妇女。她正在给她的孩子喂奶。是两个孩子，不是一个孩子。这两个又黑又瘦的孩子坐在她的左右两个膝盖上，每人叼着一个奶头，一边吃奶一边抓挠着她的胸脯。我看到她的枯瘦的脸被夕阳照耀着，好像一件古老的青铜器一样闪闪发光。我感到她的脸像受难的圣母一样庄严神圣。我的心中顿时涌动起一股热潮，眼泪不可遏止地流了出来。我站在台阶上，久久地注视着那个女人和她的两个孩子。许多人从我的身边像影子一样滑过去,我知道他们都在用好奇的目光看着我,我知道他们心里会把我当成一个神经有毛病的人。后来,有人拉了一下我的衣袖,才把我从精神恍惚的状态中唤醒。拉我衣袖的人是我的一个朋友,她问我为什么站在这里哭泣?我告诉她,我想起了母亲与童年。她问我:是你自己的母亲和你自己的童年吗?我说,不是,不仅仅是我的母亲和我的童年。我想起了我们的母亲和我们的童年。

1994年我的母亲去世后,我就想写一部书献给她。我好几次拿起笔来,但心中总是感到千头万绪,不知道该从哪里动笔。这时候我想起了几年前在地铁出口看到的那个母亲和她的两个孩子,我知道了我该从哪里写起。

在前几次演讲中,我都提到过我的童年和我的故乡,但我还没来得及提到我的母亲。我的母亲是一个身体瘦弱、一生疾病缠身的女人。她四岁时,我的外婆就去世了,过了几年,我的外公也去世了。我的母亲是在她的姑母的抚养下长大成人的。母亲的姑母是一个像钢铁一样坚强的女人,她的体重我估计不到四十公斤,但她讲起话来,那声音大得就像放炮一样,我一直都很纳闷,不知道她那弱小的躯体如何能够发出那般响亮的声音。我母亲四岁时,她的姑母就给她裹小脚。在座的各位肯定都知道中国的女人曾经有过一段裹小脚的惨痛的历史,但你们未必知道裹小脚的过程是何等的残酷。我母亲生前,曾经多次地对我讲起她的姑母给她裹小脚的过程。一个四岁的女孩,按说还是在父母面前撒娇的年龄,但我的母亲却已经开始忍受裹脚的酷刑。当然,在过去的时代里,遭受这种酷刑的不仅仅是我的母亲,还有成千上万的中国妇女。所谓裹脚,就是用白布和竹片把正在发育的脚趾裹断,就是把四个脚趾折叠在脚掌之下,使你的脚变成一根竹笋的样子。我多次地见过我母亲的脚,我实在不忍心描述她的脚的残状。我母亲说她裹脚的过程持续了十年,从四岁开始裹起,到十四岁才基本定型。在这个漫长过程中,充满了血泪和煎熬,但我母亲给我讲她裹脚的经历时,脸上洋溢着自豪的表情,就像一个退休的将军讲述他的战斗历程一样。

我母亲十五岁时就由她的姑母做主嫁给了十四岁的我父亲。从此开始了长达六十多年的艰难生活。我想困扰了我母亲一生的,第一是生育,第二是饥饿,第三是病痛;当然,还有她们那个年龄的人都经历过的连绵的战争灾难和狂热的政治压迫。

我母亲生过很多孩子,但活下来的只有我们四个。在过去的中国农村,妇女生孩子,就跟狗猫生育差不多。我在《丰乳肥臀》第一章里描写了这种情景:小说中的女主人公上官鲁氏生育她的双胞胎时,她家的毛驴也在生骡子。驴和人都是难产,但上官鲁氏的公公和婆婆更关心的是那头母驴。他们为难产的母驴请来了兽医,但他们对难产的儿媳却不闻不问。这种听起来非常荒唐的事情,在当时中国农村里是普遍存在的现象。尽管小说中的上官鲁氏不是我的母亲,但我母亲也有过类似的经历。我的母亲怀着那对双胞胎时,肚子大得低头看不到自己的脚尖,走起路来非常困难,但即使这样还要下地劳动。她差一点就把这对双胞胎生在打麦场上。刚把两个孩子生出来,暴风雨来了,马上就到场上去抢麦子。后来这对双胞胎死了,家里的人都很平静,我的母亲也没有哭泣。这种情景在今天会让人感到不可思议,但在当时确是很正常的现象。

我在小说中写过上官鲁氏一家因为战争背井离乡的艰难经历,这是我的母亲那代人的共同经历。共产党建立政权之后,战争结束了,人民过了几年和平的日子,但饥饿很快开始了。我对饥饿有切身的感受,但我母亲对饥饿的感受比我要深刻得多。我母亲上边有我的爷爷奶奶,下边有一群孩子。家里有点可以吃的东西,基本上到不了她的嘴里。我经常回忆起母亲把食物让给我吃而她自己吃野草的情景。我记得有一次,母亲带着我到田野里去挖野菜,那时连好吃的野菜也很难找到。母亲把地上的野草拔起来往嘴里塞,她一边咀嚼一边流眼泪。绿色的汁液沿着她的嘴角往下流淌,我感到我的母亲就像一头饥饿的牛。我在小说中写了上官鲁氏偷粮食的奇特方式:她给生产队里拉磨,趁着干部不注意时,在下工前将粮食囫囵着吞到胃里,这样就逃过了下工时的搜身检查。回到家后,她跪在一个盛满清水的瓦盆前,用筷子探自己的喉咙催吐,把胃里还没有消化的粮食吐出来,然后洗净、捣碎,喂养自己的婆婆和孩子。后来,形成了条件反射,只要一跪在瓦盆前,不用探喉,就可以把胃里的粮食吐出来。这件事听起来好像天方夜谭,但确是我母亲和我们村子里好几个女人的亲身经历。我这部小说发表之后,一些人批评我刚才讲述的这个情节是胡编乱造,是给社会主义抹黑;他们当然不会知道,在上个世纪的六十年代,中国的普通老百姓是如何生活的。那时候,这些上等人,照样吃得脑满肠肥,所以,对这些批评,我只能保持沉默,我即便解释,也是对牛弹琴。

因为频繁的生育和饥饿,我母亲那个年龄的女人几乎都是疾病缠身。我小的时候,夜晚行走在大街上,听到家家户户的女人都在痛苦地呻吟。她们三十多岁时,基本上都丧失了生育的能力,四十多岁时,牙齿都脱落了;她们的腰几乎找不到一个直的,大街上行走的女人,几乎个个弓腰驼背,面如死灰。那时的农村缺医少药,得了病只好死挨,挺过来就活,挺不过来就死。当然,不仅仅女人如此,男人也如此。孩子和老人也是如此。我们忍受痛苦的能力是惊人的。

我是我父母的最后一个孩子。我出生的时候,还没搞大跃进,日子还比较好过,我想我能活下来,与我的母亲还能基本上吃饱有关,母亲基本能够吃饱,才会有奶汁让我吃。因为我是最后一个孩子,母亲对我比较溺爱,所以允许我吃奶吃到五岁。现在想起来,这件事残酷而无耻,我感到我欠我母亲的实在是太多了。我在地铁入口看到那两个孩子和他们的母亲时之所以热泪盈眶,与我的个人经历有关。这件事激发了我的创作灵感,我决定就从生养和哺乳入手写一本感谢母亲的书。但在写作的过程中,小说中的人物有了自己的生命,他们突破了我的构思,我只能随着他们走。

我在这部小说里塑造了一个混血儿上官金童,他是小说中的母亲和一个传教士生的孩子,也是小说中的母亲唯一的儿子,小说中的母亲生了八个女儿后才生了这样一个宝贝儿子。所以母亲对他寄予了巨大的希望。这个混血儿长大后身材高大、金发碧眼,非常漂亮,但却是一个离开了母亲的乳房就没法生存的人,他吃母亲的奶一直吃到十五岁。他对女人的乳房有一种病态的痴迷,连与女人做爱的能力都丧失了。后来他开了一家乳罩店,成了一个设计制作乳罩的专家。我感到这个人物是一个巨大的象征。至于象征着什么,我也说不清楚。去年我在日本参加《丰乳肥臀》日文版的首发式,一个看过此书的和尚对我说,他认为这个上官金童是中西文化结合后产生出来的怪胎。他认为上官金童对母乳的迷恋,实际上就是对中国的传统文化的一种迷恋,他认为我塑造这个人物的目的是对在中国流行了许多年的"中学为体,西学为用"的批判。他认为中国的古典文化实际上是一种封建文化,如果不彻底地扬弃封建文化,中国就不可能真正地实现现代化。我对和尚的看法,既没有表示同意也没有表示反对。因为一本书出版之后,作家的任务已经完成,对书中人物的理解,是读者自己的事。但上官金童是中国文学中从来没有过的一个典型,这是让我感到骄傲的。还有一些读者问我是不是上官金童,我说我不是,因为我不是混血儿;我说我又是,因为我的灵魂深处确实有一个上官金童。我虽然没有上官金童那样的高大的身躯和漂亮的相貌,也没有他那样对乳房的痴情迷恋,但我有跟他一样的怯懦性格。我虽然已经四十多岁,但经常能做出一些像儿童一样幼稚的决定。小说中的母亲曾经痛斥上官金童是一个一辈子吊在女人奶头上永远长不大的男人,母亲说的其实是一种精神现象。物质性的断奶不是一件难事,但精神上的断奶非常困难。从这个意义上说,日本和尚的看法是有道理的。是啊,封建主义那套东西,在今日的中国社会中,其实还在发挥着重大的影响。许多人对封建主义的迷恋,不亚于上官金童对母乳的迷恋。所以,我的这部小说发表之后激怒了许多人就是很正常的了。

我在这部长达五十万字的小说中,还写了上官鲁氏的八个女儿和她的几个女婿的命运,他们的命运与中国的百年历史紧密相连。通过对这个家族的命运和对高密东北乡这个我虚构的地方的描写,我表达了我的历史观念。我认为小说家笔下的历史是来自民间的传奇化了的历史,这是象征的历史而不是真实的历史,这是打上了我的个性烙印的历史而不是教科书中的历史。但我认为这样的历史才更加逼近历史的真实。因为我站在了超越阶级的高度,用同情和悲悯的眼光来关注历史进程中的人和人的命运。看起来我写的好像是高密东北乡这块弹丸之地上发生的事情,实际上我把天南海北发生的凡是对我有用的事件全都拿到了我的高密东北乡来。所以我才敢说,我的《丰乳肥臀》超越了"高密东北乡"。

我想,时至二十一世纪,一个有良心、有抱负的作家,他应该站得更高一些,看得更远一些。他应该站在人类的立场上进行他的写作,他应该为人类的前途焦虑或是担忧,他苦苦思索的应该是人类的命运,他应该把自己的创作提升到哲学的高度,只有这样的写作才是有价值的。一个作家,如果把自己的注意力放在研究政治的和经济的历史上,那势必会使自己的小说误入歧途。作家应该关注的,始终都是人的命运和遭际,以及在动荡的社会中人类感情的变异和人类理性的迷失。小说家并不负责再现历史,也不可能再现历史,所谓的历史事件只不过是小说家把历史寓言化和预言化的材料。历史学家是根据历史事件来思想,小说家是用思想来选择和改造历史事件;如果没有这样的历史事件,他就会虚构出这样的历史事件。所以,把小说中的历史与真实的历史进行比较的批评,是类似于堂吉诃德对着风车作战的行为,批评者自以为神圣无比,旁观者却在一边窃笑。

这部书的腹稿我打了将近十年,但真正动手写作只用了不到九十天。那是1994年的春天,我的母亲去世后不久,在高密东北乡,一只狗在院子里大喊大叫、火在炉子里熊熊燃烧的地方,我夜以继日,醒着用手写,睡着用梦写,全身心投入三个月,中间除了去过两次教堂外,连大门都没迈出过,几乎是一鼓作气地写完了这部五十万字的小说。写完了这部书,我的体重竟然增加了十斤。许多人都感到不可思议,我自己也感到不可思议。从此后我知道自己与众不同:别的作家写作时变瘦,我却因为连续写作而变胖。

《檀香刑》是一个巨大的寓言
——在京都大学会馆的演讲

时间：2003年10月

时光似箭，日月如梭。上次来日本，仿佛就在眼前，但屈指一算，已经差不多四年了。上次我在日本时出生的小狗，现在已经长成了堂皇的大狗；上次我在知立市称念寺栽下的小树，如今也长成了大树。我在这四年里，身高大概缩短了一厘米，头发减少了大约三千根，皱纹增添了大约一百条。偶尔照照镜子，深感到岁月的残酷，心中不由得浮起伤感之情。但见到了诸多的日本朋友，四年的时光在他们脸上似乎没有留下任何痕迹。他们的精神还是那样健旺，他们的身体还是那样矫健，他们对生活还是那样充满了热情。于是，我的心情顿时也好了起来。

在文学创作的道路上，我还是一个年轻的学徒。用写作这种方式，我可以再造自己的少年时光。用写作，我可以挽住岁月的车轮。写作，是我与时间抗衡的手段。我把岁月变成了小说，放在了自己的身边。时间过去了，但我身边的小说会逐渐升高。从这个意义上说，写作者是可以忘记自己的年龄的。写作着的人,身体可以衰老,但精神可以永远年轻。

1999年11月,我从日本的大阪飞向中国的上海,一下飞机,租了一辆车,直奔杭州,去参加一个颁奖仪式。我的一部中篇小说《牛》在那里获得了一个奖。这是一部根据我少年时的一段经历用儿童视角写成的小说。在上个世纪七十年代初期,中国的农民还生活在人民公社的体制内,个人没有行动自由。而几千年来与农民为伴的牛,成了人民公社的重要生产资料放在生产队集体饲养,个人没有饲养的自由。那时的牛是神圣的,不允许屠宰,即便是因病死去的牛,也要等公社的兽医来验定后,才可以分给社员食用。因为饲草缺乏,在严冬季节,生产队里派我跟随一个老人,把牛赶到荒滩上去放牧。冰雪覆盖着荒滩,枯草都深深地埋在雪里。在这种严酷的条件下,我们的牛为了生存,恢复了它们祖先的野性。它们用嘴巴拱开积雪,寻找枯草果腹。它们用蹄子敲开坚冰,畅饮冰水解渴。我至今忘不了牛用蹄子敲冰时发出的铿铿锵锵的声音,我至今忘不了牛饮冰水时,嘴巴里喷出的乳白色的蒸气。到了春暖花开的季节,冰雪消融,大地回绿,苦熬了一个冬天的牛也恢复了生机,慢慢地胖起来,活泼起来。深通牛性的生产队长给我们下了一个死命令:不准许牛们交配。因为生产队里只要十头牛就可以满足生产需要;如果多了,饲草困难,卖又不让卖,杀又不让杀,反而会成为沉重的负担。但要看住牛不让它们交配,的确是十分困难的事情。尽管我和那位老人想了许多阻止它们交配的办法,但到了放牧结束时,所有的母牛肚子里,都怀上了小牛。故事就围绕着这些小牛展开。因为时间关系,我不能在这里详细地讲述这个故事了,但愿在不久的将来,这部小说能够被翻译成日文,供大家阅读。

在那次发奖会上我曾经说过:中华人民共和国成立以来,五十年的历史中,牛的命运与小说的命运十分相似。小说与牛一样,一度被抬举到不切实际的重要位置上,但又饱受着管制。到了八十年代,随着人民公社的瓦解,农民获得了自由,牛的数量空前地发展,就像这个时期的小说空前繁荣一样。但随着农业机械的普及,牛渐渐地被淘汰出生产过程,养牛的农民越来越少,就像这个时期的小说渐渐地被更加简捷有趣的娱乐方式,譬如卡拉OK、电视连续剧挤出娱乐空间一样。现在,农民养牛,一半是要把它们育肥了宰杀谋利,一半是出于对这种善良的家畜的眷恋。一个垂暮的老人,可以对着一头牛絮絮叨叨。这景象有几分凄凉,也有几分温馨。现在,写小说的人,有的是想借此牟取名利,有的则是要借助于这种方式,把心中的话说出来。我当然属于后者。我找不到一个真正的朋友诉说我心中的痛苦,只能把小说当成我的朋友,让它来聆听我的诉说。写作就是诉说,就像一个老农对着一头老牛诉说一样。我之所以在这里说了这么多牛,因为在我的下一部小说里,将有一头成了精的牛。

2000年冬天,我完成了长篇小说《檀香刑》,2001年春天出版。这部小说与我的诸多作品一样,引起了强烈的争议。喜欢的人认为这是一部伟大的作品,为二十一世纪的中国小说开辟了一条新的道路;不喜欢的人认为它是一堆狗屎。争议的焦点是小说中的刽子手赵甲和对施刑场面的详尽的描写。我在该书出版后,曾经接受过记者采访,劝诫优雅的女士不要读这本书。但后来的事实证明,许多优雅的女士读了这本书。她们不但没有做噩梦,也没有吃不下饭;反倒是许多貌似威猛的男士,发出了一片小儿女的尖叫,抱怨我伤害了他们的神经。由此可见,女人的神经比男人的神经更为坚强。有一个女士给我写信,说:我真想请你给我花心的丈夫施上檀香刑。我回信说：亲爱的女士，你的丈夫花心固然可恨，但远远不到给他施檀香刑的程度；而且，这种野蛮的刑罚早已成为历史陈迹。另外，书中的人物，不能与作者画等号。我虽然在书中写了一个残酷无情的刽子手，但在生活中，我是个善良懦弱的人，我看到杀鸡的场面，腿肚子都会哆嗦。

关于《檀香刑》中残暴场面的描写，我认为是必要的。这是小说艺术的必要，而不是我的心理需要。我想这样的描写之所以让某些人看了感到很不舒服，原因在于：这样的描写，展示了人类历史上曾经存在过的黑暗和残暴；这样的描写也暴露了人类灵魂深处丑陋凶残的一面，当然也鞭挞了专制社会中统治者依靠酷刑维持黑暗统治的野蛮手段。

有一些批评者认为《檀香刑》是一本残暴的书，也有人认为这是一本充满了悲悯精神的书。后边的说法当然更符合我的本意。写作这本书时，我经常沉浸在悲痛的深渊里难以自拔。我经常想：人为什么要这样呢？人为什么会这样呢？为什么要对自己的同类施以如此残忍的酷刑呢？是谁给了他这样的残害同类的权力呢？许多看上去善良的人，为什么也会像欣赏戏剧一样，去观赏这些惨绝人寰的执刑场面呢？统治者和刽子手、刽子手和罪犯、罪犯和看客，他们之间到底是一种什么样的关系呢？——这些问题我很难解答，但我深深地体验到了这种困惑带给我的巨大痛苦。我认为这不仅仅是高密东北乡的困惑，而且也是中国的困惑，甚至是全人类的困惑。是什么力量，使同是上帝羽翼庇护下的人类，干出如此令人发指的暴行？而且这种暴行，并不因为科技的进步和文化的昌明而消失。因此，这部看起来是在翻腾历史的《檀香刑》，就具有了现实的意义。

有人还说，《檀香刑》是一个巨大的寓言，我同意这种看法。是的,作为一种残酷的刑罚,檀香刑消失了,但作为一种黑暗的精神状态,却会在某些人心中长久地存在下去。也就是说,在黑暗的意识里,有人还渴望着给别人施加檀香刑,有人会心甘情愿地承受檀香刑,更会有人去趣味盎然地观赏檀香刑。我在写作这部小说的过程中,一会儿是施刑的刽子手赵甲,一会儿是受刑的猫腔戏班主孙丙,一会儿是处在政治夹缝中的高密县令钱丁,一会儿又是欲火中烧的少妇孙眉娘。在人生的道路上,每个人都会在不同的时刻,扮演着施刑人、受刑人或者是观刑人的角色。看完这部书,如果读者能从中体会到这三种角色的不同心境,从而引发对历史、对现实、对人性的思考,我的目的就算达到了。

在《檀香刑》中,我第一次尝试着把小说叙事艺术和我故乡的小戏"茂腔"嫁接在一起。我想创造一种不但跟别人不一样,而且也跟我过去的小说不一样的独特的文体,我希望我能发出独特的声音。而小说的结构,则借用了中国传统小说的"凤头—猪肚—豹尾"的结构方法。小说的情节设计、人物关系,都是高度戏剧化的。矛盾尖锐,冲突激烈。亲情和刑罚把几个主要人物连接在一起,展开了一场悲壮的大戏。这是一部戏剧化的小说,也是一部小说化的戏剧。剧中人物与其说是生活在现实中,还不如说他们生活在戏剧中。在某些时刻,连他们自己也分不清哪是戏剧哪是现实了。

小说中的"猫腔",基本上是我的虚构,但我故乡的确有一个很小的剧种。我是在这个地方小戏的旋律中长大的。在写作《檀香刑》的过程中,这个小戏的旋律始终在我的耳边回响。找到了这个叙事的腔调,写作时就如河水般奔流。但我知道,这样的语言、这样的结构,对翻译这本书的吉田富夫教授来说,必定是十分艰难。我不知道吉田先生用什么方法完成了这场转换。

写完了《檀香刑》之后，我写了《冰雪美人》《倒立》等短篇小说，这些小说发表后都被多家报刊转载。

在2000年到2002年里，我访问了美国、法国、瑞典、澳大利亚等国，为英文版和法文版《酒国》、瑞典文版《天堂蒜薹之歌》的出版做了一些宣传。去年年底，又去台北市做了一个月的驻市作家。这两年里我写得很少，有许多次梦幻般的飞行。身处在万米高空，透过舷窗看到机翼下的团团白云和苍茫大地，我心中不时地浮起一阵阵忧伤的感情。宇宙如此之大，人类如此之小；时空浩渺无边，人生如此短暂。但老是考虑这些问题也是自寻烦恼。我想我的痛苦是因为我写了小说，解除痛苦的办法也只能是写小说。于是，春节过后，我静下心来，用三个月的时间，完成了长篇小说《四十一炮》。然后又用了一个星期的时间，完成了一部话剧。

这就是我上次日本之行后所做的主要工作，我很懒惰，愧对大家的厚爱。但愿这次回国后我能勤奋起来，尽快地让高密东北乡那头神奇的牛，给读者带来惊喜。

感谢吉田富夫教授把《檀香刑》完美地翻译成日文！感谢日本读者，希望这本书能带给你们一些思索。

小说与社会生活

——在京都大学会馆的演讲

时间：2006 年 5 月
地点：日本京都

  我能够第三次站在这里演讲，首先应该感谢这本刚刚出版的《四十一炮》的翻译者吉田富夫教授。是他的杰出的翻译，使我的小说成为日本读者手中的读物，也使我成为一个日本读者比较熟悉的中国当代作家。截止到目前，吉田教授翻译了我的长篇小说《丰乳肥臀》《檀香刑》《四十一炮》、中短篇小说集《幸福时光》和《白狗秋千架》。现在，教授正在翻译我的长篇小说《生死疲劳》。在此，我要向吉田富夫教授表示我崇高的敬意。除了吉田富夫教授，还有藤井省三教授、长崛佑造先生、井口晃先生、立松升一先生、谷川毅先生、釜屋修教授等，将我的长篇小说《酒国》《红高粱家族》和数十个中短篇小说翻译成了日文。在此，我也对他们高尚的劳动表示衷心的感谢！

  小说，原本不是什么高贵的东西。它起源于下层，是那些茶楼酒馆的说书人，用他们的嘴巴，讲述给那些引车卖浆之流听的故事。所以，小说在最初，是说的艺术，不是写的艺术。小说是用耳朵听的，不是用眼睛看的。当然，那些说书人手舞足蹈、眉飞色舞的讲述，本身也是一种观赏性很高的表演。我想，从说书人那里，实际上产生了两种艺术形式：一是写成文字的小说，一是在舞台上表演的话剧。这些都是老生常谈，在中国的大学里我如果讲这些，会被学生们轰下台去，但在国外讲，碍于礼貌，大家不会轰我下台。我出生太晚，没有在宋朝的酒楼和明朝的茶馆里听过说书人的书。但我在故乡的集市上和农家的热炕头上，听过职业的说书人和业余的讲古者的讲述。这些人手中都没有话本，但都能够滔滔不绝地讲述。也许他们是在背诵别人撰写的话本，或者是在一边讲述一边编撰自己的话本。那个时候，当许多孩子都幻想着成为伟大人物时，我却希望自己能够成为一个在集市上说书的人。我不仅仅是幻想着成为一个说书人，而且进行了实践和训练。我不断地把听到的故事转述给别的孩子听，也转述给大人听。我讲故事的能力很强，但劳动技能很差，为此我们生产队里的队长批评我："爷们，别说了，耍贫嘴是耍不出饭来的！"后来，我成了小说家，用笔写小说。我回老家时碰到了队长，他很抱歉地说："作家贤侄，大叔当年眼拙，只看到你耍贫嘴，没想到你还有写书的天分。"我说："大叔，您没看错，现在我还是一个耍贫嘴的，只不过是用笔把嘴里要说的话记录下来罢了！"

我把说书人当成我的祖师爷。我继承着的是说书人的传统。这种继承，起初是无意的，到写《檀香刑》的时候，就成为明确的追求。我在《檀香刑》的后记中写道：

"就像猫腔只能在广场上为劳苦大众演出一样，我的这部小说也只能被对民间文化持比较亲和的态度的读者阅读。也许，这部小说更适合在广场上由一个嗓音嘶哑的人来高声朗诵,在他周围围绕着听众,这是一种用耳朵的阅读,是一种全身心的参与。为了适合广场化的、用耳朵的阅读,我有意大量地使用了韵文,有意地使用了戏剧化的叙事手段,制造出了流畅、浅显、夸张、华丽的叙事效果。民间的说唱艺术,曾经是小说的基础,在小说这种原本是民间的俗艺渐渐成为庙堂雅言的今天,在对西方文艺的模仿压倒了对民间文学继承的今天,《檀香刑》大概是一本不合时宜的书。这是我创作过程中一次大踏步的撤退,可惜我撤退得还不到位。"

我的这段话,引起了激烈的争论。我谈的是作家的写作态度和小说的叙事语言问题,是作家如何向劳苦大众学习,如何从民间文化中汲取创作营养、获取创作资源问题。有很多人支持我的观点,也有很多人质疑我的观点。但我颇为自豪地认为,《檀香刑》引起了众多作家对民间的关注,这种关注,最后演变成一个方兴未艾的"底层文学"写作热潮。

所谓"底层文学",其实就是关注民生疾苦、反映下层人民生活的文学。这样的文学,当然比那些歌咏风花雪月,供养尊处优的贵族和准贵族们消遣的文学更符合文学的本意。这样的文学,当然是对浮躁喧哗的社会生活的反思和批评,有着一定的社会意义。但当某种写作方式和写作内容成为时髦后,事情就开始向它的反面转化。我最近比较集中地阅读了一些"底层文学"作品,发现这些小说多半是按照同样的配方制作出来的。这些作品都表现了对权贵和大款的仇恨,都表现了对弱势群体的同情和怜悯。这些按说都没有错,而且我也丝毫不怀疑这些作家们感情的真诚。但这样的写作方式和这样的文学作品，与"文化大革命"前的"红色经典"，几乎是如出一辙。只不过是，当年那些小说中的地主、恶霸，被置换成了现在这些小说中的腐败官员和大款；当年那些小说中的贫农，被置换成了今天这些作品中的农民、打工者和城市中的下岗工人。就像当年的那些小说因为其鲜明的阶级性而导致了人物的脸谱化、感情的绝对化、思想的单向性而失去了真实性和说服力一样，现在的这些小说，由于写作者对这个激烈变革的社会的茫然无措和对权贵者与富有者的仇恨，而导致了同样的虚假。这些作品的共同特征就是"叠加苦难"，就是"渲染腐化"，把富有者和权贵者的穷奢极欲夸张到类似闹剧的程度，把下层人民的苦难叠加到无以复加的程度。这种写法，其实遵循的既是那些所谓的"革命文学"的老路子，又从通俗流行文学、电视肥皂剧那里学来了煽情催泪的老套子。原本是想贴近现实，但结果是走向了虚假；原本是想批评腐败，但结果是走向了仇恨。这样的作品，会煽动起人们对权贵的仇恨和对弱势群体的同情，有一定的社会意义，但从文学的意义上看，却没有太大的价值。

绕了这么大的一个圈子，现在，我们终于接近了今天演讲的题目："小说与社会生活"。

小说，或者说文学，最根本的来源是社会生活，这是文学的基本常识；任何一本文学的教科书上，都是这样写的。这当然没有错。但文学和社会生活的关系，或者说文学如何表现和反映社会生活，却是一个至今没有解决好的问题。现在这流行的、时髦的"底层文学"，就是那种统治了中国文坛、控制了作家思想几十年的"革命现实主义"创作思想的死灰复燃。

我一直强调，真正的文学，不是"替天行道"的工具，不是"杀富济贫"的利器，也不是鼓动穷人造反的宣传品。真正的文学，应该是超越了党派和阶级的狭隘利益,超越了国家和地区的封闭心态;应该是站在全人类的高度,用一种哲学的、宗教的超脱和宽容,居高临下地概括社会生活的本质,对人类精神进行分析和批判。说得简单些,那就是,我心目中好的小说,其中的人物既有典型性又有象征性,其中的故事和情节既是来自生活的,但又以其丰富的寓言性质超越了生活。好小说使用的语言应该是那种既有大众口语风格又符合语言规范的、具有鲜明个性特征的语言。好小说应该具有丰富的思想内涵,给读者提供解读的多种可能性。面对着复杂纷纭的现实生活,我们不应该满足于在写实的层面上复制现实,那是新闻的任务,不是小说家的任务。我们不应该把小说作为发泄仇恨或者诅咒现实的工具,那是大字报的职能和巫师的工作。我们应该对现实生活进行概括,从人性的角度,找到理解复杂社会生活的纲领。当然,有的小说家愿意为解决社会问题提供答案,但我认为:好的小说从来不提供答案或者从来不直接提供答案,好的小说家也从来不把眼睛盯在某些社会问题上,好的小说家关注的是社会生活中的人和人的难以摆脱的欲望,以及人类试图摆脱欲望控制的艰难挣扎。

我的《四十一炮》就是一部关注底层、既反映了现实生活但又不拘泥于现实生活的小说。我认为《四十一炮》的写法比那些"底层文学"稍微高明一点,这样说有点厚颜无耻,但我确实这样认为。

《四十一炮》是我2003年的作品,小说所描写的时代,是上个世纪九十年代到世纪末。这个时期,与当下的中国社会并无太大的区别。我当然看到了社会生活中存在的诸如"欲望横流、道德沦丧"等严重问题,我当然对社会生活中存在的黑暗现象充满了仇视,我当然也对弱势群体充满了同情;但我更加清醒地认识到,弱势群体和强势群体,都在同一个欲望泥潭里挣扎。弱势者未必天生善良;强势者未必狼心狗肺。仇恨财富,也许正是渴望财富的极端反应;蔑视权贵,也许对权贵梦寐以求。我写这部小说时,是用一种慈悲的平等的态度,来对待在欲望的泥潭里痛苦挣扎的芸芸众生。在我的心目中,好人和坏人、穷人和富人,都没有明显的区别,他们都是欲望的奴隶,都是值得同情的,也都是必须批判的。小说中人物所遭受的苦难,并不完全是外部原因导致的,最深重的苦难来自内心、来自本能。从宗教的角度看,苦难并非毫无价值,苦难是人类完善自己、拯救自己的机会。地藏王菩萨"地狱不空,誓不成佛"的精神,耶稣在十字架上的献身,都是承受苦难、超越苦难的典范。因此也没有必要用眼泪来祭奠苦难,没有必要把苦难累加到人物身上来赚取读者眼泪当作小说的终极追求。真正伟大深刻的小说,不会让读者泪流满面。我非常明白我是在写小说,不是在写社会调查报告,不是在写控诉书。因此,我把小说艺术上的追求和创新,放在了至关重要的位置上。我构建了民间的、具有批判色彩的以"炮"为形象符号的隐喻体系,曲折而象征地表现了社会众生相,揭示了现代化进程中民间宝贵精神资源的丧失和人性的畸变。

小说中的主人公罗小通是个具有与肉通灵能力的孩子,他的人生历程充满了荒谬和象征。他具有极强的语言能力和难以抑制的诉说欲望,他的诉说充满了随机创造和夸张;这样的孩子,在我们乡下,被称为"炮孩子",他也是一个说书人。他由一个吃肉大王、能与肉交流对话的孩子,演变成了"肉神";他对肉的欲望,既是人类食欲的象征,又是通往性欲的桥梁。

罗小通的食肉欲望,起源于物质贫乏时的欲望想象。随着物质生活的改善和肉类的充足,他的食肉奇能,渐渐演变成一种对肉的崇拜。直到他自己被民间封为"肉神"。这肉神,是一个嫁接在欲望身上的文化怪胎,罗小通的吃肉表演,迎合了这个时代反崇高、反理性的荒谬本质。肉神游戏的结束,因为罗小通母亲的惨死和父亲的被捕。这些重大的变故,基本上结束了罗小通的童年。但罗小通是一个拒绝长大或者说是害怕长大的孩子,他坐在那个象征着男性能力的五通神庙里,用滔滔不绝的诉说,来回忆也是挽留自己的少年时光。尽管他的身体已经是一个青年,但他的心灵,还是一个孩子。我认为这是我对自己惯用的儿童视角叙事的一次延伸和突破。之所以要这样做,是为了继续保持儿童视角下的世界的童话色彩和寓言本质,是为了不被现实生活束缚,是为了让现代社会的荒诞本质,得到更为集中的揭示;当然,也是为了更为深刻地对这荒诞进行批判。

　　成年后的罗小通缺乏应对现实生活的能力和勇气,他是一个逃避者。这时,那个少年时期的他,已经变成了那个用柳木雕刻成的肉神偶像,被置放在象征着强大性能力的五通神庙里,接受着人们的膜拜。在这神庙中诉说着的罗小通和听着他诉说的大和尚,正是代表着食欲和性欲的两大神灵的肉身。他们看起来是两个人,其实完全可以合而为一。那个能够同时与四十一个女人性交、创造了吉尼斯纪录的大和尚,与其说是人,不如说是罗小通心中的幻相。与其说是罗小通在诉说,不如说是欲望在诉说。这诉说是想寻求解脱,但却陷入更加深层的迷恋。这看上去是罗小通的困境,也是被欲望控制了的中国社会的困境,其实也是整个人类世界的困境。

　　前几年,我与一个老和尚交谈,我说:我可不可以出家呢?老和尚看看我,说:"你心中还有那么多的欲望,怎么出家呢?"我问:"怎样才能使我心中的欲望少一点呢?"老和尚指指池塘中盛开的荷花,笑而不答。我一直在想,那荷花植根其中的污泥,是不是象征着人类的欲望呢?老和尚是不是暗示我要像荷花一样出污泥而不染呢?还是暗示我要大胆地去放纵自己的欲望,然后再迷途知返呢?我至今也没想明白这个问题,所以我至今还没有出家。

罗小通吃腻了肉,才成为肉神;大和尚与数万个女人交合过,才出家当了和尚。在这里,我想说,人类只有受到纵欲的惩罚后,也许才可能觉悟。但这个答案是迟疑的,因为罗小通始终受到眼前声色犬马的影响,而不能专心致志地回忆和讲述,他心中的幻相,也都是欲望的影子。

关于《四十一炮》中的"炮",需要我做一些简单的解释。除了我前面所说的"炮孩子"之"炮"外,还是一种叙事的腔调和视角。既是小说中的主人公罗小通在放"炮",也是作家莫言在放"炮"。"炮",在当代中国的社会生活中,还具有性的含义。性交,就是"打炮"。当然,在小说的结尾,真正的炮出现了。但这真正的炮,也是象征。罗小通在一个制高点上,对着他既恨又爱的权贵老兰,连续发射了四十一发炮弹;但这四十一炮中,前四十炮,似乎都瞄准了目标,但都是空炮,反倒是漫不经心的第四十一炮,却把老兰拦腰打成了两段。这一炮和意大利作家卡尔维诺的著名小说《分成两半的子爵》中那发把子爵打成两半的炮弹类似,是童话中的炮弹,依然是想象的产物。这是对着欲望的开炮,也是欲望自身在开炮。于是,在隆隆作响的炮声中,小说中的人物,如同演出结束后的演员谢幕,轮流出场,这部小说,也就拉上了帷幕。

听了我的简单解说,大家是不是认为我处理小说与社会生活的方式,比那些"底层文学"的方式,稍微有趣一些呢?

生死疲劳不是梦[*]

——香港浸会大学"红楼梦文学奖"得奖感言

时间：2008年9月

尊敬的各位评委，女士们，先生们：

让一个名叫"莫言"的人，站在大庭广众之下演讲，颇有几分讽刺意味。三十年前，当那个名叫"管谟业"的人，把自己名字中间的"谟"字，一分为二变成"莫言"时，他并没有意识到这一私自改姓易名的叛逆行为所包含着的意义。他当时只是想，很多大作家都有笔名，他自己也应该有一个。当他注视着这个意味着"不说话"的新名字时，他想到了多年前父母亲的谆谆教导。那时候中国大陆的政治生活极不正常，阶级斗争的浪潮一浪高过一浪，人们都普遍地丧失了安全感，人与人之间没有忠诚和信任，只有欺骗和防范。在这种社会背景下，许多人因言招祸，一语不慎，很可能带来身败名裂、家破人亡

---

[*] 2009年3月，作者在《纽曼华语文学奖获奖感言》中所讲内容除了个别地方稍有改变，基本与此文相同。——本书脚注均为编者注

的后果。那时候,他偏偏是个饶舌的孩子。他有着很好的记忆力、很好的口语表达能力和在人前说话的强烈欲望。但每当他欲施展自己的说话才能时,母亲总忘不了提醒他一句:"千万少说话啊!"但江山易改,本性难移,一离开父母的眼睛,他还是要滔滔不绝地说。

在荣获"红楼梦奖"的小说《生死疲劳》中,那个废话连篇、招人讨厌的莫言,虽不能说完全是他,但也基本上就是他了。

文学来自生活。这毫无疑问是真理,但生活浩瀚无边,每个作家所能使用的,也就是那一点点与他的个人经验相关的生活。一个作家要想持续不断地写下去,就必须千方百计地拓展自己的生活领域,就必须和追求富贵与闲适的欲望做斗争。追求痛苦,是一个成名作家的自救之路,但幸福总是在追求痛苦时不期而来。因此,对作家来说,最珍贵的财富是追求幸福时不期而来的痛苦,但这是可遇不可求的。因此我也相信,要在文学上获得成功,除了才华和勤奋之外,更重要的还是命运。

一个作家一辈子可能写出很多本书,但真正能够被人记住的,也就是一本或者几本书。截止到目前,我已经写出了十部长篇和近百部中短篇小说,但究竟是哪一部,或者是哪几部能经得起历史的考验,得以比较长久地流传下去呢?我自己很难做出判断。《生死疲劳》荣获"红楼梦奖",这等于是各位评委替我做出了一个判断。我想,假如我能有两本书得以流传,《生死疲劳》肯定是其中之一。因为它得了"红楼梦奖",更因为此书调动了我人生经验中最重要的一部分。

我曾经说过,写作此书用了短短的四十三天,但孕育构思此书却用了漫长的四十三年。上世纪六十年代初,当那个管谟业还在大栏小学读书时,每天上午第二节课后的广播体操时间里,邻村的那个姓蓝的单干户农民,推着一辆当时已经无人使用的木轮车——拉车的是一头瘸腿毛驴,赶驴的是他的小脚的妻子。木轮车发出尖厉刺耳的响声,车轮在学校前边的土路上轧出深深的辙印。这些,都牢牢地被管谟业记住了。当时,他与所有的孩子一样,对这个顽固地坚持单干的农民充满了反感和歧视。他甚至随着众多的孩子,参加了对这个单干户农民投掷石块的恶行。这个农民,一直顽抗到1966年,在"文化大革命"的残酷迫害中,他终于坚持不住而自寻短见。

许多年之后,当管谟业成为了莫言时,他一直想把这个单干户的事迹写成一部书;尤其是当八十年代人民公社解体,分田到户,农民实际上又恢复了单干时,他感到这个蓝脸,是一个了不起的,敢于坚持己见,不惜与整个社会对抗,最后用生命捍卫了自己的尊严的人。这样的人物形象,在中国当代文学中,还没有出现过。但他一直未动笔,因为他没有寻找到这部小说的结构方式。直到2005年夏天,他在一所著名的庙宇里,看到了六道轮回的壁画时,才感到茅塞顿开。他让一个被冤杀的地主变成驴、牛、猪、狗、猴,最后终于又转生为一个带着先天性不可治愈疾病的大头婴儿。大头婴儿滔滔不绝地讲述着他身为畜生时的种种奇特感受,用动物的视角,观照了五十多年来中国乡村社会的变迁。

有人问我,小说中的莫言与现实生活中的莫言是什么关系?我说,小说中的莫言既是作家莫言塑造的一个人物,也是作家莫言自身。其实,小说中的所有人物,与作家的关系都是如此。

现在,就让作家莫言,代表着他小说中的所有人物和所有动物,向浸会大学文学院,向各位评委,向张大朋先生,向在座的各位朋友们,表示衷心的感谢!

韩国万海文学奖获奖感言

时间:2011年8月

地点:韩国江原道仁济郡

尊敬的各位评委,女士们,先生们:

能获得万海文学大奖,我非常激动。

我获得过很多文学奖,但万海文学大奖具有特殊的意义。

第一个意义是关于佛教的。几年前,在北京召开的亚洲文化论坛上,我曾经做过题为《佛光普照》的演讲。我想,对于亚洲地区的诸多国家来说,佛学是我们共同的文化资源。对佛的顶礼膜拜,是我们亚洲地区亿万人民的共同信仰。佛教所倡导的和平和谐的精神,是人类千百年来所追求的理想境界。我的小说《生死疲劳》里贯穿着佛教的精神,这部书之所以能获得读者的青睐,正是佛的佑护。

万海大师在百潭寺里磨炼意志,艰苦修行,同时又时刻将民族独立大业和众生疾苦挂在心头,这正是"地狱不空,誓不成佛"的献身精神的伟大实践。能获得以万海大师的名字命名的奖项,也正是佛对我的勉励。

第二个意义自然是关于文学的。万海大师既是高僧，又是诗人；既是修行者，又是革命者；既是思想者，又是实践者。他将佛教与文学、避世与入世、思想与实践结合在一起，为后代树立了光辉的榜样。正像佛教要想深入人心、佛家必须参与社会生活一样，文学要想教化世人，作家也必须积极投入社会实践，必须与最广大的人民群众同呼吸共命运。这样的作家创造出来的文学作品，才有可能是推动社会向光明境界发展的作品。也只有这样的与人民的生活息息相关的作品，才能够使人的情感变得丰富而美好！

谢谢大家！

关于《蛙》的京都演讲

时间：2011年7月
地点：日本京都

女士们，先生们：

这是我第五次站在这个讲坛上，向尊敬的读者和朋友们，表达我对吉田富夫教授的感激之情。十二年来，他已经翻译了我五部长篇小说，两部中短篇小说集。因为有了他的艰苦的创造性劳动，我的小说才能被广大的日本读者阅读。当然，我也要感激一直在冒着赔钱的危险出版我的小说的中央公论出版社，他们对我的信心是我写作的重要动力。尤其是在今年日本遭受巨大灾害的情况下，出版社竟然按照合同所约，如期出版了我的小说，这种信守诺言、敬业敬人的精神，让我十分感动。

《蛙》是一部什么样的小说呢？我想，不仅是尚未读过此书的朋友会提出这样的问题，有很多读了此书的朋友，也会向我提这样的问题。

《蛙》是一部纪实小说，还是一部虚构小说？我可以毫不犹豫地说：是一部虚构小说。尽管这部小说的主人公是以现实生活中我的一位姑姑为模特，尽管这部小说融入了我个人的生活经验，但这些真实的素材都经过了加工，就像将一堆木料加工成一件家具一样。

毫无疑问，《蛙》中的主要人物和主要事件，都是与中国的计划生育问题紧密相连的。不但中国人关心这个问题，很多外国人也关心这个问题。但真正理解这场持续了三十年、至今还没解除禁令的运动的本质的，还是我们这些亲身经历者。连中国的许多生活在优裕的环境里的所谓的知识分子，他们也没有像我这种切肤之痛。

中国的计划生育该不该搞？独生子女政策该不该终止？这些问题，正在中国激烈地争论着。但据我所见，大多数争论者，其实都是站在岸上的人，他们指点着正在水里挣扎的人，发出的种种清高议论，其实都是不关痛痒的。我想，要讨论中国的人口问题，第一要了解中国的历史，第二要了解人口的现状。也就是说，那些教授们，学者们，根本不了解农村的生育现状，甚至连中国到底有多少人口都没搞清楚，就在那里奢谈人口问题，几同于胡言乱语。

这本书在中国出版后，有很多记者询问我对计划生育这个问题的看法。对这样的问题，我不予回答。因为提出这样的问题，就说明他根本没看过我的书。如果他看了我的书，自然会知道我对这个问题的看法。

我认为，最近三十多年来，影响和改变了中国人民生活的两个最大的问题，一个是经济改革，另一个就是计划生育和独生子女政策。关于经济改革的小说三十年来层出不穷，但关于计划生育的小说却十分少见。这也说明了这个问题的复杂和敏感。以这样的题材写小说，当然要冒很大的风险。但我想，一个作家，应该有直面重大社会问题的责任和勇气，当然，还需要具有处理这个复杂题材的技巧。

其实，在我以前的小说，诸如《爆炸》《欢乐》等篇中，都涉及过计划生育问题，对农村在执行计划生育政策时所采取的粗暴行为也都有比较细致的描写。既然以前曾写过，为什么我还要写？那就是意犹未尽，那就是我感到还远远没有挖掘出这个素材所包含的人性深度，那就是说我必须借助于这个题材，对人性进行深入的实验和剖析，并最终完成一个小说家的最高追求：塑造出一个在以往的小说里从未出现过的、独特的典型人物形象。

现实生活中，我的一位姑姑，确是行医多年的妇科医生。尽管她已退休，但她的家至今车马盈门，周围几个县的妇女们都来找她看病求子。她医术高超，从她的父亲那里继承了很多药方，治好了很多妇女的不孕症，让一个个的宝宝降生到人间。但同样是她，在1980年代计划生育高潮时，也曾违心地为许多违规怀孕的妇女做了堕胎手术。我从来没有问过我姑姑为妇女做堕胎手术时心中的感受，我觉得没有必要问，我作为一个小说家，应该能够想象到姑姑心中的矛盾和痛苦。

正是因为有一个这样的姑姑，所以我心中一直在成长着一部小说，这部小说就是《蛙》。之所以拖到2008年我才动笔写这部小说，主要的原因是真实的姑姑太过强大，她总是固执地要以她本来的面目出现在小说中，而我，总是想让小说中的"姑姑"超越现实中的姑姑，成为一个复杂的、丰富的、既是天使又是魔鬼的文学典型。

让"姑姑"成为这样一个典型，最重要的工作是，我要用现实的环境和虚构的情节来建立一种合理性。"姑姑"之所以成为了这样一个独特的人物，正是这环境和情节的塑造。

几十年来，我在小说中写了很多女性。她们有的风流，有的勇敢，有的饱经苦难而不屈服，有的爱心博大、宽容仁慈，但像"姑姑"这样一个很难用善恶来界定的复杂人物,还是第一次出现。因此,我觉得《蛙》是一部成功之作,因为我创造了一个文学史上的新人。

这部小说中的另一个重要人物"万小跑",是我的倒影。也就是说,我借助"万小跑"这个人物,完成了对自身的批判。近年来,我曾多次说过,当我完成了"把好人当坏人写,把坏人当好人写"的阶段之后,接下来就要进入"把自己当罪人写"的阶段。《蛙》是我的"把自己当罪人写"的创作理念的一次实践。在近半个世纪里,我见证了和亲历了许多罪恶事件。过去我一直认为自己是一个受害者,我总是在盯着别人的罪,总是利用文学的方式对别人的罪恶进行清算,但近年来,尤其是在写作《蛙》的过程中我痛苦地认识到,他人有罪,我亦有罪。如果一个人不能正视自己所犯下的罪,那他永远是一个虚伪的批评者,他对别人的尖刻的批判,实际上也是对自己的批判,因为他做得并不比别人好。这样的批判不能服众,只能增加仇恨。一个作家,如果不敢袒露自己灵魂中的丑,他的创作便不可能具有撼动人心、触及灵魂的力量。写《蛙》时我想到:他人的罪,由他们自己清算;他们自己不清算,由上帝来清算。我的罪,自己来清算,不必等待上帝。但人的潜意识里,总是有自我保护的本能,因此,我的自我批判的力度,还是远远不够的。

我对小说艺术的创新有一种近乎痴迷的追求。我总认为,一个精彩的故事,必须借助一个新颖的形式,才可能得到完美的呈现。《蛙》采用了书信体加话剧的结构。这样的结构,对剪裁素材,产生了很大的便利;同时,对处理很多复杂问题,也提供了便利。更重要的是,话剧和书信部分,形成了一种互文参照的关系,从而使姑姑这个人物更加复杂,也使代孕偷婴的故事产生了亦真亦幻、扑朔迷离的效果。

先生们，女士们，京都会堂既是我解说新书的地方，又是我预告下一部著作内容的地方。我曾在这里预告过《生死疲劳》与《蛙》的写作，但今天，对下一部作品，我却难以预告了。因为，想写的故事实在太多，我现在还无法确定先写哪一部。但不管我先写哪一部，它总会是一部与我已经写出的小说不一样的小说，总会是一部不会让大多数读者失望的小说。我会努力地工作，争取尽快地再次站在这里演讲。

谢谢大家！

第八届茅盾文学奖获奖感言

时间：2011年9月19日
地点：北京国家大剧院

沈从文先生曾说过：小说要"贴着人物写"。这是经验之谈，浅显，但管用。浅显而管用的话，不是一般人能说出来的。我改之为"盯着人写"，意思与沈先生差不多，但似乎更狠一点，这是我的创作个性决定的。近日首都剧场上演北京人艺排演我的戏《我们的荆轲》，记者多有问我：此戏到底是写什么？我说：写人，写人的成长与觉悟，写人对"高人"境界的追求。由人成长为"高人"，如同蚕不断地吃进桑叶，排出粪便，最终接近于无限透明。吃进桑叶是聆听批评，排出粪便是自我批判。

《蛙》出版已近两年，期间我多次接受过媒体采访。许多人也曾问我：这部小说到底是写什么的？我说：写人，写"姑姑"这样一个从医五十多年的乡村妇科医生的人生传奇，她的悲欢与离合，她内心深处的矛盾，她的反思与忏悔，她的伟大与宽厚，她的卑微与狭窄。写出她与时代的和谐与冲突，写出她的职业道德与时代任务的对抗与统一。写的看似是一个人，实则是一群人。

《蛙》也是写我的，学习鲁迅，写出那个"裹在皮袍里的小我"。几十年来，我一直在写他人，写外部世界；这一次是写自己，写内心，是吸纳批评，排出毒素，是一次"将自己当罪人写"的实践。

揭露社会的阴暗面容易，揭露自己内心的阴暗困难。批判他人笔如刀锋，批判自己笔下留情。这是人之常情。作家写作，必须洞察人之常情，但又必须与人之常情对抗，因为人之常情经常会遮蔽罪恶。在《蛙》中，我自我批判得彻底吗？不彻底。我知道。今后必须向彻底的方向努力，敢对自己下狠手，不仅仅是忏悔，而是剖析，用放大镜盯着自己写，盯着自己写也是"盯着人写"的重要部分。一个五十多岁的人，还认不清自己的真面目，对一个作家来说，是有悖职业道德的。

前些天，我说过，得了茅盾奖，力争用十分钟忘掉。十分钟忘不掉，就用十天忘掉。这不是对这个奖的轻视，而是对膨胀的虚荣心的扼制。如果得了奖就忘乎所以，那是可耻的行为。必须清楚地知道，"高人"并不是我，真正的好小说还没有被"发明"出来。要把目光向那个方向看，盯着那个荆棘丛生、没有道路的地方。那里有绝佳的风景，那里有"高人"在向我们招手。

第二辑

在法兰克福"感知中国"论坛上的演讲

时间：2009 年 9 月 13 日

地点：德国法兰克福

女士们先生们：

下午好！

开了两天会，终于谈到了文学。上个月，我因为胃出血住进了医院，出院以后身体虚弱，本来想跟有关方面打个招呼，在家养病，不来参加这个会议。但我妻子说：既然已经答应了别人，就应该信守承诺，尽管你一爬楼梯就冒虚汗，但我建议你还是要去。你若不去，对会议主办方很不尊重。听妻子话，我来了。我临出门的时候，妻子对我说：听说德国的高压锅特别好，你买一个带回来。我这才明白她让我来的真正目的是让我来买锅。我前天上午已经完成了任务，买了个高压锅在床头放着。这次来呢，我还知道德国某些媒体给我背上了一个黑锅——非常抱歉，可能给同传翻译的女士增加了困难，中国人将强加于自己的不实之词称为"背黑锅"——中国有一些小报经常这样干，经常造我的谣言。我没想到像德国这样号称严谨的国家的媒体也会这么干。由此我也明白,全世界的新闻媒体都差不多。这次我来法兰克福,收获很大,买回了一个银光闪闪的高压锅,同时卸下了一个黑锅。我是山东人,山东人大男子主义,如果一个男人听老婆的话会被人瞧不起的,我这次来才体会到老婆的话一定要听。我如果不来,第一买不回高压锅,第二我的黑锅就要背到底了。我老婆的话体现了两个很宝贵的原则,一个是要履行承诺,答应了别人一定要做到;第二个就是别人好的东西我们要拿过来。德国的锅好,我们就买德国的锅。我老婆的这两点宝贵品质值得很多人学习。前天晚上我给她发了个短信,把我这次的行动做了汇报。她给我回短信:再买一个高压锅。两个高压锅太沉了!我就给她撒了一个谎:德国海关规定每个人只能买一个高压锅。假如我们的德国朋友不反对,不怕中国人把德国的高压锅买得涨价的话,我回去会利用我在中国的影响,写文章宣传德国锅的好处,让全中国的家庭主妇都让她们的丈夫来买锅。

光说锅也不行,我们还得说文学。我认为优秀的文学作品是应该超越党派、超越阶级、超越政治、超越国界的。作家是有国籍的,这毫无疑问,但优秀的文学是没有国界的。优秀的文学作品是属于人的文学,是描写人的感情,描写人的命运的。它应该站在全人类的立场上,应该具有普世的价值。像德国的作家歌德的作品、托马斯·曼的作品、伯尔的作品、君特·格拉斯的作品、马丁·瓦尔泽的作品,还有西格弗里德·伦茨的作品,这些作品我大部分都读过。我认为他们的作品就是具有普世价值的、超越了国界的文学。尽管他们描写的是中国读者并不熟悉的德国生活,讲的是德国的故事,但因为他们的作品在描述了德国生活的特殊性的同时,也表现了人类情感的共同性,因此他们的作品就获得了走向世界的通行证,因此他们的文学既是德国的文学也是世界的文学。

我必须坦率地承认，中国当代文学中，也就是从1949年到现在的文学当中，确实有一批作品是不具备世界文学的素质的。因为这批作品的作者受到了时代的限制，不敢也不愿意把他们心中的真实的情感表露出来。这种情况从上个世纪的八十年代发生了变化。尽管有很多人对中国最近三十年来的文学的评价不高，包括德国的著名汉学家顾彬先生，他对我们最近三十年来的当代文学评价很低。他有很多非常有名的说法，我在这里就不重复了。但是我个人认为最近三十年来的中国当代文学取得了很大的成绩。我们写出了很多具有世界文学品质的优秀作品。

中国当代文学之所以能在三十年来取得了显著的进步和巨大的成绩，是因为我们中国作家三十年来大胆地谦虚地向西方文学进行了学习，包括向德国作家的作品学习。但是向西方文学的学习并不意味着要照着西方文学的模式来克隆我们自己的小说、诗歌。在上世纪八十年代中期，我们确实经过了简单模仿的阶段，但是这个阶段很快就过去了，因为我们很快就认识到了这样的模仿是没有出路的。你模仿君特·格拉斯模仿得再像，那有什么意义呢？那顶多说你是中国的君特·格拉斯。模仿马丁·瓦尔泽模仿得再像，也没有意义，顶多说你是中国的马丁·瓦尔泽。要取得自己的文学地位，就必须写出属于自己的、与别人不一样的东西。一个国家的文学想要取得在世界文学中的地位，同样也要具备自己的鲜明的风格，跟别的文学在基本点上有共同的地方，但某些特性要十分鲜明。所以我想，中国文学既是世界文学一个构成部分，也是属于中国自己的，这才是对的。那如何实现这一目标，这就需要我们在向中国古典文学、西方文学包括德国文学学习的同时，去发掘我们中国的老百姓日常生活当中所蕴藏着的创作资源,包括我们每一个人与别人不一样的亲身经验。然后在我们个人独特经验的基础之上,塑造出我们自己的人物系列,使用或者锤炼出属于我们自己的文学语言,创作出具有鲜明个性的小说或者诗歌。这样的话,作为一个作家才有可能取得自己在文坛当中的地位,作为一个国家的文学才有可能取得在世界文坛上的地位,但是这个目标目前还远远未能实现。我们尽管取得了很大的成绩,但是离我所想象的伟大的文学还有很大的差距。这就要求我们确实还是要继续谦虚地学习所有国家、所有民族的优秀文学作品,学习我们中国传统文学作品,更要深入到日常的最普遍的生活当中去,亲身体验,写出自己感触最深的、心中最痛的感觉,那么我们的作品才有可能具有世界文学的价值,否则很难说我们写的到底是什么东西。

另外,我想谈一下文学多样化的问题。高压锅可以批量生产,而且越符合标准越好,便于修理嘛。文学最怕的就是批量生产。我确实没有资格对中国当代文学进行评价,因为在这三十年来出现了成千上万的文学作家,出现了可以说是汗牛充栋的文学作品。如果一个人没有大量地阅读文学作品,要对它做一个总体性的评价是很冒险的也是很不负责的。我也没有兴趣过多地评论别人的作品,但是我有自己关于文学的标准,而且我按这个标准把作家分成好的和比较好的。我可以不喜欢某个作家,但是我无权干涉他的创作方式。如果我作为一个批评家,当然要尽量排除掉我个人的审美偏好,尽量客观地评价别人。但是我作为一个作家,我就可以非常个性化地选择我所喜欢的,不读我不喜欢的。

刚才一位先生提到了作家和社会生活的关系,尤其是和政治之间的关系。好的文学、好的作家当然离不开社会生活。作为一个中国作家必须对中国社会所发生的一切保持一种高度的兴趣，而且有深入的了解和体验。你要对社会上所发生的各种各样的问题有一个自己的看法，这种看法可以和所有人都不一样。对于一个作家、对于文学来讲，最可贵的就在于它和所有人都不一样。如果我们所有的作家的看法都一样，那么这么多作家的存在价值就值得怀疑。

在社会中，有的时候我们要强调一种共性，但是在文学当中确实要高度地强调个性。在国内，我做过的很多演讲都以文学的个性化与作家的个性化为题目。这也是三十年来中国作家所做的巨大的努力，就是要从模式化的、公式化的、雷同的作品的套路中解脱出来。作家对社会上存在的黑暗现象，对人性的丑和恶当然要有强烈的义愤和批评，但是我们不能让所有的作家用统一的方式表现正义感。有的作家可以站在大街上高呼口号，表达他对社会上不公正的现象的看法，但是我们也要容许有的作家躲在小房子里用小说或者诗歌或者其他文学的样式来表现他对社会上这些不公正的黑暗的事情的批评，而且我想说对于文学来讲，有个巨大的禁忌就是过于直露地表达自己的政治观点。作家的政治观点应该是用文学的、形象化的方式来呈现。如果不是用形象化的、文学的方式，那么我们的小说就会变成口号、变成宣传品。所以我想，作家的政治态度，他对社会热点问题的关注确实跟政治家、社会学家的表现方式不一样的，即便是作家队伍里面也应该有很多差异。我们确实没有必要强行要求所有的人都一样。最终我还是认为，归根结底，一个作家还是要用作品来说话，因为作家的职业决定了写作才是他最神圣的职责。如果一个人只有作家的名号，没有小说、诗歌，没有其他的文学作品，那么算个什么作家呢？什么叫作家？因为他写了作品；什么叫著名作家？因为他写了产生巨大影响的作品；什么是伟大作家？因为他写出了能够影响全人类的伟大作品。所以作家的名号是建立在作品的基础之上的。没有作品，那么你这个作家的身份是非常值得怀疑的。当然我想每个人都不彻底，我也不彻底。如果我彻底的话，那么我就应该像我的名字一样不要说话。所以我也不彻底，我也要说话。

最后我要再讲一个题外话，就是德国报纸所报道的关于我对某某参加会议的看法。有的报纸讲得很具体，什么我"不愿意跟他在一个房间"等等。我看到这些报道有点莫名其妙。我11日下午下了飞机才知道这件事，而关于我对这件事的看法在11日之前已经在媒体上公布了。这些报道是怎么得来的？是谁采访的我？这件事我还真得谢谢我妻子，谢谢她让我来，如果我不来，真的说不清楚了。我觉得论坛嘛，谁都可以说话。已经是二十一世纪了，没有任何人能把谁的发言权剥夺。谁都可以发言，谁都可以在不影响到别人自由的情况下发表自己对所有问题的见解。当然，谁也都可以不发言。如果有人想用强制的手段剥夺别人这种权利，这是违反最基本的准则的。我是一个五十多岁的人啦，也是一个号称写了很多小说的所谓的"著名作家"，不至于连最基本的常识都没有，说出那么荒唐的话来。

最后，我讲一个小故事。听说法兰克福是歌德的出生地。在中国，流传着一个非常有名的关于歌德的故事。有一次，歌德和贝多芬在路上并肩行走。突然，对面来了国王的仪仗。贝多芬昂首挺胸，从国王的仪仗队面前挺身而过。歌德退到路边，摘下帽子，在仪仗队面前恭敬肃立。我想，这个故事向我们传达的就是对贝多芬的尊敬和对歌德的蔑视。在年轻的时候，我也认为贝多芬了不起,歌德太不像话了。但随着年龄的增长,我慢慢意识到,在某种意义上,像贝多芬那样做也许并不困难。但像歌德那样,退到路边,摘下帽子,尊重世俗,对着国王的仪仗恭恭敬敬地行礼反而需要巨大的勇气。

谢谢大家!

文学是世界的
——在法兰克福书展开幕式上的演讲

时间：2009年10月13日
地点：德国法兰克福

尊敬的习副主席，尊敬的默克尔总理，女士们，先生们：

人多，这是中国的基本国情。

人多，作家也多，这大概也是中国的基本国情。

在法兰克福书展的历史上，似乎还从来没有像中国这样的主宾国，一下子涌来了一百多位作家。这显示了中国作家对这次书展的重视和向往，也显示了中国作家想借这次机会向世界文学的同行们，尤其是向德国的文学同行们学习的虚心。当然，也显示了中国作家想借此机会向国际出版界、世界文学的同行们、国际的读者们展示自己的创作成绩的雄心。另外，据我所知，很多中国作家都想借此机会，去参观歌德的故居，去感受培育了这颗伟大灵魂的人文地理环境，去了解这个伟大作家成长的历史。

上个月，也是在这里，我曾经讲过流传很广的关于歌德与贝多芬路遇奥地利皇室成员的故事并发表了一些感想。故事说,歌德与贝多芬在街上相伴而行,遇到皇室成员的仪仗。歌德退到路边,脱帽致敬,而贝多芬则视若无睹,昂首而过。据说,贝多芬还豪迈地宣布:国王有许多个,贝多芬只有一个!我说,年轻时我对蔑视权贵的贝多芬无比敬仰,而对向权贵低头致敬的歌德十分蔑视。我说随着年龄的增长,我对这个故事中的歌德深表理解。我觉得像贝多芬那样口出狂言扬长而去也许并不十分困难,而要像歌德那样低下身段、尊重世俗并不容易。现在我想说,歌德脱帽致敬并不意味着他对权贵低头献媚,而贝多芬扬长而去也并不说明他没有一点点阿富阿贵的心理。我想,艺术家大多生活在两个世界里,一是作为一个正常的人生活在平常的世界里;一是作为一个超常的人生活在想象的、虚拟的、艺术的世界里。如果进到这想象的、虚拟的艺术世界里出不来,那就不是天才,便是疯子。

　　我认为,对一个艺术家来说,重要的不是他面对皇室成员的态度,重要的是他创造出了什么样子的作品。贝多芬如果没有写出那些伟大的乐章,他面对着国王的仪仗吐唾沫、扔臭鸡蛋也没用。因为歌德有了那么伟大的作品,即便对着国王的仪仗行礼也不会影响他的伟大。而且,我始终怀疑这个故事的真实程度。许多流传甚广的名人故事,其可靠性都值得怀疑。伟大的艺术家在生前把大众当成自己的创作素材,在他们死后,却成了大众创作的素材。

　　来此之前,我一直在阅读马丁·瓦尔泽先生的大作《恋爱中的男人》,这是以七十四岁的歌德爱上了十九岁少女乌尔丽克的真实事件为素材创作的小说。如果仅仅读了歌德的《浮士德》,那我会认为歌德是一个伟大的、不食人间烟火的人。但读了马丁·瓦尔泽先生的《恋爱中的男人》,我感到歌德身上有伟大的一面,也有庸常的一面,正因为如此,他才是一个活生生的人。也正因为如此,他才能创造出既有神性又有人性的艺术作品。

1763年,中国的伟大作家曹雪芹逝世。那时候,法兰克福的歌德十四岁。十年后,当这个德国青年将自己的部分亲身经历改头换面写成那部享誉世界的《少年维特之烦恼》时,绝对想不到,他作品中洋溢着的反抗封建统治、追求个性自由的精神,与曹雪芹的《红楼梦》中的精神是相通的。歌德的《少年维特之烦恼》和曹雪芹的《红楼梦》是两部形态完全不同的小说,但都是世界文学的经典之作。由此,我们可以悟出:文学乃个性与共性的统一。一个民族的文学有一个民族的文学个性,这种个性将此国家、此民族的文学与彼国家、彼民族的文学区别开来。但文学之所以能突破国家、民族的障碍,被别的国家、民族的读者所接受,并引起情感的共鸣,就在于好的文学作品必然地描写了、揭示了人类情感的共同奥秘,揭示了超越种族和国界的普遍价值。

歌德晚年,曾多次提到"世界文学"的概念。歌德并没有给"世界文学"直接下定义,但通过他与友人的通信,以及他的谈话录,可以证明,歌德心中的"世界文学",首先是指一种"跨文化的对话与交流"。歌德希望通过广泛的学术阅读、文本翻译来了解世界上各种文化观点,并宽容地对待、平静地接受,理解一切生命体在不同中体现出的统一与和谐。

时至今日,我们发现,歌德关于"世界文学"的丰富内涵,其意义早已突破了文学的范畴,他的求同存异、互相理解、互相包容、尊重多样性、保护多样性的思想,已经成为在国际关系中被普遍遵循的基本原则。

上个月,我在接受中国一家报纸采访时,曾谈到了外国读者如何欣赏中国当代文学的问题,或者说,我谈了我希望外国读者如何读我的小说的问题。首先,我希望外国读者能从人的角度来阅读我们的作品,看看我们的作品中塑造了什么样的人物形象,揭示了人类情感中哪些奥秘,刻画了什么样的丰富个性,展现了人在历史生活中的什么样的遭际和命运。其次,我希望外国读者们能从艺术技巧的角度来欣赏我们的小说,譬如,看一看我们小说的结构,感受一下我们作品中的象征意味。当然,如果是优秀的译本,也不妨透过语言转换的机制,去想象一下原作的语言风格。有人批评中国作家只讲故事,不重视语言,对这些批评我表示感谢,但我不同意他们的说法。我敢保证,从上个世纪八十年代至今,中国作家在语言的个性化方面所做的探索和尝试,绝不会比世界上任何一个国家的作家在这方面的努力少。并且,我们的确取得了很大的成绩。作家的所谓风格,很大程度上表现为语言的个性。我们今天在座的每一个作家,都有自己的语言风格。当然,要将一种风格化的汉语,翻成他种文字,确是不易。因此我要感谢翻译家们辛苦而伟大的劳动。

文学的源泉是社会生活,阅读我们的作品,当然也是了解中国的一种方式。但文学毕竟不是照相,我们作品中所描绘的中国人,也是人类的构成部分。如果我们写得好,读者会把他们当成自己的兄弟姐妹,甚至当成他自己。就像我们读西方的优秀小说时的感受一样。

歌德的《少年维特之烦恼》1922年被翻成中文之后,据说也曾有一些痴迷的读者穿上书中所描绘的维特的衣服而饮弹自杀。可见,他们没想到这个维特是德国人。他们想,维特就是他自己。

我们来参加这次书展,正是来实践歌德的"世界文学"的理论构想。在这个倡导交流、倡导对话的时代里,作家之间的对话与交流也是必不可少的。面对面地坐在一起对话是交流,互相阅读彼此的作品也是交流,甚至是更重要的交流。中国当代作家对德国的当代作家并不陌生,君特·格拉斯、伯尔、西格弗里德·伦茨、马丁·瓦尔泽……这些名字我们很熟悉,对他们的主要作品都做过认真的研读。我不知道别人如何,就我本人来说,上述这些德国作家的作品对我的创作产生过积极的影响。这种学习不但不会使我们的个性泯灭,反而会强化我们的个性;当然,这种学习也会使我们小说中的人类共同价值增强。

二十多年前,我曾口出狂言:"现在可以说我的创作受到某个或某几个外国作家的影响,但我相信,总有一天,会有某个或某些个外国的青年作家说,他的创作受到了中国作家莫言的影响。"根据我掌握的准确资料,日本和越南的几位青年作家已经说过了这样的话。我的梦想已部分地成为现实。我下一步的梦想是,西方的青年作家也能说:他们的创作受到了中国某个作家的启发和影响。为了实现这个梦想,我们必须努力写作,我们唯有努力创作。

大约一百年前,在我的故乡,流传着关于德国人的两种说法。一种说法是:德国人没有膝盖,只要将他们推倒在地,他们就爬不起来。第二种说法是:德国人的舌头是分叉的,要想学会德语,首先要将舌头剪开。当时,德国人在我的故乡修建胶济铁路,要征召一批儿童去学德语,几乎所有的家长,都将自己的孩子藏了起来,因为他们害怕孩子被剪开舌头。上世纪八十年代,几位在山东大学留学的德国学生到我的故乡去,我爷爷十分专注地打量着他们的膝盖和舌头。我爷爷悄悄地问我:他们的膝盖长得很好啊,他们的舌头也没有分叉啊,他们是德国人吗?当我将我爷爷的疑问告诉这几个留学生时,他们脸上都浮现出哭笑不得的表情。我问他们,一百年前,那些从来没有出过村子的德国老人,会把中国人想象成什么样子?他们说不知道。我说我在意大利西西里岛曾经看过一幅一百多年前的壁画，上边画着的中国人，脖子后拖着长长的辫子，蹲在树上，脸上生着长而尖的嘴，很像鸟的表情。估计那时候的德国人心目中的中国人，也好看不到哪里去。我讲这个故事的意思是想借此说明，一百多年前，我故乡的人对德国人的想象和欧洲人对中国人的想象，其实都把对方妖魔化了。如果那时候有人将歌德的小说译成中文，而有人将曹雪芹的小说译成德文，读过这些作品的人，绝对不会产生那些奇怪的想象。交流、对话，是消除误会、正确认识对方的最有效的方法。我想，这大概也是法兰克福书展的最根本的目的，也是我们来此的重要目的。

让我重复我曾经说过多次的话：作家是有国籍的，但文学没有国界。文学离不开政治，但好的文学大于政治。好，那就让文学在国家与国家、民族与民族、人与人的交往中发挥它应该发挥的作用；那就让我们在这个对话与交流的时代里，扮演好自己应该扮演的角色。

谢谢大家！

从学习蒲松龄谈起
——体味五光十色、百味杂陈的写作人生

时间：2010年4月
地点：山东淄博

朋友们好！

首先自报家门：我是山东高密人，可以说跟大家是老乡。淄博是蒲松龄的故乡，几十年前我没开始写作的时候，就知道蒲松龄，童年时期读得最早的也是蒲松龄的小说。

我大哥考上大学后，留给我很多书，其中一册中学语文课本里，有一篇蒲松龄的小说《席方平》。尽管我当时读这种文言小说很吃力，但反复地看，意思也大概明白。这篇小说给我留下了难以磨灭的印象。2006年，我出版了长篇小说《生死疲劳》。这本书出来以后，有人说我是学习了拉丁美洲的魔幻现实主义，山东大学马瑞芳教授看完后对我说：莫言，你是借这本小说向蒲老致敬。

《生死疲劳》一开始就写一个被冤杀的人，在地狱里遭受了各种酷刑后不屈服，在阎罗殿上，与阎王爷据理力争。此人生前修桥补路,乐善好施,但却遭到了土炮轰顶的悲惨下场。阎王爷当然不理睬他的申辩,强行送他脱胎转生。他先是被变成了一头驴,在人间生活了十几年后,又轮回成了一头牛,后来变成一头猪,一条狗,一只猴子,五十年后,重新转生为一个大脑袋的婴儿。这个故事的框架就是从蒲松龄的《席方平》中学来的,我用这种方式向文学前辈致敬。

我小学五年级辍学参加农业生产,读完了村子里能借到的所有小说。童年时期的阅读,对我后来的创作非常有用,但可惜那个时候能借到的书太少了。每个村庄里都有一些特别健谈的人,像我的爷爷奶奶,他们讲述的故事,后来都成为了我的写作素材。所以有人说,几乎每个作家,都有一个非常会讲故事的祖父或祖母。民间口头传说,是文学的源头。我小时候听到的很多故事都是讲妖魔鬼怪的,当我后来阅读了《聊斋志异》后,我发现书中的很多故事,我少年时曾经听老人们讲述过。这些故事到底是在《聊斋志异》之前就有了,还是之后呢?

我想无非是两种可能,一种是乡村的知识分子阅读了《聊斋志异》,然后把文言转化为口头语将故事流传下来,另一种是蒲先生把很多民间传说加工后写进了《聊斋志异》。

要理解蒲松龄的创作,首先要了解蒲松龄的身世。他的作品,一方面是在写人生,写社会,同时也是在写他自己。蒲松龄博闻强记,学问通达,说他上知天文下知地理绝不是夸张。他的科举之路刚开始非常顺畅,县、府、道考试,连夺三个第一,高中秀才,但接下来就很不顺利了。那么大的学问,那么好的文章,就是考不中个举人。原因有考官的昏庸,也有他自己的运气。他怀才不遇,科场失意,满腹牢骚无处发泄,正因为这样,所以他能看到别人看不到的,正因为这样,才使他与下层百姓有了更多的联系。他的痛苦、他的梦想、他的牢骚、他的抱负,都从字里行间流露出来。

我们每个人都是不彻底的。我们在读前人的作品时,往往能看到历史的局限性,历史的局限性在某种意义上也就是人的局限性。对前人的局限性,我们大都持一种宽容的态度,但这种宽容里边似乎还包含着一种惋惜。我们潜意识里想,如果没有这种局限性,他们会写出更好的作品。但现在我想,我们这种对人的局限的否定态度,对于文学来说,也许并不一定正确。我的意思是说:一个没有局限的人,也许不该从事文学;作者的局限,也许是文学的幸事。

从蒲松龄的《聊斋志异》中一方面可以看到他对科举制度的批判与嘲讽,另一方面也可以读出他对自己一生科场失意的感慨和惋惜,当然也可以读出他对金榜题名的向往。在蒲松龄笔下的很多故事里,主人公的结局都是科场得意。由此看来,他对科举制度还是有着很深的眷恋。

我曾经写过一首打油诗,其中有两句:"一部聊斋传千古,十万进士化尘埃。"如果蒲松龄金榜题名,蟾宫折桂,肯定也就没有《聊斋志异》了。从历史角度看,蒲松龄一生科场不得意,其实是上天成就他。在淄博历史上,考中进士的人有数百个吧?但都没法跟蒲松龄相比。时至今日,蒲松龄不仅是淄博的骄傲,是山东的骄傲,也是中国的骄傲,人类的骄傲。几百年前,有这么一个人写出了这样一部光辉的著作,他用他的想象力给我们在人世之外构造了一个美轮美奂的世界,他用他的小说把人类和大自然建立了联系。

《聊斋志异》也是一部提倡环保的作品,蒲松龄先生提倡爱护生物。在几百年前,他用他的方式,让人认识到人类不要妄自尊大,在大自然中,人跟动物是平等的事实。小说里很多狐狸变的美女不但相貌超过人类,连智慧也超过人类。《聊斋志异》也是一部提倡妇女解放的作品,那时妇女地位很低,在家庭中,女人就是生孩子机器和劳作的奴隶,但蒲松龄在小说中塑造了很多自由奔放的女性形象。我写的《红高粱》一书中,"我奶奶"这个形象的塑造其实就是因为看了《聊斋志异》才有了灵感。

同时,我们也不难看出,蒲先生对待妇女的态度也是一种不彻底的态度。一方面他写了很多自由解放的女性,对她们充满了欣赏和赞美,但同时也摆脱不了根深蒂固的封建礼教对他的限制。这种不彻底是时代的局限。作家的不彻底性为小说提供立体的层面,好的作品正是因为作家不彻底的状态,才具有了多义性和对人的深层次理解。当今社会,没有理由苛求作家具有某种鲜明的道德价值观念,当然也没有理由要求作家成为白璧无瑕的完人。作家当然应该严格要求自己,但无论多么严格的自律,也不可能白璧无瑕。另一层意思是,每一个作家都有他的是非标准,但在写作的时候应该相对模糊一点,不要在作品里那么爱憎分明。我们在判断事物的时候,都是站在自己的立场来判断,很少有人站在多元角度上来判断。但随着时间和社会的变化,很多在当初黑白分明的事件,会有另外的解读。

我们知道,读书,看起来是读书,在某种意义上是在读自己。读者阅读时,可以从一本书里读出自己最喜欢的部分,因为他从这部分里读到了自己。作为读者的我们,跟作为社会中人的我们,有时候也不是一个人。我们读《红楼梦》,大多会同情林黛玉,鄙视薛宝钗,但如果我们为儿子选媳妇时,我们大概都会选薛宝钗吧。再如,当我们在评判目前教育现状的时候,我们都会义愤填膺地批评应试教育,我们都知道这种教育方式对孩子不利,但一旦开始给自己的孩子报名参加各种特长班时,大多数家长都很积极。这也是人的不彻底性的表现。

读书时的我们跟生活中的我们是有一定区别的,文学与现实是有距离的。《聊斋志异》的流传不衰就说明了文学存在的价值在于能够虚构出跟现实生活不一样的东西,开阔了我们的思路,诱发了我们的想象力;在读的时候,我们会一同想象,一起虚构,也会使自己变得丰富多彩,也会潜移默化地使自己发生变化。

我向蒲松龄先生学习的另一方面,就是他塑造人物的功力。成功的作品中,都有让人难以忘却的典型形象。就像讲到鲁迅,我们就会想到阿Q一样,好的小说中肯定会有个性鲜明的人物。

我们写作时,往往会被故事吸引,忽略了写人。我们急于在小说里表达自己对政治的看法,忽略了人物自己的思想和声音。我最近的一部作品《蛙》,写之前,我就明确自己要写什么。在中国推行三十年的计划生育,影响千家万户,影响几代人。如果我用小说的形式来写计划生育这件事,那还不如写报告文学,用真实数字和真实人物,来呈现事件的来龙去脉。写《蛙》,目的是写一个人物。在我的生活当中,有一个本家姑姑,她是一个乡村妇科医生,就是这部小说的人物原型。她从二十世纪五十年代开始接生直到退休后都没闲着。姑姑说,经她手来到这个世界上的孩子少说也有一万,经她手流产的孩子也得有几千,但现实中,姑姑对自己的工作并没有流露出更多的感受。就是这样的一个人,让我产生了巨大的创作冲动。

这本书出版后,有记者采访我,问:你为什么要写一个计划生育的敏感题材?我回答:我并不是写计划生育的小说,而是写一个妇科医生的一生。

小说的成功离不开细节描写。蒲松龄小说里就有可圈可点的范例。比如他写一条龙从天上掉落在打谷场上,没死,但动弹不了,这时有很多苍蝇飞过来,落在龙的身上。龙就把鳞片张开,很多苍蝇钻到鳞甲下边，龙突然阖上鳞片，把苍蝇都夹死在里面。这个故事发生的可能性很小，蒲先生也肯定没见过有龙从天上掉下，但他在细节方面描写得准确、传神，让我们仿佛看到龙在打谷场上用鳞甲消灭苍蝇。这个细节很有力量，让一件子虚乌有的事具有了真实感。蒲先生对细节的想象力让人叹为观止。因为他写的细节符合常识，是根据每个人的生活经验可以想象到的。把现实生活中不可能发生的事件，呈现在我们面前，让我们非常相信，让我们从中得到非常形象的阅读效果。

《阿纤》，是《聊斋志异》里唯一写高密的一篇。里面写一个老鼠精非常漂亮、善良，善于理财，只是终生有一癖好——囤积粮食。蒲先生这一笔写得非常风趣，也非常有意味。这个细节就让我们最终不能忘记阿纤跟现实中的女人虽然表面没有差别，但她是耗子变的事实。类似这种细节比比皆是，都是建立在大量的符合我们日常生活经验的基础之上。

什么是想象力？解释起来比较困难。有的人经常想入非非，但胡思乱想不算想象力。对小说家来讲，想象力必须建立在丰富的生活经验之上，并且要通过许多别开生面的描写体现出来。这就要求我们必须掌握观察生活的技巧，每一个人每天都看到许许多多的事物，走马观花式的观察，没有太大的用处，应该观察别人没有观察到的东西。要特别重视小说不仅仅要讲故事，靠情节一步步推动，更重要的是要借助想象力和经验写出许许多多的会给人留下深刻印象的细节来，也正是这样的细节，让故事可信，让人物栩栩如生。

关于小说写作，其实并没有特别的奥秘。每一个作家构思小说的方式和习惯也都不一样。刚开始写小说，往往会犯一个毛病，我们的生活当中有很多让我们非常感动的事件，很多人有非常曲折的经历，当他讲的时候非常生动传神，一旦写下来，就会索然无味。为什么？因为没有形成自己特有的语言方面的风格，没有熔铸出自己的语言来。

怎么熔铸自己的语言？最好的方法是模仿。模仿就要阅读，阅读分好多种。从小说里读到好玩的事儿，是一种阅读；如果你是一个文学爱好者，读完还想尝试自己写点东西，那么这时的阅读就要特别留意别人的语言。

模仿别人的语言，不是像语文老师那样分析语句结构，重点是要抓住一种语感，读的多了自然就能掌握语感。然后就是临摹。模仿一个作家没有用，模仿多个作家，就像学习书法临碑帖，在这个过程中就有可能熔铸出自己的语言风格。学习语言，一开始就是模仿。只要形成了自己的语言风格，就有话可说。在这个基础上，还要掌握一点，也是要向蒲松龄学习，他的小说五光十色，百味杂陈，充分调动了视觉、嗅觉、触觉。写作时调动自己各种各样的感受，甚至是第六感，发动自己的联想，运用大量比喻，这是写作的基本功。然后就是事件、人物和作家的思想。需要注意的是，作家的思想不能直接在作品里暴露出来，在作品里越隐蔽越好。而且，真正的思想性强的作品，并不一定能被当代的人所理解。那些人云亦云的思想，其实不值得写到小说里去。

蒲松龄是值得我们重读的作家。为什么会有这样的效果？主要原因就是其语言好。很多人说在当今社会，小说要死掉了，但我觉得小说不会死。语言带给人的美感是其他艺术无法代替的。一段好的语言可以让我们反复朗读，能产生一种独特的言外之意，也就是意境。除了语言因素外，好的作品会有价值标准的多样性，丰满的人物形象和人物所附带的历史信息，这些会随着时代发展，让后来的读者产生新的读解。

一个令人无法言说的时代

——在解放军艺术学院①文学系的演讲

时间：2010年4月17日
地点：北京

八十年代确实是中国当代文学的黄金时代

对时光流逝、人生短暂的感慨是每个人都有的。人过五十，就到了喜欢回忆往事的年龄。我现在就常常想起二十世纪八十年代在解放军艺术学院（以下简称军艺）学习的两年。这两年对我的文学创作是至关重要的，也可以说是我文学创作道路上的转折点。

尽管在当时我们并没有感觉到在军艺学习的可贵，尽管我们对当时的文学创作的环境也是牢骚满腹，对某些人说当时是文学创作的黄金时期，我们是持非常反感的态度的。但随着时间的流逝，现在

---

① 解放军艺术学院于2017年并入国防大学，正式更名为中国人民解放军国防大学军事文化学院。

回头来想想，不得不承认那确实是黄金时代。

现在，文艺界都在怀念1980年代。那个时候文学是社会的热点，作家备受瞩目，一篇小说，就可能让一个无名之辈一举成名。而当时的军艺文学系，也是全国文学的一个热点。军艺文学系发生的事，一夜之间就会传遍文坛。

那个时候，我们系里集中了三十五个来自各个军区、各个兵种的作家。这些作家的年龄差别比较大，像李存葆已将近四十了，最年轻的才二十七八岁。尽管大家的学历参差不齐，但每个人都有了相当长的创作实践，有很多人已经发表了在全国造成巨大影响的作品。像李存葆的中篇小说《高山下的花环》、宋学武的短篇小说《敬礼，妈妈》、钱钢的报告文学《蓝军司令》，都获得了国家级的奖项。

有了这么一批人在文学系这个地方，大家的创作热情又很高涨，互相刺激，互相激励，所以不断有作品在大门右边的那个楼里生产出来，吸引了全国许多刊物的编辑，他们来了以后总会有所收获，不会空手而归。

那个时候心无旁骛，没有那么多的事，也没有那么多的想法，当时也没有网络，连复印机都很少。我记得那个时候要是写出一篇稿子来，找个复印机复印是很不容易的。抄稿子的时候一下子复写个三五份，用这样的方式来留下底稿。

军艺这两年的学习，对我们这批人来说，重要的意义就在于解决了我们文学创作的观念问题。

好的文学，应该大于政治，突破政治

1984年，尽管改革开放已经好几年了，但是在文学领域里，还依然存在着很多根深蒂固的陈旧观念,这些观念是几十年来形成的,在短期内要把它摧毁也是不大可能的。当时大家都抱怨思想不解放,环境不自由。我后来想,实际上对作家创作的最大限制并不是来自外部,而是来自我们自己内部,是我们头脑里边所固有的一些不符合文学发展规律的陈旧的观念,限制了我们的思想,束缚了我们的手脚,影响了我们的创作。在军艺首先解决的一个重大问题,就是文学创作与政治宣传之间的关系。

在很长一段时期内,在我们中国,文学创作是要配合政治、配合形势的,文学也是宣传的一种工具,一种手段。每当国家要有一个大的运动的时候,就需要作家写出一些作品来配合,而作家和诗人们也有这种主动配合的意识。

我到军艺学习之前写了一篇小说叫《黑沙滩》——是在上学期间发表的。当时《解放军文艺》的一个编辑就悄悄告诉我,说马上就要整党了,希望这篇小说能够作为整党的一个辅助教材,使我们的党员都能读一读。我当时也没有感觉到这是一个不好的事情,心里反而感到非常荣幸,也期盼着这篇小说能够成为整党的辅助教材。

在军艺读书之后,我觉得我的观念发生了变化。我们每个人都在这个社会里边生活,不可避免地要跟政治发生关系,你不关心政治,政治还会来关心你。尤其是作为一个从事文学创作的人,比一般的读者对政治上的一些变化感触更加深刻。作家要脱离政治,也确实是一句空话。

文学很长时间实际上是政治的附庸,是宣传的工具。这样的状态就决定了我们的小说或者诗歌是在政治的笼罩之下。所以,我们很长时间内的小说是小于政治的,它被包容在一个政治的蛋壳里。而真正的文学,好的文学,应该大于政治,应该突破政治。它处处都是政治，但处处又不是政治；它处处表现了政治，但是又处处跟政治在唱反调。

人性实际上是大于阶级性的

在军艺这两年的学习还解决了另外一个问题，那就是文学与人的关系。我们小时候都背诵过毛主席的《中国社会各阶级的分析》，毛主席在这篇经典性的文献里面，从经济的角度分析了中国革命的力量、革命的对象、革命的敌人和革命要团结的朋友。在很长时间内，这篇文章不仅是指导中国革命建设的纲领性文件，也是指导我们作家创作的一个纲领性文件。在我们十七年①的小说里面，可以看到，而且可以明显地感受到，我们作家的案头仿佛都摆着毛主席的这篇文章，然后按照毛主席的分类方法来安排构思各类人物。像浩然先生的《艳阳天》《金光大道》这些作品，他的每一个人物都是按照毛主席分析的各个阶级构想出来的。这样的人物也不能说在生活中就完全不存在，但是因为观念先行，所以就不是一个有血有肉、有个性的活的人物，而是一种按照某种观念配方生产出来的死的人物。他们是没有生命力的，也是不可信的。毛主席说过："在阶级社会当中，每一个人都在一定的社会地位中生活，各种思想无不打上阶级的烙印。"他的这个判断在某种程度上来讲确实是真理。但用这样的一种思想斩钉截铁地来判断和指导我们的文学创作，显然也是过于简单化了。因为人的思想是非常复杂的，人类社会的构成也是具有丰富的层面的，每一个人在不同的时期、不同的阶段、不同的心情之下的

---

① 指1949年至1966年。

表现又往往是很难确定的。所以,把人的一切行为、一切思想都用阶级性来涵盖,显然是涵盖不了的。

也就是说,人性实际上是大于阶级性的。因为人性起码包括两个层面,一个是自然属性,一个是社会属性。在社会属性这个层面上,我们可以说阶级性占了主导地位,但是在人的自然属性方面,阶级性恐怕就是次要的了。

对于人来说,不管哪个阶级,在自然属性方面,人都有许许多多的共同点。过去有一句著名的话,"在阶级社会里,没有无缘无故的恨,也没有无缘无故的爱"。一般人都认为,《红楼梦》里的焦大不爱林妹妹,这个说法听起来好像也是不容辩驳的,但从文学的角度上来看,其实也未必准确。因为焦大未必不爱林妹妹,很可能他会很爱林妹妹。1949年,我们的解放大军进城以后,很多焦大一样出身的人,那不都爱上美女了吗?所以人性肯定要大于阶级性,人性肯定要比我们的阶级性丰富得多。

我们"文革"前的文学,主要是表现了人的阶级性,而忽视了人的自然属性。当然这并不是作家情愿的。很多作家在写作的时候,无意识地表现了人类普遍的一些共性。比如说写了爱情啊,写了怜悯心啊,写了同情心啊,写了儿女柔情啊,而这些东西在当时都是受到严厉批判的。一旦写了这些东西,涉及了这些东西,马上就被扣上了"资产阶级思想"的帽子,很多作家的才华活活地给压制住了。

在这样一种创作理念指导下的创作,到"文化大革命"期间的革命样板戏,应该说是发展到了一个登峰造极的地步。在座的年轻的同学们,你们没有看过这个东西,而在我们年轻的时候,天天就看这个东西。像我这个年龄的人,每一个人都会唱样板戏,几乎会唱所有的唱段。在这些作品——包括当时出版的几部少得可怜的小说里面，我们的主人公肯定都是单身的，很少有夫妻，男的不知道他们有没有妻子，女的像阿庆嫂，有了丈夫也不知道跑单帮到哪里去了。像《龙江颂》里边的江水英，一个中年妇女，好像也是独身一人，她的丈夫也不知干吗去了。那些作品里边所有的主人公仿佛都是不食人间烟火的，都是一个符号。他们没有温情，更没有爱情。他们只有高度的阶级觉悟，有疯狂的斗争精神。反面人物就更可怕了，毫无人性可言。他们不但心地肮脏，灵魂肮脏，而且面貌都非常地丑陋。当时的电影，包括两岁的小孩一看，都知道哪个是坏人，哪个是好人。我想，这是一种简单化的处理，把有多个层面的人给简单化成两种人：一种好人，一种坏人。

1978年之后，在文学艺术及思想上也开始拨乱反正，但是这种旧的观念还在潜移默化地对作家的创作施加着影响，使我们的创作很难放开。所以，一旦社会上出现了一个不一样的作品，很可能会引起一个批判的浪潮。因为不断地要搞什么反对资产阶级自由化，清除精神污染这样的一些运动，搞得作家们也像今年春天的玉兰花一样，欲开又闭。感觉暖和了刚要开放，马上又有了一个倒春寒，赶快又收缩起来了。几经折腾以后，花也就蔫了。

我记得当时有一篇小说，叫《离离原上草》，写在解放战争时期，有一个出身贫农的，肯定是我们无产阶级阵营里的一个寡妇，收留了国军的一个伤兵，放在地窖里面保护着。这样的事情在战争年代实际上是发生过的，肯定是有的，在他没写这个小说之前我就听说过。但是这样的小说一发表，就引起了批判的浪潮，很多人都在批。因为这个小说歌颂了一种超阶级的人性，资产阶级的人性，无产阶级的共产党的寡妇怎么可以收留国民党的伤兵呢？而且他写得还很暧昧，两人慢慢地还产生了一种很暧昧的情感。那一旦他们两个发生了一种别的关系，就更是大逆不道了；如果再生出一个孩子来，那么这个孩子怎么定性啊，是无产阶级的孩子啊，还是资产阶级的孩子啊？是好孩子，还是坏孩子啊？血统问题很复杂，很难判断。我们当然知道，这部作品还是有点过分的简单化。这也有一种理念先行的东西，但这样的判断毫无疑问，是对过去的单纯的看法和简单的人性论的挑战，也就使我们在这个过程当中认识到了人性的复杂和丰富，认识到了文学家更应该关注的不是人的阶级属性，而是人的自然属性。

作家应该有一种冲禁区的欲望

我记得有一次学校盼咐我们写作业，我写了一篇关于中国当代军事文学创作的思考。前两天我偶然翻出来看了一下，我感到当时的一些想法在现在来讲依然还是成立的。

我当时说，我们在写战争文学的时候，作为一个军队的作家，确实应该判断什么是正义的战争，什么是非正义的战争；什么样的牺牲必要，什么样的牺牲没有必要；什么样的英雄行为是真正的英雄行为，什么样的英雄行为是无谓的牺牲。这些问题都应该做深入的思考。作为一个作家，在写军事文学的时候，就应该时刻提醒自己，不要被简单的阶级性、被简单的正义非正义笼罩住了，应该给它注入新的思想，给人的其他属性留出空间来。

我们在塑造正面人物的时候，应该考虑到他也是个人，英雄也有脆弱的时候，好人也有卑微的想法，甚至在某一时刻也会做出一些跟他的英雄身份不相匹配的事情。不同的是，好人能够及时控制住自己，用正义、用善良、用美的东西来控制丑恶，最终用人性压倒兽性；而我们在写反面人物的时候，也应该知道，坏人也不是天生就坏的。

在一场战争当中,好人和坏人在当时是可以划分的,但随着历史的发展,从文学的角度来考察,好坏的界限会越来越模糊。如果现在让我们再来写国共两党的战争,我们下笔的时候就不会像八十年代那样的决绝,更不会像五六十年代那样的心安理得。因为时代发展了,当年刀枪相见的敌人现在又握手言和了。

我记得1998年我第一次到台湾访问,国务院台办的领导临行前给我们讲课,告诉我们在台湾一定不要在有国民党党旗或国民党标志的建筑物前照相;见了国民党台湾当局领导人一定不要称呼他的职务,市长不要叫他市长——那是伪市长——要叫他先生。那么现在这个问题已经显得很荒诞了。现在国共两党又变成了好朋友,又可以在一起谈判了,成了谈判的对手了。因为出了民进党以后,我们感觉还是国民党好一些。这才多少年啊。当时我们见了国民党是非得要丑化他的,把它的党旗称为"狗牙旗"——因为党徽边上有一些齿轮,像狗牙一样;我们称他们为"蒋匪",他们也没饶了我们,称呼我们是"共匪"。现在,我觉得国民党和共产党越来越像兄弟俩。

在台湾我接触过很多文学界的朋友,他们也有在部队当兵的历史。我们在一起也是互唱军歌,我唱我们解放军的军歌,他们唱国军的军歌,旋律和很多词都是一样的,就是换一下,把"共匪"变成"蒋匪","蒋匪"换成"共匪",可以对调。他们唱的时候也是咬牙切齿的,用刺刀啊手榴弹啊什么的,要坚决消灭共匪,要喝共匪的血,把共匪千刀万剐啊;我们就是一枪消灭一个侵略者。所以我想,时代的变化也使过去许许多多严肃的问题变成了笑谈。

在八十年代的时候,这个问题没像现在这样轻松,那个时候一提到台湾我们就如临大敌。但是我想作家应该有一种冲禁区的欲望,作家在思想方面解放之后,在创作方面必定要谋求突破。这个突破第一个就是要冲禁区。

关于文学创作的禁区问题，也是中国的一个特色。西方国家创作有没有禁区？我觉得严格来说也不是没有，但是它好像不是一个很受关注的问题，而我们这里就很受关注。现在我觉得还好一点，如果退后二十年，这确实是一个非常微妙的问题。我们意识到了某个社会的、历史的问题，存在着文学家可以描写的很多素材，但是由于这个问题极其敏感，一旦触及很可能带来另外的一些反应。作家在写的时候，笔下就会犹豫。写出来之后就会面临着出版方面的一些困难，无论是刊物还是出版社，都会非常谨慎。但是我想作家一次又一次地、一点一点地突破，最终会把一个禁区变得不是禁区。

可以这么说，从七十年代末到八十年代的十几年，实际上就是一个不断地突破禁区的写作过程。作家为什么会有这种突破禁区的勇气和探索的欲望呢？我想就是因为作家的思想观念发生了变化，作家终于认识到了文学与政治和宣传之间的正确关系，也慢慢地认识到了文学创作当中的人性和阶级性之间的关系，认识到了人性的丰富和阶级性的相对简单，认识到了一个作家的任务并不是要用文学来再现历史的真实，而是要用文学来表现人性，塑造出让人难以忘记的典型的人物形象。我觉得我在军艺这两年收获最大的就是这两点。这两点对我后来这二十多年的创作，一直在持续地发挥着作用。

在小说创作里面，有时候视角就是结构

接下来，我简单地向师弟师妹们和老师们汇报一下我离开军艺后这二十年来创作的一个基本状况。

1986年我从文学系毕业时,学院本来是要把我留校的,但后来由于种种原因,我到了总参政治部。

我写的第一个长篇小说是《红高粱家族》。它由《红高粱》《高粱酒》《狗道》《高粱殡》《奇死》组成。这五部中篇小说是我在文学系学习时写的,当初也是独立发表的,到了1987年把它们合成了长篇小说《红高粱家族》。这实际上是把一个故事讲了五遍。第一篇就讲了一场发生在桥头上的伏击战,后边的故事从不同的角度反复地讲这场伏击日本军的战斗。这个小说在当时应该说是引起了比较大的反响;尤其是拍成电影在西柏林电影节①上得奖以后,引起的反响就更大一些。

现在我觉得,《红高粱家族》这部小说在技术上确实存在着很多问题。这些问题也不能简单说就是不好的。像小说里在语言方面的一些大胆的试验,是对比较规范的语言的一种挑战和亵渎,从语法的角度来讲,肯定是不好的,但是从文学的角度来讲,也许有它的某种意义。另外,在小说里面,作家不断地要跳出来议论。按说这也应该是小说创作的大忌,但是这个作家他要是实在按捺不住了,他非要跳出来议论,而且他议论得还比较精彩的话,这个小说也是可以成立的。

总之,这还是一个年轻人的作品。如果现在写的话,在技术上会比当时成熟,但它里边那种"初生牛犊不怕虎"的气势却找不到了。

我离开军艺后写的第一部长篇小说是《天堂蒜薹之歌》,是1987年的时候写的。因为当时山东发生了一起震惊全国的事件,有一个种大蒜的县,由于当地县政府官员的腐败和官僚主义作风,导致了农

---

① 现称柏林国际电影节。

民生产的数百万斤蒜薹卖不出去而腐烂,农民包围了县政府,放火焚烧了县长办公室,酿成了很大的一个"蒜薹事件"。最后的处理当然是各打二百大板,带头闹事的农民抓起来了,犯了官僚主义错误的官员撤职。

我看到这个消息后,就把我正在创作的"红高粱"系列停了下来。我当时想的是,写完了《红高粱家族》之后,应该继续不断地往下写。《红高粱家族》写的是爷爷奶奶这一代的故事,接下来应该写父亲母亲这一代的故事,然后第三部就写我这一代的故事,当时的构想和野心是很庞大的,希望写成一个三部曲。但是因为现实生活当中突发的这么一个蒜薹事件,就让我放下了这个计划,躲在一个地方,用了一个月的时间把《天堂蒜薹之歌》写完了。

这部小说应该说是一部充满了愤怒的小说。我曾经一度把这个小说的题目改成《愤怒的蒜薹》。这会让大家联想到斯坦贝克的《愤怒的葡萄》。带着愤怒写小说,按说是写不出像样的小说的,因为情绪太强烈了,怒火太盛了,势必影响你对事物公正客观的判断,很容易把你认为是坏人的那些官员们写得毫无人性,而忽略了官员们的丰富性。

这个小说现在回头来看之所以勉强可以成立,就在于我在写作的时候把这个素材做了一些技术处理。这个事情发生在山东南部的临沂地区,我没有采访过,也没去考察过,所以写起来是很陌生的。但我把它移到了我所熟悉的家乡,就是说把这个事情直接移到了我在那里待了二十多年的一个村庄里面。小说中的很多人物原型都有我自家亲属的影子。像里边被乡党委书记的汽车撞死的"四叔",实际上就是根据我一个堂叔的真实故事移植过去的。另外,我把我在农村生活时期所积累的一些其他方面的素材也用上了。比如说小说的每一章的开篇,有一个瞎子所唱的民谣,这个瞎子用的是原名,叫张扣。在我童年时我们老家那个地方真的有一个瞎子,名字就叫张扣。他常年在各个乡镇巡回演唱,他演唱的是《红岩》《林海雪原》这样的一些红色经典。每当夜深人静,小孩子都回家睡觉的时候,他也会讲一些过去的传统的段子。这个人物就被我直接移到了小说里边,后来张扣的后人也曾经通过我的一些朋友向我表达过不满,说为什么把我爹给直接写进去了呢?我说把你爹写成了一个正面人物啊,我没有丑化他呀。

写完了《天堂蒜薹之歌》后,我又紧接着写了一部长篇小说《十三步》。这部小说按说也是一部"问题小说",因为在1988年的时候,中小学教师的社会地位是很低的,拖欠教师工资的现象经常发生。我的哥嫂都是中学教师,我非常了解他们的这种困境。到学校去也不断地听到老师们在发牢骚。农村里边这个教师阶层实际上就是农村知识分子阶层啊,他们的语言比农民要文雅,他们看问题的尖锐程度、他们的文采肯定是比农民要好一点的,我从他们的牢骚里边也感受到了。我要写一部小说为我们的教师来鸣不平。

这样一种主题先行的写法按说也是很难写好的。这个小说的好处就在于我进行了大胆的艺术试验。在这个小说里,我使用了汉语里边所有的人称,"我""你""他""我们""你们""他们",包括动物的"它们"。人称的不断变化也导致了观察视角的不断变化。最后使我悟出了一个道理,就是在小说创作里面,有时候视角就是结构。视角的不断变化,就构成了这部小说的结构。当然这个小说也有一种很强烈的政治意味,也对很多所谓的英雄事迹和英雄人物进行了解构。今天来看,这部小说描写的事件已经非常陈旧了,但它在艺术方面的探索上也许还可以给师弟师妹们提供一个批判的对象。

后来的官场小说我觉得很简单

　　这中间我也穿插着写了一些中篇、短篇。1989年我就开始写我的又一部长篇《酒国》。看报的时候看到了一条消息，有人写了一篇文章叫《我曾经当过陪酒员》，说他大学毕业，因为家庭出身不好，被分配到东北的一个矿山里面去当一个子弟小学的老师。因为家庭出身不好，他找不到对象，非常苦闷。他就想索性自杀算了，他不想上吊，也不想喝农药，他就想多喝一点酒，把自己醉死。结果他一次喝了好几斤酒，不但没有醉死，反而觉得很舒服，由此他知道自己有很大的酒量。他的名声慢慢地传出去了，被矿山党委宣传部吸纳进来，成了一个专职的陪酒员，每当上级机关和兄弟单位来人的时候，就把他拉来陪酒。他是大学中文系毕业嘛，要编一点陪酒词是很简单的一件事情，酒量又是海量，口齿又非常伶俐，所以慢慢他就被提拔成一个小官。到了他晚年退休回到故乡后，回头来观照自己的一生，就发现什么都没干，喝了一辈子的酒，陪了一辈子的酒。

　　当时社会上酝酿着反对腐败的运动，反腐败于是就变成了这部小说的一个重要的主题。但我没有把它简单地写成一个官场小说或者黑幕小说，而是进行了一些大胆的艺术试验。我开头给予《酒国》一个侦探小说的框架，写一个检察院的侦查员奉命去一个矿山侦破一起红烧婴儿的案件，当他到了那个地方之后，却不由自主地参加了"吃人"的宴席。当然这不是真的吃人，他发现这实际上是一道名菜。这个所谓的红烧婴儿实际上脑袋是冬瓜，手是藕，头发是发菜，眼睛是葡萄之类做成的，仅是一道名菜而已。同时，作家在写这个小说的时候，有一个文学青年不断给他来信，不断地把他自己创作的小说寄给这个作家看。到了最后,作家创作的这个小说,就跟这个业余文学爱好者所创作的小说慢慢地合为一体了。小说的结尾,作家"莫言"自己也应了这个文学青年的邀请到了这个酒国市,到了这个自己虚构出来的酒国,但第一天晚上就被灌醉了,从此就再没有清醒过。

我想,这个小说可供解读的意思还是蛮丰富的,如果师弟师妹们有兴趣,可以看一下。我们写腐败也好,写官场也好,如果从写实的层面上来写,确实意义不大。后来的一些官场小说,实际上是为腐败辩护的小说,说很多官员置身在我们这个生活环境当中,他们的腐败,或者说他们的行为,是无可奈何的;说他们的主观意图是好的,可能要为老百姓办一件好事,比如说要修一座大桥,建一个工厂,那么就要去行贿,要去巴结他人,请客送礼。这似乎就让官员的这种腐败和社会上的腐败现象有了一种人性化的解释,也引起了大家对这种人和事的同情。我们的官场小说基本上是沿着这个路数走过来的。无非就是把卫生部门换成了纪检部门,县委书记换成了乡镇长。这样变来变去,我觉得这样的官场小说实际上没有太大意义,还不如《官场现形记》这样的黑幕小说产生的艺术效果强烈。

我说这个话的目的并非要说官场小说不可以写,当然也可以写。这样的小说现在有很大的读者群体,反腐败的小说当然也可以写,黑幕小说也可以写,我只是觉得我们在写官场小说时,要力避公式化和模式化。因为现在的文学创作和艺术创作领域里面出现了一个可怕的现象,就是一旦某一个电视剧里面,或者某一个小说里面某个人物火起来了,后面肯定就一窝蜂地克隆。电视剧《亮剑》里有李云龙这样一个人物,后来一系列的电视剧里面李云龙的后代儿孙就成群结队。那肯定是一个不如一个,这就是一种类型化的创作,导致了人物的雷同。所以我觉得如果我们要写官场或者要写这种反腐败的题材,应该发现新的人物。不要让所有的官员都是一个面孔,也不要把腐败问题完全归罪于体制和社会,也应该从人性的深处去深挖原因。如果我们的目光只注意到外部,顶多得出"在当今这种情况下腐败合理,如果我是官员我也会腐败"这样一种结论。如果我们换一个角度,往人的灵魂深处去挖的话,也许会得到另外的判断。就是说:在同样一个不健全的、不完善的体制下,实际上还是有人保持自己的清廉的品格;而即便是在一个非常严格的监控制度下,有的人依然还是贪污腐败。

再一个,我们看到了很多描写贪官和他们的情人的小说,也都是大同小异。好像也都是把贪官写得像是一帮没有人性的、爱好玩弄女人的这么一种角度。实际上贪官们跟他们的情人之间的关系,也是千姿百态的。有很多贪官在这方面是很忠于感情的。那样高级的干部,在当今这样的社会里边,对一个女性那样地痴情,把自己的前途和命运都抵押在一个女人身上,这样的人当然不是一个好党员,但确实是一个很好的情人。而在生活当中发生的很多的事件,可以挖得很深很深,像我们济南的那个官员,他被毙了以后,当地的老百姓,尤其是官场上,很多人对他还是赞不绝口,说这个人真是很好的一个人;纷纷谴责那个被炸死的女人,说这个女人贪心不足,像《渔夫的故事》里面那个渔婆一样。

我1997年从部队转业到《检察日报》工作了十年,在那里接触了很多类似的案件。我发现每一个贪官实际上都是一个独特的面孔。每一个贪官贪污的理由,和他们对受贿得来的钱财的处理都不相同,他们对待女人的态度也都有很大的区别。比如有一个贪官犯事以后,检察官询问他的时候,他就满头大汗,坐立不安,后来他就跟检察官提出一个要求,说你们能不能给我一张白纸,和一支红蓝铅笔。问他为什么？他说我只有拿着红蓝铅笔，面对着一张白纸的时候，头脑和思维才清醒。因为他做报告的时候，每次都是一手拿着一支红蓝铅笔，面对着一张白纸。检察官满足了他的这个愿望。果然，他交代起问题来有条不紊，头头是道。这样的情节就是非常富有戏剧性的。像天津的一个贪官，他平时就穿着旧解放鞋，他是一个部队转业的干部，贪污了几百万，钱就放在一个空房子里面，放在床下面的一个柜子里。每天下班以后，他骑着一个破自行车，到了这个房子里边，关上门，拉开电灯，然后把床掀开，一遍一遍地数他的钱，一数数两个小时，然后回家睡觉。抓住他以后，他说：我一分钱都没花，全都放在那儿了，我就是数了无数遍。这个人很有意思。他特别艰苦朴素，一分钱都舍不得花，平时看起来清廉得不行，他老婆还不时骂他，说你看人家都贪个污，你看你像个穷鬼一样。还有一个非常有意思的贪官，他说我不贪污，我只是喜欢吃。那个贪官是江苏的，他两年吃垮了三个厂子。他到了这个厂里面，什么都不干，天天吃，而且最爱吃鳖。鳖甲旁边的那两块弯曲的骨头，可以剔牙的，他收集了一麻袋。有一次，他带上他的秘书到一个县城去，吃了两天往回走，走在半路上问那个司机，说你还有钱没有，司机说还有八百，他说那你还回去干吗，走，回去把它吃掉。所以说，很多贪官是不一样的。像江西省的那个副省长，他为了一个女人和另外一个小流氓争风吃醋，在露天广场上大打出手。一个堂堂的副省长为了争一个"三陪小姐"，和小流氓在街上打起来了，打得头破血流。人家说这是副省长。那个小流氓说，狗屁，副省长能跟我来争一个"三陪小姐"吗？后来一看真是副省长。我在《检察日报》的十年，了解了很多这样的贪官。

关于贪官的情人你们到网上去搜一搜，看一看，比我说的更加丰富，可谓五花八门。我们确实到了一个令人无法言说的时代了。你说它好吧，它确实有很多非常好的、光彩夺目的东西，我们办奥运会，我们办世博，我们同仇敌忾，我们众志成城，为对付自然灾害，我们每个人都热血沸腾，慷慨捐献……正面的东西确实非常非常多，但是负面的东西也不少。

这就让我想起狄更斯写的《双城记》里开篇的一段话，也让我想起苏联时代的一个小说家阿斯塔菲耶夫写的《鱼王》的结尾：这是一个建设的时代，也是一个破坏的时代；这是一个丰衣足食的时代，也是一个食不果腹的时代；这是一个播种的时代，也是一个收获的时代……每当我们要赞扬一个事物的时候，肯定可以找到另外一个角度来批评这个事物。面对这样一种眼花缭乱、五光十色的社会生活，怎样去观察，怎样取得素材，就看我们作家本身站在一个什么样的思想高度了。

人性描写必须是超阶级的

回到刚才那个话题，我写了《酒国》之后，又写了饱受争议的《丰乳肥臀》这个长篇。这个长篇的书名现在看起来没有什么问题。但我想当时如果不用这个书名的话，也许这本书是另外一个命运。当时出版社也和我商量，说这个书名出来后没准会惹很多的麻烦，但我觉得如果改换一个书名，好像就和书里的描写对不上号了。我觉得只有这个书名是最贴切的，所以宁愿冒险，也还是用了这个书名。

这个书出来以后，首先引起了我们军队的一些老同志的不满，这种不满我是完全可以理解的，他们的很多批评我觉得也不是完全没有道理的。但是我对他们那种无限上纲，甚至把这部小说想象成了一部反党反社会主义的作品，这样的一种判断我是很难接受的。

首先，我觉得这部小说，还是站在人的高度上，描写了国共两党的几十年的争斗。第二个，我觉得还是写出了像上官金童这样一个典型的、复杂的人物形象。另外，我认为我在小说里对"母亲"这样一个人物的描写，也是一种超阶级的人性描写。人性描写必须是超阶级的。她实际上在现实生活当中是可以找到根据的。一个母亲生了八个女儿，这八个女儿有嫁给伪军的，有嫁给八路军的，有嫁给国民党军队的，她们生完孩子都往家送；母亲对孩子是一视同仁的，不管你们的爹是什么样的阶级，孩子都是无罪的，所以她还是千辛万苦地把孩子给拉扯大。

我觉得这样的一种描写是应该成立的，也是应该允许的。但是我们的老作家们可能长期受到了阶级斗争的影响，对这样一种写法难以接受。让我检查的时候我也辩白，我说我这样写，并不是我自己发明和创造的。我说在苏联时期的小说里面已经写了。《静静的顿河》里边的描写实际上已经是超越了阶级性的。它描写的葛利高里这个人物，你说他到底是什么阶级？他出生于一个富裕中农家庭，他先当红军，又当白匪，然后又当红军，又当白匪，最后折腾得孑然一身。他当白匪的时候，是一个杀红军的好手；他当红军的时候，杀白匪也非常的勇敢。这样的人不论在一个什么样的军队里面，都是好样的，都会成为这个军队的英雄人物。那么对这样的人，你怎么样去判断他，你说他是一个好人还是一个坏人？

读完《静静的顿河》这部长篇后，我们就会对这样一个人物产生深深的同情，感觉在这样巨大的社会历史动乱当中，每个人的命运实际上是不由自己控制的，就像滔滔奔流的江河上面飘浮的一块木头一样，水把它冲到哪里它就流到哪里去。我的小说也顶多是达到了这种高度，甚至还没有达到这种高度。由此可见，我们长期以来在文学领域里面的这种旧的保守的观念,是多么根深蒂固,多么难以撼动。

我们还没有写出真的具有鲜明的中国特色的小说

新世纪开始以后,我重点在中国小说的民族化上做了一些尝试。这应该提一提《檀香刑》这部小说。这是一部戏曲化的小说,也是一部小说化的戏曲。

二十世纪八十年代我在军艺读书的时候,大量的西方文学翻译成中文在国内出版。我们在一两年的时间内补上了二十年的课。因为从六十年代到八十年代,这二十年西方文学的发展我们几乎是不了解的。我们疯狂地补课,疯狂地阅读。

那个时候,我们每个星期天都要去魏公村对面那个书店去买书。像大家非常熟悉的马尔克斯、福克纳、海明威,还有法国新小说派的一些作品,见到就买。有很多买回来,翻了翻也就放下了,没有看。很多人说我受了马尔克斯的影响,这个我也承认。但是非常抱歉的是,他的《百年孤独》我是到了2007年才读完的。因为当时翻了几页以后就按捺不住自己创作的冲动,读了几页之后觉得:原来小说这样写就可以,那么我为什么没有早想到这样写呢?生活当中自己经历的类似的情节和故事很多嘛,于是拿起笔就开始写。你们有兴趣可以看一看我在军艺期间写的《金发婴儿》和《球状闪电》。这两篇小说是明显地受到了马尔克斯的影响。《球状闪电》里也有一个不断地用焦油往身上粘鸟的羽毛、企图飞起来的老头,而《金发婴儿》里面的叙事确实也有《百年孤独》里面的那种味道。

我们中国作家经过了二十年的学习,早就应该摆脱掉这种模仿的阶段。1987年我在军艺读书的时候,在《世界文学》发了一篇名为《绕开马尔克斯和福克纳这两座高炉》的文章,我那时已经非常明确地认识到不能跟在他们后面亦步亦趋,因为他们是灼热的高炉,而我们是冰块,如果靠得太近了,我们就把自己蒸发掉了。我们要学他们处理题材的方式、观察生活的方式,要学习他们思想的高度,而不是简单地在情节上、语言上、结构上进行模仿。福克纳的小说翻译成中文以后,结尾有几千字没有标点符号,我们很多部小说一时间也都不加标点符号。这就太简单化了,连雕虫小技都算不上。福克纳把一个故事讲三遍,那我们讲四遍讲五遍也算不上创新。马尔克斯让一个人坐着床单上天,我们让一个人粘一根羽毛飞到天上去,这也不算创新。这只是很简单的模仿,所以我当时就认识到我们必须立刻摆脱掉这种简单的模仿,进入一个更高层次的学习。这个学习不是简单地学习皮毛,而是学习真正的核心的东西——一种观察人类的态度。

我看到在福克纳、马尔克斯的小说里面,也有大量的生和死、情和爱的描写。但是你读到这种生死情爱的描写时,并没有产生一种强烈的情感方面的冲动,非常悲痛或者非常喜悦都没有。所以我觉得他们好像是居高临下地站在宇宙的角度在观察小小的地球上的人类。他们观察人类就像我们观察一群蚂蚁一样。我们看到蚂蚁在生死搏斗,也是尸横遍地。为了争夺死去的一个虫子,对蚂蚁来讲,那确实是一场大战。但是对看蚂蚁的人来讲,就完全是一件没有意义的事情。那么我想如果真的有一个上帝看到我们人类的活动,也像我们看蚂蚁一样,我觉得这就是马尔克斯观察人类的角度。要学可能也就是学这些东西,而不是学别的。

这二十多年来,我们也一直没有洗刷掉身上所背负的这种"罪名"。很多批评家也一直说我们是跟在西方文学家后面爬行。我们写出来的每一篇小说,他们都会说这是对马尔克斯的模仿,对福克纳的一种克隆。但事实上,我觉得没有像他们说的那么糟糕。但也必须承认,我们还没有写出真的具有鲜明的中国特色的小说来。《檀香刑》所做的大概就是这方面的尝试。

谈到关于小说中国化的问题,我认为任何一种艺术,当它发展到一定阶段,面临着困境的时候,要闯出一条新路来,实际上只有几条途径可走。一条就是要向外部学习,包括向外国的文学学习,也包括向其他的艺术行当学习。我们搞小说的,可以向戏剧学习,向音乐学习,向美术学习。都是艺术嘛,肯定是触类旁通的,在深处的很多东西都是一样的。我想,支撑着一个音乐家、一个画家、一个作家的最核心的力量都是一样的,而且这之间的艺术形式也是可以转化的。

我在军艺的时候就反复到图书馆去借西方艺术家的画册来看,像凡·高的画册、高更的画册,对我的创作都产生了非常直接的刺激。当看到凡·高笔下那扭曲的树木、旋转的星斗,那种躁动不安的激烈的画面的时候,我们是不是可以找到一种或者说得到一种强烈的心理感受,而这种心理感受是可以通过语言表现出来的。

所以,我觉得我早期作品里边的语言的不规范,语言的扭曲、强烈,是跟看了凡·高的画有关系的。像高更和卢梭笔下的奇特的带有神秘感的画面、动物和人物,也会给作家一种强烈的心理感受,这种感受也可以诉诸文字。这种东西当然都是很内在的,因为画面和文字之间隔了很多,但是情感是可以打通的。一个作家或者说一个艺术家若山穷水尽,日渐重复,没有新意,这个时候要想获得突破,就只能向外部学习,学马尔克斯,学福克纳,学苏联小说,学拉美小说,学日本小说。然后我们也可以听音乐,向音乐家学习;看名画,向画家学习;我们甚至可以向杂技演员学习。任何艺术都有灵魂深处相通的地方。

另外一个手段就是向民间学习。民间的含义是非常丰富的,它包括了民间的全部生活。我这里单指民间的艺术手段。像我的故乡高密有民间的剪纸,有泥塑,这些都是农民在劳动之余作为一种娱乐,或者是一种点缀生活的方式,即兴创作的。他们没有师傅,也不把它当作商品。一个农村妇女在春节即将来临的时候,坐在炕头上用剪刀剪出了几个图案,然后贴到她的窗户上,点缀她的生活。这就是她性情的、也是她艺术美感的很自然的一种流露。她的技巧可能很简单,她表达的东西也很朴素,但这里面肯定会有让我们感动的、能够见到真性情的东西。另外,像我们高密的泥塑也是民间的,也就是老百姓在农闲的时候,用泥巴捏一捏,再涂抹上一点颜色。但它现在已经变成了一种商品。这种东西慢慢也会形成一种风格。它所塑造的老虎,是很善良的,不是一种凶恶的老虎。它的色彩大红大绿,对比非常强烈,它的风格很夸张。西安附近那些汉代的雕塑、石刻,是皇家的,追求的同样是朴素大气和博大的胸怀,是一种像和不像之间的东西。所以,我们高密的泥塑,不论是老虎、狮子还是娃娃都是这样。你说它不像吧,它又有几分像;你说它像吧,它又完全脱离了原形,是想象的老虎、狮子。这样一种像与不像实际上是一种非常典型的东方的艺术情调和意境。这样一种艺术意境也可以移植到我们的小说创作里来。

再一个,像民间的戏曲,高密有一种戏曲叫"茂腔",在我的小说《檀香刑》里我就把它写成了"猫腔"。这个小戏流传的范围很小,大概就在两三个县之内。这样的一种民间小戏,刚开始的时候完全是街头演出、广场演出,那个时候如果要表现一个秀才骑着毛驴去赶考,就会真的把一头毛驴牵上台;发展了几百年后,到了现在越来越规范了,慢慢地向其他的剧种,向京剧、吕剧学习。它原来那种土的东西越来越少了,它在服装上、化妆上、脸谱上都越来越京剧化了。但唯有一点,就是它的唱词还是用本地的方言来唱,唱词还是非常生活化的。而京剧的唱词是非常典雅的,早已庙堂化了。京剧用的是文言或是半文半白的语言,里面夹杂了许多历史典故。而民间戏曲完全就是老百姓的日常生活语言,是大白话。而且有很多大白话用当地的语言来唱是押韵的,但换作普通话来读就不押韵了。这样的戏曲确实是能够打动当地老百姓的,茂腔就号称"拴老婆的橛子",说女人一听这个戏就好像是把她拴住走不了啦;之所以这么吸引她们,就在于它表现的全都是她们非常熟悉的生活,戏里面人物的情感也就是她们自己的情感。

所以,我觉得我们的小说要呈现出非常鲜明的中国特色的话,必须向我们的民间文化学习,包括我讲到的各种民间艺术形式。还有民间的许多说唱艺人,他们在集市上支一张桌子就开始说,他们很多的词都是即兴创作的。他们有范本,但却是随时可以改变的。他可以根据当时情绪的变化给里边的人物添加一些新的语言。这样一种面对着广场和大众的创作要讲究语言的节奏感,讲究语言的可听性。当然我们也知道很多的书面语言,朗诵起来并不是抑扬顿挫的——并不是好的文章就完全适合朗诵,好的诗歌也是如此。而有一些艺术品位并不太高的诗歌朗诵起来却是铿铿锵锵的,听起来节奏非常分明,让人热血澎湃。比如我们朗诵马雅可夫斯基的诗歌——就是那种朗诵诗、阶梯诗,一朗诵起来可以让下面的观众为之振奋,受到感染;但像波德莱尔的诗,像庞德的诗,朗诵出来就没有那种效果。有的小说——像《烈火金刚》这部小说,就完全可以让评书艺人、民间艺人当作评书来说。但有些小说就不具备这种可能。

我在《檀香刑》里面,实际上就是在追求口头的说书风格,就是希望这部小说是可以在广场上面对着大众来朗读的。这里边编造了大量的韵文,像戏剧的唱词一样押韵的文字。所以,小说里的人物也是按照戏曲行当来设置的。我们知道,戏曲的人物都是脸谱化的,尤其是京剧,比如黑脸、花脸、老生、花旦、青衣、小生、刀马旦、丑角,它的角色是非常明确的。我们在小说创作的时候,最忌讳人物脸谱化。但我在写《檀香刑》的时候,故意把人物脸谱化。小说里面的每一个人物实际上可以和戏剧里面的行当对应上,这样的一部小说出来以后,必定要遭遇一种褒贬不休的局面。有的人认为好得不得了,有的人认为差得不得了,因为你要跟民间戏曲进行结合,势必会对语言的纯净造成破坏和冲击。

由于近几十年来受翻译文学的影响,我们许多作家的小说语言已变得异常的优雅细腻,我们日常生活当中和民间语言中那种粗犷、奔放、朴拙的东西渐渐见不到了。我在《檀香刑》里边有意识地跟这种优雅细腻的语言进行对抗,所以只能使用民间的、粗犷的、朴拙的语言。

大家知道,因为要押韵,戏剧里面有很多的救命词,比如"一马落在地溜平",什么时候叫"地溜平"?就是戏剧唱词里面经常听到的,就是人从马背上掉到地下。就是为了押韵,故意制造了一些似通非通的唱词。而且很多字是意义相同的重复。同义反复并不可以全部说成是病句,在我们汉语修辞里面,同义反复也是一种修辞方法。

另外,民间语言里面有很多装傻的语言。我们现在到乡下去,尤其是和基层干部打交道的时候,他们很多用语的幽默感是因为故意装傻造成的。他经常就会把很多流行的名词故意少读一个字。比如

"见了以后你让我热泪盈眶",他不说"热泪盈眶",他说"你让我热泪盈",心惊胆战"不说是"心惊胆战",而是说"你让我心惊胆",说了很多这样破碎的形容词,让人产生很好玩的感觉。有的时候他们还故意乱用名词,不说"焦头烂额",说"我老婆跟人打架打得交头接耳",说"书记到任后做了大量工作,政绩辉煌,简直是罄竹难书"……我在《檀香刑》里也用了这样的修辞方法。熟悉民间语言的人一看就知道这是农民式的幽默。但是知识分子就会说,你看这个作家连"罄竹难书"的本意都不知道。实际上我知道,小说里的人物也知道,农村基层干部也知道。所以说,脱离了小说的语境,脱离了小说人物的身份,来单独地分析语言实际上是不科学的。必须联系到小说的整体语境和小说人物的身份,然后才能够感受到作家为什么要让人物这样讲话。

中国的文学批评家读不出来,到了西方的翻译家那里,更是要了他们的命。小说《檀香刑》翻译成很多外文版本,效果都比较差,我估计就是因为这个问题。不断问我问题的翻译家,我还对他们有所信任。有的翻译家从来没问过我一个问题。我说我们中国的读者,读的时候有时候都误读,你一个德国人或韩国人怎么可能理解呢?所以说好的小说或有特色的小说在翻译过程当中会面临着很大的危险。译者可能连小说准确的意思都翻译不过来,更别说把你的言外之意翻译过去了,丧失了的恰好是文学的微妙之处。我们的语言丰富就丰富在语言有很多的潜台词和言外之意。这种东西很难找到一种准确的解释。你可以感受到或会心一笑,但是要准确地把意思翻译过去确实是不容易的。

写完《檀香刑》以后,我又写了一部叫《四十一炮》的长篇小说。这个小说实际上也是一部象征性的小说,写的是一个疯狂喜欢吃肉的孩子。这部小说也是我对童年视角的总的清算,有人说我用童年视角写小说,比用成人视角要写得好。我也同意他们的这种判断。所以,我索性就把童年的视角在《四十一炮》中再疯狂地使用一次,准备以后就尽量不再使用了。

人生命运的轮回跟社会的轮回一样

后来又写了一部叫《生死疲劳》的小说,借助佛教里面的六道轮回,讲一个被枪毙的人死后先后转生为驴、牛、猪、狗、猴子,最后又回到人的一个循环往复的故事,用不同动物的眼睛来观察五十年来中国的巨大变化。

这部小说主要塑造了一个另类的人物。上了年纪的人都会知道,中国 1980 年代之前有人民公社这种经济体制。我们也知道,从五十年代开始的合作化运动一直发展到人民公社化的运动是中国社会的一次巨大变化。历史潮流浩浩荡荡,没有人能够跟这种运动相抗衡。但恰好在我的故乡就有这样一个外号叫蓝脸的农民,他敢于跟整个社会对抗,所有人都加入了人民公社,唯独他没有加入。

在我上小学的时候,每天上午都会看到这个单干户赶着一只瘸腿的毛驴,拉着一辆木轮车,从我们学校门前走过。木轮车会发出"吱吱扭扭"的刺耳的尖叫。尖叫声会从很远的地方传过来,走了很远以后还在我们耳边缭绕。这个人给我留下了深刻的印象。我们当时也认为这个老家伙顽固不化,批判他的时候就说他是茅坑里的石头——又臭又硬,说他逆历史潮流而动,是螳臂当车。但他就认定一点,那就是我的土地是共产党分给的,而共产党颁布的人民公社章程里面也明确说了,入社是自愿的,退社是自由的,这也是毛主席签署的。所以,任何威逼利诱他都不动摇。这使当地的官员很恼火,你想啊:全国山河一片红了,只有他一个单干户,在人民公社的广袤土地上,中间却有一条窄窄的单干户土地,这怎么行呢?大家都千方百计地想把这个黑点抹掉,劝他,动员他,威逼他。最后,他的太太、儿子、女儿都跟他分家加入了人民公社,就他一个人顽抗到底。到了"文革"初期的时候,红卫兵就不讲客气了,对他进行吊打、施刑,终于把他折磨得无法忍受,悬梁自杀了。

这样一个人物在我脑海里面存了很多年,我也知道总有一天我会把他写到小说里面去。但我很长时间也没有认识到他的价值,后来慢慢感觉到在社会生活当中,这种另类是非常有价值的。到了1980年代人民公社解体了,土地又重新分配给农民,我们村子里的人回头想起他,不禁感慨万千。我们折腾了几十年还是又单干了,还是蓝脸这个人是对的。蓝脸如果活着的话,肯定会开心地大笑,说你们又要分地了,我就不用分了,土地我一直有。

人生命运的循环和轮回跟社会变化的轮回一样。《生死疲劳》的故事从1950年开始,到了小说的最后,转述也产生了一个轮回。黑格尔说过,社会是螺旋式上升的;马克思主义的社会学基本原理也讲,人类社会不断地循环,并螺旋上升。而每一个循环,其实都不是回到了原点,而是到了一个更高的层次。

我们可以说1980年代的改革看起来又把土地分给了农民,但这一次分配土地和1949年前分配的意义是不一样的。形式上有雷同之处,但意义肯定不一样。这部小说里我集中思考了关于农民和土地的关系的问题,这也是中国社会最基本的一个问题。我们共产党1920年代搞新民主主义革命,实际上也是解决土地问题,历朝改朝换代也是因为土地问题。我感觉1980年代,每个农民都与土地有着强烈的感情,但随着社会发展进步,现在他们已越来越疏远。年轻人一个个背井离乡到城里去,只有老弱病残还在家里耕种着土地,很多土地甚至荒芜。这样的状态下,农业又面临低落的阶段,这说明我们的农民与土地的关系又需要新一轮的调整。所以在小说里面,蓝脸这个人物也讲过,只有土地属于我们,我们才是真正的主人。这种思想是不是落伍我也不知道了,反正我在小说里面强烈地反映了这种农业为本的思想。这也是对当今现实社会的忧虑,因为最近这二十年来,中国的城市在疯狂地扩张,从北京到上海,到每一个县城,以至每一个乡镇,都在疯狂地扩张,到处都修了宽阔的马路,盖起了高楼大厦,土地都被水泥覆盖,而农民反而背离土地。这样,就只能依赖粮食的大量进口,这样长期发展下去,情况是岌岌可危的。

2000年的时候,有一家报纸采访时问我,新千年里最忧虑的是什么?我说是没有粮食。我是经过了1960年代饥荒的人,所以深知,在人类社会中最宝贵的不是黄金,不是钻石,不是楼房,而是粮食。当你没有粮食吃的时候,你就会发现,其他都是没有用的。我还讲到以前一个地主和一个长工的故事,说洪水来了,地主背了一口袋金条,农民背了一口袋窝头,两个人跑到两棵树上以后,地主用金条换窝头,农民不换,结果地主饿死了,农民却坚持下来了。最终,农民把地主的金条也捡走了。

粮食是最宝贵的,很多小说都反复表现了这一主题。我一直觉得,粮食是一种很神奇的东西,它多起来会让你感觉到没地方放,但没有了会像蝗虫一样消失得干干净。1960年代是风调雨顺的。人民公社时期,我们也天天在土地上劳动,但就是不产粮食。所以我担忧,如果有一天没有粮食吃了,我们的社会就乱套了。现在的农民可不是1960年代的农民,那个时候共产党具有巨大的威信,老百姓相信没有粮食吃是苏联和自然灾害把我们害了。现在的农民已没有那么幼稚了,如果没粮食真的是会乱套的。

1980年代的时候,小麦五角钱一斤,现在小麦是九角一斤。几十年下来,我们的工资已涨了一百倍,其他产品的价格上涨了几百倍,而粮价涨了不到一倍,这说明剪刀差不是在消失,而是在扩大。这些问题不是一个作家考虑的,但可以用文学的方式表达出来。当然文学的表现形式不是要直接写粮价的问题,还是要写人物。

作家不应该回避社会上一些敏感、尖锐、复杂的问题

说到《蛙》,这部小说也涉及了一个非常敏感的问题,即计划生育问题,这是影响了中国三十年的一个重大问题。独生子女政策是从1980年开始的。当时,党中央给全体党员和团员发出了一封公开信,要党员和团员带头执行独生子女政策,说如果这个坚持三十年,中国的人口问题就会得到解决。今年正好三十年,我看好多社会学家、人口学家在网上争论得热火朝天,而且火药味很浓。今年好像有一个政法大学的教授还是副教授违规生育二胎,让他拿社会抚养金,他也不拿,把他开除了公职。我看在网上支持他的人居多。

《蛙》触及的就是这个问题。计划生育一直是西方多年来批评中国的一个重要的事情,说中国不人道,强行给妇女堕胎,侵犯人的基本权力。当然,我的这个小说是写人的。我写的是一个乡村的妇科医生。这个小说里的"姑姑"也是有原型的,生活当中我确实有一个姑姑,也是妇科医生,也是从1950年代从事那个职业,积累了丰富的经验。她2000年退休以后,直到现在还有很多妇女来找她。因为她

既可以治疗不孕症,还对儿科很有研究。她自己说经过她的手接生的孩子已经有上万名,因为乡下医生少,几个村庄的人都找她来接生。她也为很多违规的妇女做过引产手术,通过她的手被毁坏的婴儿也有几千个。她并没有向我流露痛苦和矛盾的心情。但我作为一个写小说的人,我应该设身处地地从她的角度去想,假如我是一个妇科医生,亲手接生过一万个婴儿,也亲手毁掉过几千个婴儿,我在做这件工作的时候心情是怎样的。我把一个孩子接到人间,我听到他响亮的哭声,看到孕妇脸上的笑容,我的心情是非常愉快的,我的工作是神圣的,庄严的;但我看到一个痛哭流涕的孕妇被抬到手术床上,给她做了人流,这样的心情与接生是完全不一样的。尤其是她到了晚年,会不会回顾她的一生,当她回顾一生的时候,会怎么评判。她的心情肯定会有很多矛盾,所以我就想把姑姑这个生活中的原型变成一个小说里的人物,写了这样一个作品。而写这个作品就不可避免地要涉及计划生育这个问题。

我们也知道,在写戏剧时,一开始肯定要设置强烈的戏剧矛盾。我们要把人物放到尖锐的矛盾当中,烈火见真金,也就是说只有在强烈的矛盾当中才可以让人物的个性表露无遗。越是矛盾尖锐的地方越能显露出人物的个性来。那么要把一个乡村的妇科医生写出个性,当成典型,计划生育就不可回避,就要浓墨重彩地来写。我就是用这样的理由来回答那些所谓的中国的和西方的媒体的,说你为什么敢于触碰这样一个敏感的问题。我说这不是我要触碰,是人物要触碰。因为我要写这么一个人,所以我必须要写计划生育。而且我觉得这个也不是一件见不得人的事情,因为对中国的计划生育工作的评判,站的立场不一样,得出的结论也是不一样的。站在一个乡村妇女的角度上来看,是一个结论;站在一个施行计划生育的官员的角度上来看，又是一个结论。站在城里人的角度上来看，是一个结论；站在乡下人的角度又是一个结论。因为人的身份地位不一样，所以对同一问题的判断结论肯定是不一样的。所以，我想中国的计划生育，它影响了中国的千百万个家庭，对于持续了三十年至今仍然在持续的这么一个政策来说，在历史、现在和将来会对中国社会产生什么样的影响，现在我们很难做出准确的判断。因为政策还在延续，它所发生的一些影响和后果尽管已经开始显现，但远远没有显现得完全。也许再过三十年或二十年，它的后果会表现得更加明确，那个时候回头来看这个问题，也许会得出更加准确的结论。

  作家不应该回避社会上一些敏感、尖锐、复杂的问题，应该直面它，有胆量直面它。但是我们在把这些问题写成小说的时候，我们要牢记不要让问题淹没我们的人物。问题是因人物而设置的，人物是在问题里边游泳的，我们不能写了河水而忘了游泳的人。我们的目光肯定要时时盯着在河里奋力拼搏的游泳的人，而不是水。水我们当然要写，但是如果没有了游泳的人，这就是一潭死水。就是说纯粹地写水是没有意思的。所以我们写事件、写问题，都是可以的，没有什么了不起的，重要的是要让这个人在这个事件里面树立起来，我们写事件的根本目的还是要让事件服务于人物。

  我想，有了这样的认识之后，什么样敏感问题都是可以触碰的。关键是我们要把它变成塑造人物的一个必不可少的元素，而不是为了写问题而写问题。这也是小说和报告文学这两种文体的区别。报告文学就是要重现事件，而小说家未必非要死死地盯着事件。

  实际上还有很多的话可以聊，但是因为时间的关系我就先说到这里。我向你们大概地汇报了一下我离开军艺以后走过的这一段路程，走得磕磕绊绊，很惭愧，本应该走得更好，总感觉到应该写出更好的作品,但是没有写出来。非常惭愧!希望在座的各位写出好的作品来!

现场互动:

问:莫言老师,我很认真地读过您的《檀香刑》,我想问一个问题,那就是工匠和大师之间是有界限的吗?那么界限是什么?您觉得您是匠师还是大师?同时,请您谈一谈写作的局限性问题。

答:首先谢谢你认真读了《檀香刑》。

我觉得我现在既不是工匠,也不是大师。但是我觉得可以说一说工匠和大师之间的这种关系。毫无疑问,大师是要比工匠高一等的。因为工匠可以是一种重复的简单的劳动,无论制作一件东西的手段多么繁复,都是一种技术,是可以学习的;而大师写意的东西可能更多一点。人人可以通过艰苦的学习变成工匠,但要成为大师的话,第一要经过严格的训练,第二还要有天才,同时也要有机遇。齐白石到了后期毫无疑问是个大师,但是如果他没有经过这种严格的工匠训练的话,或者说他不具备这种工匠的技巧的话,他也不可能成为一个大师。他后期的作品实际上也是一种写意和写实的结合。他的每一幅画里面,比如说他要画树、画芭蕉,用的是泼墨大写意;但是当他画到树下的一只小鸡的时候,那是纤毫毕见,他会把鸡的每一根细细的羽毛都画得很精细。

我去年去北京画院看了齐白石的一个展室,里边有他晚年画的许多小的昆虫。一个小甲虫,一个小蜘蛛,要拿着放大镜来看,你会发现他画得非常之准确,完全像一个小昆虫的标本一样。这就是他晚期画的一些作品。这些东西实际上我觉得就是一种工匠的训练的结果。画那么小的动物，第一你的手要不颤抖，第二眼力要特别好，另外你对笔墨的控制要到了一种非常高超的水准才行。我想，正是因为齐白石经过了早期的这种严格的工匠的训练，他才会如此。首先他是一个巧匠，能工巧匠，然后再加上晚年的这种写意和写实相结合起来的大师风度吧。

我们小说的创作在某种意义上讲也可以跟画家的这种写意写实类比，我们首先要经过工匠这个阶段，我们有写实的笔力，有观察的能力，可以根据我们的观察写出现实主义的作品来，可以把一个事物描写得栩栩如生，可以把一个人物的特征用几笔勾画出来。有了这样的一种写实的技巧，一些基本的训练，我们对语言的控制、对作品结构的控制，到了齐白石的程度，然后再在这个基础上借助于思想的火花照耀，使作品有一种写意的东西注入进去，这就有可能变成一个大师了。

当然，我想小说家这个大师和画家这个大师可能还不完全一样。有时候画家的飞跃是借助于某种技法，这种技法当然也是基于一种想法、一种思想、一种艺术的创造。那么作家可能更多地要借助于思想。那就是说我们的作品里面必须要有新的思想元素的注入，另外要发现生活当中的新人，就是说你的作品里面要有新的人物形象出现。

什么是新人？新人就是前人的、包括你自己过去的作品里边未曾出现过的人物形象，在你的新的作品里面出现了，这就叫新人。另外，你要有文体方面的强烈的创新意识。这个文体不仅指语言，也包括了结构。更主要的当然是语言，因为文学说穿了是语言的艺术。一个文学家跟一个小说家的区别就在于文学家是有独创文体的，而小说家未必有。小说家可以写很多的小说，讲很多精彩的故事，但是他只是一个小说家,但是要说一个人是文学家,那么他必须有独创的文体。

鲁迅是文学家,沈从文也是文学家,张爱玲也可以是个文学家。但有一些作家未必是文学家,因为他没有形成独特的文体。鲁迅的语言我们可以从千百个作家写的东西里面一读就看出来,沈从文也可以辨别出来。但有的人就辨别不出来。所以我想一个大师从文学的角度来讲,首先是一个独创了文体的人,是一个形成了自己鲜明的文体风格的人。还有一条,就是他必须塑造了新人,他的作品里有别人没有写出过的典型的人物形象,比如鲁迅的阿Q。沈从文要给他找出一个他写的人物形象来,真的挺难的,但是他的散文里边还是塑造了一个散文式的文学形象,那就是他的湘西。湘西成了他的一个人物。当然,他笔下也有那个特别爱护鼻子的人物,还有那些土匪,那些吊脚楼上的妓女,也都是个性鲜明、有血有肉的。但他的人物形象是无法跟鲁迅、陀思妥耶夫斯基、肖霍洛夫、托尔斯泰笔下的人物形象相比的。

作家的思想和作家的创作的关系本身也很复杂。好的作家肯定是个思想家,像鲁迅有思想,沈从文也有思想,当然沈从文的思想性肯定要比鲁迅的思想性差一点。一个作家的思想和创作并不是简单的对比的关系:他的思想越深刻,他的作品越伟大。深刻的思想要转化成人物,转化成文学作品的过程是相当复杂的。有很多非常有思想的人,未必是成功的作家。既有高超的写作手段,又有深刻的思想的作家,确实是百年一遇的。

我觉得在文学创作中,有时候有一种很奇怪的文学现象。那就是作家本身的局限性反而成就了小说的丰富性。我们讲到很多历史上的文学作品,讲到《红楼梦》,讲到《聊斋志异》这样的作品,我们必然要分析到作家的时代局限性。

我们分析《红楼梦》就分析到曹雪芹的历史局限,说他对封建大家庭是有批判的,但他对他亲身经历过的封建大家庭的荣华富贵还是有深深的眷恋的。这种眷恋实际上他在字里行间都流露出来了。而且,他对封建大家庭的这种复兴也是寄予了希望的。有人批判高鹗所续的四十回歪曲了曹雪芹的原意,是不好的。我觉得不一定。我觉得高鹗所续的,应该是符合曹雪芹本意的。他作为那样一个钟鸣鼎食之家、那么一个烈火烹油一样的大家庭出来的破落户子弟,他当然梦寐以求的就是他的家庭有朝一日能够再造辉煌。这就是说,他对过去生活的眷恋和对未来的希望,在他的作品里都有的。我觉得正是这种暧昧的态度,这种局限性,使这部小说具有了多义性,从而使得《红楼梦》变成了一部了不起的巨著。如果他的观点十分鲜明,立场非常坚定,说就是要批判封建制度,那他可能就变成一个资产阶级革命家了,变成拿破仑而不是曹雪芹了。

同样是这种不彻底,同样是这种暧昧,同样是这种局限,在蒲松龄的《聊斋志异》里面表现得也非常明确。蒲松龄参加科举考试,刚开始的时候非常顺利,考秀才的时候县、府、道连中三元,都是第一名。按说他考一个举人那是囊中取物一样,但在举人考试当中却连连败北。有时候是因为考官的昏庸,有时候甚至是他自己犯了一些很简单的技术错误。有一年,他考试前两篇文章都是满团锦绣,一挥而就,非常好,感觉很好。但是他到了第三堂,答卷子时突然夹页,当时那卷子纸不像现在这样,字数是固定的,纸张也是固定的,他写的时候翻过去了,空白了一张。这就等于把整篇文章否定掉了。前面的文章无论怎样漂亮,因为后边这一个技术失误,彻底败北。还有一年,他本来已经做了充分的准备,势在必得,到了考场却突然大病一场。就是因为他这样一个满腹才华的人，却在科举考试时屡屡败北，从而让他对科举制度有了一个深刻的认识。如果他中了举人、进士，他就没有这种认识。如果他是一个农民，他也没有这种认识。正因为他这种特殊的身份，他的巨大的才华，和他的特别可怜的遭遇，让他对科举认识的程度超出了当时所有的知识分子。但他对科举的留恋并没有消除，也就是说他梦里面梦到的可能还是皇榜高中，甚至是中了状元。我们可以在他的很多小说里面读到他给他的人物安排的命运。很多书生都是历经了苦难之后，然后才科场高中，有了一个圆满的结局，然后轻裘肥马，妻妾成群。也就是说，他让他的人物有一个他认为的那个时代知识分子最圆满的结局。正因为他本身对科举既批评又眷恋，正因为他的怀才不遇和对别人高中的艳羡，紧密地纠缠在一起，这种矛盾的心态和思想，实际上也使得《聊斋》这部小说变得更加丰富多彩。如果蒲松龄就是一个彻底的科举的批判者，那也没多大意义，那《聊斋志异》也就不是我们现在看到的《聊斋志异》了。这就是说作家实际上都是不彻底的，包括我们现代的人批判古人的不彻底，实际上古人的不彻底跟我们的不彻底没有任何本质的区别。

　　我们作为一个读者在阅读作品的时候，我们是彻底的。我们读《红楼梦》，我们对贾宝玉很欣赏，但假如自己的儿子像贾宝玉一样，不参加高考，上学胡闹，天天跟一帮姑娘打打闹闹，我们也很头疼啊。怎么办？我们没准也会像贾政一样，痛打不肖子，打得他皮开肉绽。我们读了《红楼梦》，我们觉得林黛玉很可怜，很美好，很善良，我们很喜欢她，那如果我们的儿子给自己找回一个林黛玉来做媳妇，恐怕你也要犹豫：这孩子有肺结核——那个时候肺结核是不治之症，生出个小孩来也不一定健康，而且还有那么多的小脾气，做家务也不行，那还是找这个薛宝钗吧,薛宝钗能鼓励自己的儿子上进考大学,考北大,考清华,考军艺。

所以,我们作为一个读者和作为生活中的一个人的时候,也是矛盾的,也是两张皮。譬如我们对官员的态度,没当上官的时候我们也是仇官,看当官的耀武扬威,心里也是生气。我们仇富,这小子坐着奔驰坐着宝马、包着二奶之类的,我们也恨得要命。这里面是不是也包含着我们自己的一种艳羡呢?我们说某人当了将军,说人家是送礼送出来的,但是明天组织部来找你谈,说任命你为少将,你能抵挡得住吗?

每个人在这个社会当中所扮演的角色,讲的话跟他心里边想的是不一样的,所以我们只有认识到了自己的不彻底性,我们对古人才可能有真正的理解,才可能对文学作品有真正的理解。所以我觉得在某种意义上来讲,这种思想的不彻底性并不完全是一件坏事,也许会给文学作品赋予一些更丰富的意义。

问:莫言老师,有人认为《檀香刑》在炫技,说这种炫技淹没了小说的思想,请问您怎么看?

答:确实有人批评《檀香刑》在炫技,我写的时候没有想到要炫技,这也是一种潜意识的东西,但是这个小说的思想性是不是被这个技巧所淹没,我自己也很难评判,你们可以在自己读的时候给出自己的评判。我觉得这个小说的思想,实际上还是表达了一些。比如说关于刽子手的很多描写,也是饱受诟病的,有人说那些关于酷刑场面的描写过于血腥残酷,看了以后不敢睡觉。鲁迅曾经批评过看客文化,我觉得这应该是对看客文化的延续和延伸。因为鲁迅写到了囚犯,写到了看客,当然他也写到了刽子手,像《药》里面的康大叔。但他没把刽子手作为一个主要的人物来描写,《檀香刑》里边就把这个刽子手写成了一个主要人物。把他作为主人公来写,因为我觉得在这一场大戏里面,如果仅仅有了看客和被处决的罪犯,而没有刽子手的话,是三缺一的;如果有了刽子手,恰好就完成了这场大戏必备的元素。而这样一个人物,以杀人为业的人物,对他心理的描写我觉得目前还是空白。

我们中国过去的小说里边没有写到过这种刽子手的心理。《聊斋志异》里边有一篇小说的题目就叫作《快刀》,讲一个囚犯临死前要求快刀刽子手来处决自己,刽子手一刀就把他的脑袋砍掉了,由于刀快,他的脑袋在空中飞行落地的过程中还在赞叹:"好快刀!"过去的小说也有这种描写,罪犯在临终前说:"哥们,把活干得利索点儿,省得我受罪!"而封建社会里对犯人的处理,最酷的刑罚实际上就是要延长执行的时间,就是千方百计地让这个人不得好死,百般折磨,像凌迟、千刀万剐都是这类刑罚。这样会产生一种巨大的震慑力,让人不敢作奸犯科。但实际上,老百姓把它变成了自己的戏剧。

有一年我在法国开一个关于酷刑文化和文学作品的会,其中有一个人批评说,你们中国人、东方人是不是特别残酷?东方人是不是对这种特别残酷的东西感兴趣?我说恰好相反,这都是跟你们西方学的。法国大革命的时候在广场中心树立了一个断头台,每当要处决犯人的时候,广场四周楼房的阳台都被贵族小姐和夫人们高价包去了。她们看的时候可能会晕倒会尖叫,但第二天她们还来。对残杀同类的这种欣赏态度不仅仅东方人有,西方人也有,是人类共同的一个问题。

《檀香刑》这部小说实际上就是要探究一下刽子手的心理。人们对刽子手这个职业的看法实际上是复杂的,既瞧不起他又怕他。那么,他们自己有什么样的理由来安慰自己呢？说得远点儿,就是我当时也想到像张志新这样的革命人物,我们的公安干警在枪决他以前就把他的喉管给切断了,生怕他喊出什么不得当的话来。切断了张志新喉管的警察,这个人是什么想法？我认识一个当时在辽宁工作过的退休警察,他是我们邻村的人,我试图从他嘴里了解一些情况。他说:"这有什么呀,我们当时是执行国家的命令,我们不切,别人也要切嘛。"在他眼里,这是很简单的一件事情。无非就是完成一个任务而已。他不完成别人也要完成,别人完成还不如他完成得好呢。我想,刽子手也是用这样的理由来安慰自己的——我就是一个国家机器上的螺丝钉,看起来是我在杀人,实际上是皇帝在杀人,是国家在杀人,是法律在杀人。他用这个方式来安慰他自己。我想要展示一个刽子手的完整的心态,这种酷刑描写还是必需的。

所以,我想《檀香刑》还是多少有一些想法和思想的。是否因为炫技冲淡了思想性,你的这个提法值得我深思了。将来再处理类似的题材,我会考虑是不是把技巧的部分减弱一点,从而让思想的部分得到更好的展现。

问:莫言老师,在《红高粱》里面,屠户把罗汉大叔剥了人皮,后来张艺谋拍电影时,并没有这样处理,这是为什么？

答:《红高粱》里面有些场面的描写,在当时也有不同的意见。屠户把罗汉大叔剥了皮,这样的一些场面在文学作品里可以存在,可以出现,但是变成视觉形象就不允许了。后来张艺谋就用了一个变形的方法把一张牛皮蒙在了车头上,暗示了或者说象征了剥皮的过程。他让屠夫自己把自己杀掉这一细节也是很有力量的。许多中国人在面临强大的外来势力,反抗又反抗不了,自己又做不了敌人要求自己做的事的时候，那只有用自杀的方式来结束自己。

问：莫言老师，先问一个八卦问题，您在《蛙》这部小说里用了一张双手合十的照片，请问您是不是信佛啊？另外，请您谈谈关于童年视角的问题。

答：先回答八卦问题，这个也没有什么深意，因为这是前年在日本的高台寺照的，高台寺的大堂上正好有这么一个大"梦"字，就随便拍了这么一张照片，出书的时候他们让我选一张照片，我因为很难找到一张像样的照片，确实也没有，要不就得找经常使用的在军艺拍的那张。大家就会说那不对呀，当时那么年轻，现在太老了。所以只好就找到了这张。当然文学有时候也是一种梦想，也跟宗教有某种程度的关联，就选了这一张，并没有太多的意思。

我对佛教和其他的宗教都非常尊重，因为我觉得那么多的人信仰，毕竟有他的道理。而且宗教作为一些学问来研究，那也是非常深奥、非常浩瀚的。我浅尝辄止，不敢说三道四。

我在《生死疲劳》里讲到六道轮回，实际上也是一些皮毛的东西。佛教的精髓，包括基督教、伊斯兰教的精髓我觉得我很难把握。但我觉得所有的宗教都有一个基本点，就是向善，就是说让人自己克制自己身上恶的和兽性的一面，发扬和光大善的方面。另外就是所有的宗教里面都有一种强烈的自省意识和自我批判的意识。宗教往往是不会迁怒于他人的，宗教要求每个人从自己身上来寻找问题。当你遇到恶的时候，遇到灾难痛苦和打击的时候，我们一般都会迁怒他人，迁怒社会。但是宗教要求我们反省自我，从自己身上来找受苦难的根源，然后再教会你承受苦难、忍受苦难。这里面有一些消极的东西，我们就不去说了。关键他要求自我反省，这对作家是非常有用的。

关于小说的视角变化，在某种意义上来讲，这个视角就是结构。不断地变化视角自然会形成小说的多重结构。实际上每一个视角的变化也是一个观察点的变化，也是一个观察主体的变化。每一个观察主体都会根据自己所在的位置，用自己的方式来观察，也自然会得出不同的结论。你可以说诸多的观察点给出的结论让你失去了对事物的把握，因为每个人说的都不一样，都是罗生门。但另一方面，这诸多的方面汇合起来，也许会更加客观地呈现一个事物的诸多方面，整合起来也许我们会得到一个相对全面的判断。当然我们的小说是在讲故事，有的小说呈现给读者的故事并不重要，呈现给读者的是一种讲故事的方法。所以小说刚开始毫无疑问是讲故事的，这是小说的主体。作家要达到的目的就是要把故事讲给读者来听，这就是现实主义小说最强大的一个原动力吧。

但到了巴尔扎克、托尔斯泰、肖洛霍夫，对故事的讲述已到了高峰了，就像我们的唐诗到了李白达到高峰一样。后来的小说家又想突破，又突破不了，就只好想别的办法，就把讲故事的过程变成了一种重要的目的；也就是说故事不重要，讲故事的过程很重要。

1980 年代初，中国的小说家也在这方面做了很大的努力，以马原为首，包括后来很多的作家，都把讲故事的过程作为小说创作的目的呈现出来。这对喜欢听故事看故事的读者来讲，很不满足——这是什么呀？但是对作家来讲，对从事文学创作的人来讲，这样的写法还是非常有意思的。我们可以从各种不一样的瓶子里面喝酒，酒是至关重要的，但是那些收藏酒瓶的人忽略了酒，瓶子成为最重要的了。所以我想一般的读者可能就是喝酒的人，作家在某种程度上来讲可能就是收藏酒瓶的人。

还有这个《透明的红萝卜》的童年视角，我也不是有意识来写的，因为刚开始读军艺的时候,我觉得我的一个重大的转折也是体现在这部小说上。在此之前我感觉到好像没话可说,没有题材可讲。到了《透明的红萝卜》之后,就发现实际上还有很多故事要讲。我就发现了自己的童年,发现了自己的故乡。

因为刚开始写作的时候,大家都会劝你写自己熟悉的生活。熟悉的生活实际上也就是印象深刻的生活。熟悉的生活不仅仅是一个故事,也不仅仅是一件经历,它非常立体。它周围有家庭,有村庄,有环境,有亲人,有各种各样的事件。这种事件就是把童年的记忆完全激活。当然这样的经历呈现在小说里面是变化了的。像《透明的红萝卜》肯定跟我的童年记忆有关,但小说里的人物跟作家本身又不一样,是创造出来的。黑孩身上当然有我个人的一些感情经验在里面,但他毫无疑问不是莫言,不是1984年写小说时候的莫言,更不是现在的莫言。他是一个文学的人物。但是因为有了我的亲身经验在里面,那里面写到铁匠炉,写到桥梁和涵洞,大家感觉到很真实,这就跟个人经验有了密切的关系。怎样把自己的个人生活、个人经验处理成一篇小说,这里面就有真真假假,有大量的想象和虚构,有很多的细节等等。

问:莫言老师,您的《四十一炮》里面的主人公是个傻子,我发现很多作家都喜欢用傻子的视角来讲述故事。

答:类似的傻子不仅仅在中国新时期的文学里面,在外国文学里面也有很多。像《傻瓜吉姆佩尔》《铁皮鼓》里面都有一个非常著名的傻子形象,包括韩少功的《爸爸爸》、阿来的《尘埃落定》、我的《四十一炮》里面都有这样一个人物。

作家为什么通过这种傻子形象来讲故事,我还真的认真地想过。

第一，我们都知道，有时候傻子也是一种天才。贾平凹小说里一个傻子会绘画，西方的一部电影里的傻子有数学天赋。从底下往上看，就是一种青蛙视角，这样就可以呈现很多冠冕堂皇的背后的一些东西。另外傻子的联想非常丰富，傻子可以把许多不相关的事物联系到一起。还有，傻瓜掩盖了作家某些生活方面的缺憾，因为作家写作实际上也是一个扬长避短的过程。这也是诸多作家存在的理由。麦家写谍报方面或者是技术侦破方面的小说，是他的长项。让我写的话，我觉得很困难。那么如果用傻子的视角来写的话，就可以把许许多多的盲点用自己的想象来弥补。如果我写一个傻瓜眼里的谍报，那么技术侦查方面出现了一些技术错误也无关紧要。因为那是傻子看到的。如果一个正常人看到就会很麻烦。如果既是一个傻子又是一个儿童，那么就更加便利。所以我想这个傻子视角是作家掩盖自己的某些缺憾的一个投机的方式。但如果出现的傻子太多的话，也不好。现在我们的作品里面已经出现了成群结队的傻瓜。如果我们再写一个傻瓜并且写不出新意的话，就没多大意思了。

文学创作总是要求新的，我们就想一想别的办法嘛，我们用傻瓜的视角、用动物的视角都已经试过了，好像已经山穷水尽。我坚信我们的智慧和想象力，还能够另辟蹊径，再想出别人没用过的方式、没有用过的角度来写作。

问：莫言老师，您对顾彬[①]先生关于中国文学的评价有什么想法？

---

① 沃尔夫冈·库宾（Wolfgang Kubin），中文名顾彬，德国诗人、汉学家、翻译家。

答：顾彬这个人现在在中国非常有市场。我前几天在我的博客上写了一篇文章叫《顾彬堪比呼雷豹》。大家知道呼雷豹是《说唐》里面的一匹马，里面有个好汉叫尚师徒，胯下有一匹宝驹，就叫这个名字。这匹马头上有一个肉瘤子，肉瘤子上有一撮毛，尚师徒跟人打仗的时候，一旦武艺敌不过对手，他就揪一揪马头上那个瘤子上的那撮毛，这马就会从鼻孔里面喷出一股黑烟，对方的马就会立刻屁滚尿流，瘫软在地。尚师徒就用这种办法取胜。程咬金特别不服气，就把那个马偷来，拔那匹马的毛，一拔毛就喷黑烟，周围的那些马全都瘫倒了，把老程气得说"我让你喷"，结果就把那个毛全给它薅光了，这个呼雷豹就不喷烟了。

我说的这个意思，就是说顾彬先生好像呼雷豹，来中国后，我们的媒体就揪着他的毛，乱揪，一揪他就喷那个烟，但他没有那个马的功夫，没能让人瘫倒在地。所以呢，希望顾彬先生说出一点新意来，不要老是重复他的话。

我承认他的批评是好意，我跟他也算是朋友，见过很多次面，我对他的批评也没有什么恶感。我觉得他批评中国文学，我们应该欢迎，但是如果他严格要求自己的话，批评时最好多一些实例的分析。因为作为一个汉学家，如果要对中国当代文学做出一个整体的判断，那么应该建立在大量的阅读的基础之上。你没有读过几个作家的作品，就做出一个整体的判断，我觉得这是很冒险的。

关于小说的故事性，我觉得他的说法有他的道理。他讲他们德国作家写小说，就是没那么多人物，顶多两个人，而且篇幅也不会那么长，就是两三百页。这个我觉得也不对，君特·格拉斯的小说不也是厚厚的一部吗？托马斯·曼的《魔山》不也是厚厚的一部吗？德语的许多伟大作品，像穆齐尔的《没有个性的人》就有七十多万字。还有就是，小说如果完全没有故事也就没有小说了。他觉得作家在叙述的过程中，不要讲故事，要讲人、讲哲学、讲思想。他有他的道理，我们借鉴、吸收，但未必要完全听他的。

他讲中国作家不研究中国古代的文学语言，这个说法也是一网打尽满河鱼。因为首先我们的阅读就是从中国古典文学开始的，我们的学习也是首先从中国古典文学开始的。在我的创作里面，他如果能够看到我的主要作品，他就会发现中国古典文学的语言对我的小说创作的影响。

评论家朱向前二十多年前就曾经分析过我的小说里面的语言成分，他认为我吸收到的营养元素最重要的来源就是中国古典文学里面的唐诗宋词元曲，包括中国古典小说。所以我觉得顾彬的判断是没有基于阅读的判断。他有批评甚至胡乱批评的自由，我们当然也有不听他那一套的自由。也就是说，当大家都在写没有故事的小说时，那我偏要讲有故事的小说；大家都在讲故事的时候我不讲故事了。小说创作就这么翻来覆去，倒来倒去。

关于作家写作的时间和小说的质量问题也不是一个铁打的定律。有的人写了四十三年写出一部垃圾，我用了四十三天我觉得写得还是不错的，不要死抓住这个问题纠缠不休。我写了四十三天，但我改了多少天呀，我酝酿构思了四十三年了，从我八岁的时候这个人物就在我脑海里了。

美国文学对中国文学以及我个人的影响
——在第二届中美文化论坛上的发言之一

时间：2010年10月

地点：美国旧金山加州大学伯克利分校

据中国著名学者钱钟书考证，美国文学在中国的译介与传播，始于晚清。美国诗人朗费罗的《人生颂》，是最早译成汉语的英语诗歌。时间大约在1864年。这样的翻译和阅读，基本上是两国的高级外交官之间的风雅趣事，与普通的读者没有关系。尽管传播范围狭窄，但无疑是开启了先河。

1901年（光绪二十七年），不懂英语的林纾与魏易合译了斯托夫人的《黑奴吁天录》①，这无疑是中译美国文学史上的一件大事，也是影响了中国历史进程的一件大事。林纾的翻译，抱有明确的政治目的。他用六十六天时间，含着热泪，完成了该书的翻译。因他不懂英语，这样的翻译，几乎就是全新的创作。他在译本的序文中说："其中

---

① 今译为《汤姆叔叔的小屋》。

累述黑奴惨状,非巧于叙悲,亦就其原书所著录者,触黄种之将亡,因而愈生其悲怀耳。"此书一出,反响巨大。1904年,一位名叫灵石的读者写道:"黄人之祸,不必待诸将来,而美国之禁止华工,各国之虐待华人,已见诸事实者,无异黑人,且较诸黑人而尤剧。"他呼吁读者:"以哭黑人之泪哭我黄人,以黑人已往之泪哭我黄人之现在。"鲁迅读完《黑奴吁天录》后,在致蒋抑卮的信中说:"曼思故国,来日方长,载悲黑奴前车如是,弥益感喟。"

由此可见,当时中国知识分子对美国文学的翻译和阅读,首先看中的是作品中包含的政治意义,而对于文学技巧,则基本上予以忽视。这与1980年代之后,美国汉学家翻译中国文学时所持的态度极为相似。

1905年,周作人以"碧罗"为笔名由日文转译了爱伦·坡的小说《玉虫缘》;数年后,又转译了爱伦·坡的小说《默》。

1920年代初,郑振铎在《小说月报》第17卷第12号上发表长文《美国文学》,详尽地介绍了美国文学从十七世纪到十九世纪的发展历程,分析了包括华盛顿欧文、霍桑、爱伦·坡、马克·吐温、惠特曼、爱默生、梭罗等美国文学史上的重要作家的作品及其创作特点。如欧文,郑赞扬他为"美洲的第一个重要的小说家",又说,"欧文出来后,美国文学才不复为人所轻视"。谈到爱伦·坡,他说:"欧文使欧洲文坛认识了美国的文学,爱伦·坡却使欧洲文坛受到美国文学的重大影响。"他还认为:"坡是美国文坛上最怪的人物,他本质上是个诗人,小说、评论都写得诗意盎然。"这些将近百年前的见解,至今还被研究美国文学的中国专家所认同。

1929年,"迷惘的一代"代表人物海明威的作品与中国读者见面。是年,上海水沫书店出版了他的短篇名作《两个杀人者》,虽是个短篇,却为几十年后海明威在中国大受欢迎开了先河。1920年代被译成中文的美国作家还有杰克·伦敦和厄普顿·辛克莱。这两位作家的作品因为反映了下层人民的悲惨生活以及英勇抗争,揭露了美国社会的黑暗面,而受到中国学界和读者的欢迎。鲁迅曾指出,当时的中国迫切需要输入的是"革命的战斗作品"。杰克·伦敦和厄普顿·辛克莱的作品,恰好符合了中国社会的需要。

1930年代是中国翻译、介绍美国文学的重要年代,此时的译者和研究者,已经将对美国文学所包含的政治意义以及对中国社会变革的影响的关注,转移到美国文学的精神特质以及创造性上。如施蛰存在1934年《现代》第5卷第6期上发表文章,批评了对美国文学的艺术水准的轻视态度。施蛰存认为,在世界文学中,除开苏联,便只有美国文学"可以实足地被称为'现代',因为第一,她是创造的,第二,她是自由的"。施蛰存认为,当时的美国文学,已经摆脱了别国的影响,并开始影响别国的文学了。他还说,美国文学是一种成长中而非衰落中的文学,值得也处于创造中的中国新文学借鉴。

也是在这一时期,对美国文学情有独钟的赵家璧,出版了专门评价美国文学的著作《新传统》,介绍了德莱赛、舍伍德·安德森、维拉·凯瑟、格特鲁德·斯泰因、桑顿·怀尔德、海明威、福克纳、多斯·帕索斯和赛珍珠。

从1927至1949年这一段时间,应该是中国翻译介绍美国文学的高潮。中华人民共和国成立后,美国文学当然地被列为西方资产阶级文学。"文革"之前,尚有少数作家的作品可以出版;"文革"开始后,几乎所有西方作家的作品都被禁止。到了1980年代初,这种局面才得以改观。

以上，只是浮光掠影地谈了 1980 年代之前中国翻译介绍美国文学的情况，我不是这方面的专家，引用的都是别人的研究成果，引用中难免挂一漏万。我想重点谈一谈自 1980 年代以来，中国作家对美国文学的阅读，以及美国文学对中国新时期文学，尤其是对我本人创作的影响。

1980 年代初，我最早读到的美国文学是一本《当代美国短篇小说集》，其中对我影响最大的两篇是美国女作家卡森·麦卡勒斯的《伤心咖啡馆之歌》和福克纳的《献给爱米莉的玫瑰花》。这两位作家同属美国南方作家，其创作特点和个人气质有相似之处。这两篇小说洋溢着神秘恐怖的氛围，小说中的人物也是个性古怪，难以捉摸。这样的小说对于我这样的读惯了革命小说的读者，大有瞠目结舌之感。紧接着便是一连串的疑问：这是小说吗？小说可以这样写吗？这样的小说到底要告诉读者什么呢？——没有人能回答我的这些问题，但其实我自己已经解答了这些问题。因为，这两篇小说深深地吸引了我，使我惊愕，使我感慨，使我浮想联翩，使我对小说中的人物心理进行了多种猜测。这恐怕就是好的小说带来的阅读效应。后来，等我步入文坛，与诸多文友交流读书经验时，才知道，这部短篇小说集对 1980 年代之后的中国新时期文学产生了多么巨大的影响。我们这批作家，几乎都读过这本书，读后的感受与我基本相同。一本书让一个作家产生如此大的震动，受到影响就是必然的了。我从我的好几位同行的作品中，读出了受这本书影响的痕迹。至于我自己，早期的小说《民间音乐》，就分明地受到了《伤心咖啡馆之歌》的影响。

1980 年代，是中国翻译外国文学的高潮。美国文学首当其冲，像海明威、福克纳这种老牌作家的作品尽管在 1930 年代就已介绍到中国,但翻译很少,出版更少,当中又有"文革"隔断,因此,对于我们这批作家,他们都是崭新的。喜欢海明威的人很多,他的《老人与海》几乎没有一个中国作家没读过。喜欢福克纳的人当然也很多,但从头至尾读完了他的《喧哗与骚动》的人却很少。我也没读完这本书,但我感到我对这本书的了解比那些读完了这本书的人了解的还要多。我感到我与福克纳息息相通,他的书仿佛就是为我写的,或者,他的书仿佛就是我写的。我曾经著文回忆过初读《喧哗与骚动》的情景:

> 我清楚地记得那是 1984 年的 12 月里一个大雪纷飞的下午,我从同学那里借到了一本福克纳的《喧哗和骚动》,我端详着印在扉页上穿着西服、扎着领带、叼着烟斗的那个老头,心中不以为然。然后我就开始阅读由中国的一个著名翻译家写的那篇漫长的序文,我一边读一边欢喜,对这个美国老头许多不合时宜的行为我感到十分理解,并且感到很亲切。譬如他从小不认真读书,譬如他喜欢胡言乱语,譬如他喜欢撒谎。他连战场都没上过,却大言不惭地对人说自己驾驶着飞机与敌人在天上大战,他还说他的脑袋里留下一块巨大的弹片,而且因为脑子里有弹片,才导致了他的烦琐而晦涩的语言风格。他去领诺贝尔奖奖金,竟然醉得连金质奖章都扔到垃圾桶里;肯尼迪总统请他到白宫去赴宴,他竟然说为了吃一次饭跑到白宫去不值得。他从来不以作家自居,而是以农民自居,尤其是他创造的那个"约克纳帕塔法县"更让我心驰神往。我感到福克纳像我的故乡那些老农一样,在用不耐烦的口吻教我如何给马驹子套上笼头。接下来我就开始读他的书,许多人都认为他的书晦涩难懂,但我却读得

十分轻松。我觉得他的书就像我的故乡那些脾气古怪的老农的絮絮叨叨一样亲切,我不在乎他对我讲了什么故事,因为我编造故事的才能绝不在他之下。我欣赏的是他那种讲述故事的语气和态度。他旁若无人,只顾讲自己的,就像当年我在故乡的草地上放牛时一个人对着牛和天上的鸟自言自语一样。在此之前,我一直还在按照我们的小说教程上的方法来写小说,这样的写作是真正的苦行。我感到自己找不到要写的东西,而按照我们教材上讲的,如果感到没有东西可写时,就应该下去深入生活。读了福克纳之后,我感到如梦初醒,原来小说可以这样地胡说八道,原来农村里发生的那些鸡毛蒜皮的小事也可以堂而皇之地写成小说。他的约克纳帕塔法县尤其让我明白了,一个作家,不但可以虚构人物,虚构故事,而且可以虚构地理。于是我就把他的书扔到了一边,拿起笔来写自己的小说了。受他的约克纳帕塔法县的启示,我大着胆子把我的"高密东北乡"写到了稿纸上。他的约克纳帕塔法县是完全的虚构,我的高密东北乡则是实有其地。我也下决心要写我的故乡那块像邮票一样大的地方。这简直就像打开了一道记忆的闸门,童年的生活全被激活了。我想起了当年我躺在草地上对着牛、对着云、对着树、对着鸟儿说过的话,然后我就把它们原封不动地写到我的小说里。从此后我再也不必为找不到要写的东西而发愁,而是要为写不过来而发愁了。经常出现这样的情况,当我在写一篇小说的时候,许多新的构思,就像狗一样在我身后大声喊叫。

除了这些老一代作家对我产生过影响之外,美国当代作家如约翰·厄普代克、索尔·贝娄、雷蒙德·卡佛、托妮·莫里森、约瑟夫·

海勒等人的作品,我都曾阅读过,但他们对我的影响甚微。他们在中国都有大量的读者,比如雷蒙德·卡佛,就对中国许多擅长写短篇小说的作家产生过巨大影响。

一个作家受别国作家影响的情况是非常复杂的,一个国家的文学受另一个国家的文学的影响情况更加复杂。在当今这个信息共享、交流频繁的时代,几乎可以肯定地说,没有一个作家是没受过别的作家影响的,更没有一个国家的文学是在封闭的状态下自然生成的。最近三十多年来,中国文学发生了巨大的变化,取得了巨大的成就,这与中国作家积极地向外国同行学习是分不开的。

相对于中国作家对美国作家的熟悉和了解,美国作家对中国作家的了解甚少。相对于中国对美国文学的翻译和介绍,美国对中国文学的翻译和介绍就显得十分可怜。这当然有汉语复杂难译等客观因素,但也有美国文化界对中国文学的某些偏见。我可以毫不夸张地说,中国作家已经写出了堪与世界各国的优秀文学作品相媲美的作品,而且具有鲜明的中国特色,我相信在不久的将来,必将有更加优秀的作品问世。

随着中国发生的巨大变化,西方各国包括美国对中国文学的态度正在发生积极的变化。近年来,美国已翻译出版了近百部中国小说,美国汉学界对中国文学的选择也由政治性渐渐地向艺术性转移,这是令人欣慰的。

我本人已有五部长篇小说和一部中短篇小说集由著名汉学家葛浩文翻译成英文在美国出版,另有几部长篇也正在积极翻译中。这些书虽然发行量不大,但也产生了较大的影响。我相信,假以时日,我的书和我的中国同行的书,也会对美国的年轻作家们产生影响。来自中国这个伟大国家的文学所包含的独特气质,一定会对美国读者产生影响。在这个崇尚交流与对话的年代,文学扮演着重要的角色。希望这次中美文化论坛,能够促进两国之间的文学交流。这种交流是关于人类心灵的,也是关于人类的未来的。

美国文学对中国文学的影响
——在第二届中美文化论坛上的发言之二

时间：2010年10月
地点：美国旧金山加州大学伯克利分校

上半场的时候，我坐在两个同传女士的旁边。我看到于丹教授演讲的时候，两个同传者非常紧张：她们的肩膀不断颤抖。于丹教授的口才，中国第一。我们都知道她的口才非常非常之好，她讲的话，一个废字都没有，整理出来就是一篇很流畅的文章。但是这样好口才的人是同传者的敌人。像我这种讲话啰啰唆唆，有很多病句的人，反而是同传喜欢的。为什么要讲到这个翻译？讲到文学交流，没有翻译，几乎是一句空话。我们的音乐家的乐曲，不要翻译；舞蹈家在舞台上又蹦又跳，不要翻译。但是讲文学交流，没有翻译是不可能的。因此我刚才看到我们的安教授乐了。安是美国非常年轻的汉学家，翻译了很多中国优秀作家的优秀作品，他为两国之间的文学交流做出了很大的贡献。

据中国著名学者钱钟书先生研究，中国人翻译美国文学最早是在 1864 年。翻译的是美国的一个诗人朗费罗的一首诗歌,翻译者是当时的大清帝国驻美国的一个外交官。这种翻译跟老百姓没有关系,是他们这种高级外交官的游戏。后来到了 1901 年,中国一个一句英文都不懂的、叫林纾的人跟另外一个人合作翻译了《汤姆叔叔的小屋》。这本书在中国也产生了很大的影响,甚至对中国社会进程的改变产生了非常积极的作用。大概在 1920—30 年代,中国出现了翻译美国文学的热潮。美国那个时期很多重要作家的作品虽然没有全部译过来,但是做了大量的介绍。到了 1949 年以后,中国对西方文学,也包括对美国文学的翻译逐渐低落。那个时候中国主要翻译俄苏文学,以及法国的批判现实主义的文学作品。直到 1980 年代,中国开始了改革开放的巨大社会变革,美国大量的文学作品翻译过来。也就是同一时期,中国掀起了一个翻译西方文学的热潮,美国文学首当其冲,翻译最多。像海明威、福克纳这些在 1960 年代非常有名的作家,我们在 1980 年代才读到他们的作品。

当然,关于中国翻译美国文学是一个很大的研究课题,而且完全可以做成博士论文。我这样没有文化的人只是简单介绍而已。我主要想谈一下美国文学对我们这批作家——包括对我本人——的影响。我记得大概是 1984 年的冬天,一个大雪飘飘的夜晚,我从朋友那边借到了美国南方作家福克纳的一本书,翻译成中文叫《喧哗与骚动》,也有的人说是《声音与骚动》,书名好像是莎士比亚的一句台词。这本书我看了我们中国非常优秀的翻译者李文俊先生写的一篇前言。这篇前言长达一万多字。读完这个前言,我觉得我对福克纳非常了解了。他的小说我看了十来页,就放到一边去了。因为读完了他的前言,我觉得福克纳就像我们村的一个老头一样。用中国人的话说,这个人讲话"不着调",或者现在叫"不靠谱",总而言之,满口谎言。他明明没有驾驶过飞机,非要说驾驶过飞机,而且在天空中跟法西斯进行过空战,而且说他的脑子里残留了一块这么大的弹片。为什么他的语言那么晦涩,句子那么长,他的句子像一团乱麻一样缠绕不清?就是因为他的脑子里有一块弹片在压迫他的神经,所以他的语言这么混乱。

我一看福克纳这个人跟我性格很相似。我也是一个从小喜欢胡言乱语、胡说八道的人。尽管我的名字叫"莫言",但是我小时候恰好是一个非常非常喜欢说话的人。因为我喜欢说话,不知道挨了我父母亲多少痛打。后来我母亲说:"你再乱说话,我找绳子把嘴给你缝起来。"后来我姐姐在旁边说:"你把他的嘴缝起来,他从那个缝里也会漏出很多话来。"到了1980年代,我开始写作的时候,想起父母的教导,就起名叫"莫言"。当然现在已经变成了一句绝妙的讽刺。我在中国也到处说话,而且说出了国界,到美国来说了。第一,福克纳的性格就和我的性格很吻合;第二,他的出身和我的出身很相似,他也是一个农民。他即便成了很有名的作家,也自认为还是一个农民。他写的那点事,也就是发生在他家乡的那么一点事,像邮票大小的一块地方的事。他创造了一个县,这个县可能在美国地图上找不着。他就是以他的故乡为基础,一辈子都在写这个地方的事。虽然这个地方小,但是这个地方带有很大的普遍性,可以说他从这个地方走向了世界。这让我意识到一个作家如果要在文坛上立住脚跟,就必须创造自己文学的一个共和国、一个国家。他创造了一个县,我就大胆地写了一个高密东北乡。高密是在中国地图上可以查到的一个地方,但是东北乡是查不到的。我也以我的故乡为基础,创造了属于我的一块文学领土。

在读福克纳之前,我是受到了中国保守的文学思想的影响,一直找不到自己要写的素材。当时就看报纸,听广播,千方百计寻找可以写成小说的故事,但是找来找去找到的都不对。看了福克纳的作品以后,我才明白,实际上我个人的经验,发生在我家乡小村庄的许许多多的事情,都可以变成小说素材。我的村庄里、我的家庭里,我熟悉的亲人和我的乡亲们,他们都可以变成我小说里的人物。后来我写了很多长篇小说,也写了很多的中短篇小说,小说里也写了数百个人物。这里的大部分人物都可以在生活中找到原型。

当然不仅仅福克纳对我产生了影响,海明威的《老人与海》也是。我想在中国,我们这一代作家没有一个人没有读过《老人与海》,但是相对福克纳而言,我不太喜欢海明威,因为海明威这个人句子比较简洁,讲话很干净利落,没有废话。我不喜欢不讲废话的人,但是有很多中国作家喜欢他。还有一个美国的小说家叫杰克·伦敦,他写过很多在阿拉斯加淘金的故事,还写了很多动物,还写了一个小说叫《野性的呼唤》,讲述一条狗最后怎么样变成一条狼的故事。这样的小说我读了也很亲切,因为我本人在农村生活了很长很长时间。有一段时间我跟动物打交道的时间比跟人打交道的时间还长。我自己也养过狗。所以我看了杰克·伦敦写的狗,也调动起我当年跟狗生活的那些记忆,所以我在我早期小说里也写狗。最近的小说也写过狗。当然我还写了牛、马、驴等很多动物。中国有评论家讲,你为什么写牛写得这么好?我说我上一辈子肯定是一头牛。你为什么写猪那么准确?我说我放过很长时间的猪。我对猪的思想很了解。我对人不了解,但是我能看透猪、牛的心理,这就决定了我成为了这么一个写动物、写农村的作家。这是在讲我自己。

由于我们中国杰出的翻译家的努力,把美国很多作家的作品译成中文,让我这样一个一点外文都不懂的人也通过读他们的作品了解了外国作家,并且受到了影响。那么我想中国早期的翻译者翻译外国文学作品是不太讲究的,不太重视外国作家作品的艺术性。这跟当时中国的社会思潮有关系。中国有一个大学者梁启超,他认为小说就是一个政治工具,小说应该变成推进社会变革的工具。所以林纾当初翻译美国的《汤姆叔叔的小屋》也是看中它的思想性。我想在1980年代初期,很多美国翻译家,包括欧洲的很多汉学家翻译中国小说,最初选择的就是中国小说的政治性和思想性。他们希望他们国家的读者能够从中国作家的作品里边读到中国社会政治的变化或者经济的变化。当然这个也没有错,但是我认为真正好的文学翻译是应该把艺术性放在第一位的。像后来的美国的汉学家,包括我们在座的安教授,他们的翻译就开始注重小说的艺术性,把艺术性看作是第一位的。我想作为一个作家,希望外国的读者能够从我们的作品里读到我们在艺术方面的创新和发现。截止到目前,我们更多地从外国文学里受到影响。那么我想,假以时日,中国作家的作品也会对外国的,包括对美国的年轻作家产生影响。现在我在这里说,我受到了福克纳的影响,受到了杰克·伦敦的影响。我想再过五十年或者一百年,会不会有一个美国的年轻作家说,我受到了中国一个名叫"莫言"的作家的影响呢?我期盼着这一天。

我为什么写作

——在绍兴文理学院的演讲

时间：2008年6月13日

各位老师，各位同学：

晚上好！

非常高兴能来到绍兴文理学院跟大家见面，也非常感谢刚才主持人技巧高明的开场白。我既不是山也不是水，而是中国作家里面最丑陋的作家之一。当然，借用外交部前部长李肇星的一句话——他是这样说的——当有的记者说他长得很丑的时候——李部长说："你这话，我妈妈是不同意的。"当年很多人说我丑，我回家也跟我母亲说，我母亲说："我看着不丑。"这大大地增加了我的自信心。

来绍兴，这是第二次。十二年前就来过，每次来绍兴都有一种朝拜圣地的感觉，因为绍兴有伟大的鲁迅。他的铜像不仅仅在绍兴矗立，上海、北京都有，但绍兴是他的故土。绍兴除了鲁迅这个伟大的文学家之外，还有王羲之这样的书圣，蔡元培先生这样伟大的教育家，徐锡麟、秋瑾这样的革命家。总而言之，绍兴确实可以当得上是人杰地灵。我相信绍兴文理学院里也藏龙卧虎,假以时日也很可能出现像鲁迅这样伟大的人物、像王羲之这样了不起的艺术家——当然,我们不希望再出现像徐锡麟和秋瑾这样的人,没有用武之地;我们已经进入了伟大的社会主义时代,不需要造反了。

2005年,我在北京鲁迅博物馆做过一次演讲。我说在鲁迅博物馆讲小说就像在孔夫子门前背《三字经》一样,就像在关云长的马前耍大刀一样,确实是不知道天高地厚,是自取其辱。跑到鲁迅的故居绍兴来再谈小说创作,同样是自取其辱。但我这人有一大特点就是厚颜无耻,所以还是放下胆来讲。今晚我讲到这里的时候,就感觉背后有一双眼睛,那么犀利地盯着我,这就是鲁迅先生的目光。我们中国人在他老人家的目光注视下已经几十年了,大家也都习惯了,就让他看吧,我还是要说。

我知道上个月月底的时候,土耳其作家帕慕克也站在这个地方演讲过。5月27日晚上我在北京,请他吃饭,包括他女朋友基兰·德赛。他当时很兴奋地告诉我:"我明天要去绍兴,去绍兴文理学院讲课。"我就问他:"你讲的题目是什么?"他说:"是'我们究竟是谁'。"我说:"你这个题目不是在很多地方讲过吗?"他说:"一个作家难道需要像大学老师一样每天换一个题目吗?可以拿着一个题目讲遍全世界。"本来我是不想来的,因为我想我所讲的东西在很多场合已经讲过了,但是既然帕慕克都这样,那我也可以。

帕慕克关于"我为谁写作"的演讲稿我在好几个刊物上读到过,也知道他大概说了些什么。他最后得出一个结论性的说法,就是他最终还是为他心目中的理想的读者来写作。很多作家说"我要为农民写作""我要为工人写作",或者说要为什么什么人来写作,这些口号看起来很正确——当然我们也不怀疑这些作家写作目的的真诚,但实际上很多说法是经不起推敲的。比如说多年前我也曾说过我要为农民写作；但是后来我也做过一个调查，这个口号实际上是作家的一厢情愿。

我的故乡是山东高密，按说高密人写的小说高密人应该有很高的阅读热情，但事实上高密的农民读过我小说的人非常少，包括我们村子里那些人也都没读过。我每次回乡他们都问我："你在哪个报社做记者？"我说："我在《解放军报》。"他们认为记者就是最厉害的人，是权力无边的人。后来我离开部队的时候，为什么选择了去《检察日报》做记者，也是受家乡父老乡亲这种潜意识的影响——我回去可以堂而皇之地告诉他们我是《检察日报》记者。他们说："哎呀，这个孩子终于出息了。"更老的会问我："你现在是什么级别了？"我说跟我们县长差不多大了。"这官做得不小了。"所以说一个作家，在我的故乡农民心目当中是没有什么地位的。我们不要沾沾自喜，不要以为作家有多么了不起，多么庄严，多么神圣。

所以我说，"为农民说话""为农民写作"这些口号看起来很激昂，但是很虚。农民并不是我们的读者。那么也可以换个说法，我为农民写作是要为农民呼吁，要为农民低下的社会地位和农民所遭受的不公正的待遇而呼吁，希望能够通过我们的小说或其他样式的文学作品来改变农民的命运。我觉得这实际上也是一句空话。没有任何一项政策是因为哪一个作家的小说而产生的，所以作家要用自己的小说来解决社会问题的想法，是非常天真和比较幼稚的。

帕慕克讲得比较实在，也比较坦率。他早期的时候也说要为土耳其这个民族来写作，为土耳其这个国家来写作，为土耳其广大的下层老百姓来写作，后来他发现他这种想法是很天真的，他最后总结出：为理想的读者而写作。什么人读他的书，就是他服务的对象。

我今天演讲的题目叫"我为什么写作",实际上和帕慕克的"我为谁写作"很大程度上是重合的。当然"我为什么写作"比"我为谁写作"所包含的面要稍微宽泛一点。以我个人的经验看,一个作家从他写作的开始,一直到他写作的终止,在这个漫长的写作过程当中,他的写作目的并不是一成不变的,并不是说一开始确定了,然后一直没有变化,它是随着作家本身创作经验的丰富、社会的变迁、作家个人各方面的一些变化而变化的。刚开始的时候你拿起笔来写小说或者诗歌,一直到你写不动了为止,其间可能要经过很多次的变化和发展。

当然也有像鲁迅先生这样伟大的作家,他们一开始就确定了非常高尚的目标。我今天去看鲁迅先生故居的时候,发现有一张图片,讲的是他在日本学医的时候看了一个电影,这个电影反映的是日俄战争期间,日本人抓了些中国人——怀疑是替俄国人做奸细的中国人,然后就当众处决他们;周围围着很多看热闹的中国人,也就是鲁迅所批判的"看客"。这让鲁迅先生受到了巨大的刺激,他想:"我学医,可以把有病的肌体治疗好了,但治疗好了有什么用呢?还是要像猪狗一样被杀掉,即便杀不掉也会变成麻木的看客。"他感到与其救治人的肉体,不如救治人的灵魂,所以发誓要弃医从文。

我想,像鲁迅这种非常严肃的目的,决定了他一生的创作,他后来的作品都是围绕这个目的来进行的。我想这种目的也是一种时代的产物。我们今天之所以产生不了像鲁迅先生这样高尚的、庄严的写作目的,也并不完全是因为我们的觉悟不高,这也是社会客观条件所造成的。鲁迅所处的那个时代,文学跟革命是密切联系在一起的。鲁迅那个时代的许多作家,除了文学家的身份之外,也是革命家、思想家。文学充当了社会变革的工具,起到一种社会革命的先锋作用。

所以鲁迅他们的这种小说带有巨大的革命性意义,还有启蒙意义。他要发现民族性格里深藏的弊病,要发现中国人灵魂深处所存在的严重问题,希望用他的作品来刺激这些麻木的灵魂,唤起国人的觉悟,最终达到社会变革这么一个目的。这样非常明确非常高大的目的,今天的作家非常钦佩,但要我们做到,又确实是很难的。

现在很多人——从一般的读者到批评家——提到当代文学,多数还是持一种非常不满的态度。很多批评家认为当代作家没有什么出息,尤其是跟鲁迅这一批现代作家相比较,我们这一批作家是没有学问、没有远见、没有思想性、没有才华,当然也没有志向的,是鼠目寸光、比较短见、比较功利的,也不像鲁迅他们那一代作家有那么好的修养。

不仅仅中国的很多批评家这样认为,海外的一些汉学家也在这样批评中国作家。最近在中国非常有名了的德国汉学家顾彬先生,跟我是很熟的朋友,他就认为中国当代作家不懂外语,跟鲁迅等那一批现代作家无法相比,尤其是缺外语;他认为不懂外语是不可能成为一个好的作家的。我不完全赞成他这种观点,因为我可以找出很多不懂外文但是能够写出很多了不起的小说的作家的例子。沈从文是一种外文都不懂的,就懂中国文;但现代文学里,鲁迅之后大概就要数到沈从文。顾彬尽管言词比较激烈,他有他的道理,但并不全面。我想这也是我们这批作家还能够厚着脸皮写下去的一个理由。尽管我们不懂外文,但是沈从文也不懂外文,沈从文是我们的"挡箭牌"啊,所以我们照样还可以写,而且还可能写出很好的作品。

总而言之,鲁迅那个时代跟当下这个时代确实是不一样的。鲁迅之所以能够产生,或者说鲁迅那个时代的、现在看来非常杰出的那批作家,除了他们个人的天才条件之外,也是跟当时的社会环境密切相连的。正如恩格斯讲的一样：社会需要伟大人物的时候，它自然会产生伟大人物。社会的需要可能比一百所大学培养的人才更重要，大学未必能培养出来，但是一旦有了社会需要，自然会产生人物。所以像鲁迅、沈从文这一批作家是那个时代的产物，并不是每一个时代都能产生鲁迅。

另外，我们今天是不是还需要鲁迅这样的作家？这个问题，文学院的同学可以作为一个论文的题目来展开、研究、讨论。我们必须承认，这个时代不可能产生鲁迅了，这是对的。但并不是我们这一批作家完全白痴无能。时代允许我们像鲁迅那样写作吗？

一、为一天三顿吃饺子的幸福生活而写作

我最初的文学动机跟鲁迅确实是有天壤之别的。鲁迅先生以国家为基准，以民族为基准，要把当时的中国的"铁屋子"凿开几个洞，放进几线光明来促进社会变革。而我觉得我们现在没有这个必要，现在不是"铁屋子"，解放区的天是晴朗的天，阳光灿烂非常明媚，没地方可凿，只能在农村凿地球。

那时我是农民，每年都在地上凿很多的洞。我很早就辍学，没有读过几本书。我的读书经验也在一些散文里零星提到过。因为当时的书很少，每个村庄里大概也就那么几部书，比如说老张家有一本残缺不全的《三国演义》，李大叔家可能有两册《西游记》，还有谁谁家还有几本什么书。当时这些书读完以后，我感到我已经把世界上所有的书都读完了。当兵以后，我才知道自己目光短浅，是井底的青蛙，看到的天空太小了。

我的一个邻居——山东大学的一个学生，学中文的，后来被划成

右派——每天跟我在一起劳动。劳动的间隙里，他右派本性难改，就经常向我讲述他在济南上大学的时候所知道的作家故事。其中讲到一个作家——一个很有名的写红色经典的作家，说他的生活非常腐败，一天三顿都吃饺子，早晨、中午、晚上都吃饺子。在二十世纪六七十年代的农村，每年只有到了春节大年夜里，才能吃一顿饺子；饺子分两种颜色，一种是白色的白面，一种是黑色的粗面。我想："一个人竟然富裕到可以一天三顿吃饺子，这不是比毛主席的生活还要好吗？"我们经常产生一种幻想，饥肠辘辘时就想："毛主席吃什么？"有人说肯定是每天早晨吃两根油条，有人说肯定是大白菜炖肥肉。我们都不敢想象毛主席一天三顿吃饺子，这个邻居居然说济南一个作家一天三顿吃饺子，我说："如果我当了作家，是不是也可以一天三顿吃饺子？"他说："那当然，只要你能够写出一本书来，出版以后稿费就很多，一天三顿吃饺子就没有问题。"

那个时候，我就开始产生一种文学的梦想。所以说，我为什么写作呢？最主要的原因是最早的时候我就想为过上一天三顿吃饺子的幸福生活而写作。这跟鲁迅为了救治中国人麻木的灵魂相比，差别是多么大。鲁迅也不可能产生我这种低俗的想法，也跟他的出身有关。我今天参观的时候，发现鲁迅家是一个大户人家，爷爷是进士，家里有那么多房子，曾经过过非常富贵的生活；他知道富贵人家生活的内容，不会像我们这样低俗。

二、为写出跟别人不一样的小说而写作

慢慢地，我这种想法发生了变化。随着祖国的改革开放，社会慢慢进步，农村也进行了改革。饥肠辘辘、半年糠菜半年粮的状况得到

了根本改变，从解决了温饱问题到每年都可以吃白面，一天三顿吃饺子慢慢地也变得不是一件特别奢侈的事情。这时候，我的文学创作观念自然发生了变化。

1982年我被提拔为军官，每月有好几十块钱工资。1984年我考到了解放军艺术学院文学系。那个时期的写作目的，已经不那么低俗了。

现在回过头来看，1984年、1985年、1986年那几年中国文学以及各项艺术应该说处于一个黄金时期，那个时候思想非常解放，不仅仅文学界，现在乐坛、美坛上非常有名的一些人物也都是那个时候露出头角的，包括一些导演。八十年代中期应该说是一个非常好的时期。那个时候，我想我也不仅仅满足于为发表一两篇小说而写作。

"军艺"的环境彻底改变了我当初那种文学观念。1984年、1985年的时候有很多非常红非常流行的小说。我不满意这些小说，觉得它们并不像大家说的那么好，起码不是我最喜欢的小说。那么什么是我最喜欢的小说？我心里也没有一个准确的想法，但总感觉我应该写一些跟当时很走红很受欢迎的小说不一样的作品。这就是当时我梦寐以求的事情。

后来果然做了一个很好的梦，梦到在秋天的原野上，有一大片萝卜地——我们老家有一种很大的红萝卜，萝卜皮就像我们这个大讲堂后面的标语一样鲜红。太阳刚刚升起——太阳也是鲜红的，太阳下走来一个身穿红衣的丰满的少女，手里拿着一个鱼叉，来到这片萝卜地里，用鱼叉叉起了萝卜，然后就迎着太阳走了。

梦醒以后就跟我同寝室的同学们讲："我做了一个梦，一个非常美的梦。"有的同学说："你很弗洛伊德嘛。"我说我是不是可以把它写成小说。一个同学说你能写成当然很好。我的同学给了我很大的鼓励。我就在这个梦境的基础上,结合个人的一段经历,写了一篇小说叫《透明的红萝卜》。这就是我的成名作。今天在座的有我一个老同学,当我讲到这里,他一定会回忆起我们当时在一个寝室里学习的景象,以及我的小说发表前后他做出的一些贡献——他们当时为了抬举我,开讨论会一块儿为我的小说说好话。

《透明的红萝卜》这部小说的发表,对我来讲确实是一个转折。因为在这之前我写的很多小说实际上都是很"革命"的,是一种主题先行的小说。当时我认为小说能够配合我们的政策,能够配合我们某项运动是一件非常光荣、了不起的事情。解放军刊物编辑悄悄地跟我说:"我们马上要发一批配合整党运动的小说,假如你的小说能变成整党的读物的话,你一下子就可以成名了。"我也真的向这方面来努力,无非就是编一个"文化大革命"期间怎样跟"四人帮"做斗争、怎样坚持毛主席的革命路线的小说。这些小说可以发表,在当时也有可能得到这样那样的奖项。但写完了《透明的红萝卜》,回头再来看这些小说,就感到这些小说根本性的缺陷就是虚假。二十世纪八十年代之前,"文革"前后,我们尽管高举革命现实主义的旗帜,实际上,我认为这个现实主义完全是一种虚构的、空虚的现实主义,不是一种真正的现实主义。当时明明大多数老百姓饥肠辘辘,但是我们自认为生活得很好;当时中国人的生活水平在全世界明明是很低的,但是我们还认为全世界有三分之二的人生活在比我们要艰苦得多的水深火热的生活中,我们要去解放他们,拯救他们,把他们从水深火热中拯救出来。这样就决定了我们这种现实主义本质上是虚假的。前提就是虚假的,所以这种小说肯定也是假的。

在《透明的红萝卜》的创作过程中,我认识到现实主义其实是非常宽泛的。并不是说像镜子一样地反映生活,并不是说我原封不动地把生活中发生的事件搬到作品中就是现实主义；现实主义实际上也允许大胆地虚构，也允许大胆地夸张，也允许搞魔幻。

八十年代的时候正好是我们这一批人恶补西方文学的时代。在"文革"前后，或者说在七十年代、六十年代、五十年代这三十年之间，中国人的阅读面是非常狭窄的。除了读中国自己的作家写的红色经典之外，还可以读到苏联的小说，当然也可以读到东欧、越南的一些小说，总而言之是社会主义阵营的；当然还可以读一些经典的，像托尔斯泰的小说，法国的批判现实主义小说。但是在这几十年当中，西方的现代派的作品，像法国的新小说、美国的意识流，尤其是到了六十年代拉丁美洲的爆炸文学、魔幻现实主义，我们基本上是不知道的。

八十年代初期思想解放，三十年来积累下来的西方作品一夜之间好像全部都到中国来了。那个时候，我们真的有点像饥饿的牛突然进了菜园子一样，大白菜也好，萝卜也好，不知道该吃哪一口，感到每一本书似乎都是非常好的。这样一种疯狂的阅读也就是一种恶补，它产生的一个非常积极的作用，是让我们认识到小说的写法、技巧是无穷无尽的。小说的写法非常多，许多我们过去认为不可以写到小说中的素材，实际上都是上好的小说材料。

过去我觉得我最愁的是找不到可以写的故事，挖空心思地编造，去报纸里面找，去中央的文件里找，但是找来找去都不对。写完《透明的红萝卜》以后，我才知道我过去的生活经验里实际上有许许多多的小说素材。像村庄的左邻右舍，像我自己在某个地方的一段劳动经历，甚至河流里的几条鱼，我放牧过的几头牛羊，都可以堂而皇之地写到小说里去。而且在我几十年的农村生活中，自己家的爷爷奶奶、邻居家的大爷大娘讲述的各种各样的故事，都可以变成创作的宝贵资源。一些妖魔鬼怪的故事，一会儿黄鼠狼变成了女人，一会儿狐狸变成了英俊小生，一会儿一棵大树突然变得灵验，一会儿哪个地方出了一个吊死鬼；突然有一天讲到历史传奇，在某个桥头发生过一场战斗，战斗过程中有一支枪因为打得太多，枪膛发热，后来一看，枪筒长出两公分；这些东西都非常夸张、非常传奇，这时候全部都到我眼前来了。

我在解放军艺术学院两年的时间里，一边要听课——因为我们是军队，一边要跑操，还要参加各种各样的党团活动，即便在那么忙的情况下，还是写了七八十万字的小说。就是因为像《透明的红萝卜》这种小说一下子打开了记忆的闸门，发现了一个宝库。过去是到处找小说素材，现在是感到小说像狗一样跟在自己屁股后边追着我。经常在我写一篇小说的时候，另外一篇小说突然又冒出来了，那时就感到许许多多的小说在排着队等着我去写。

当然这个过程也没有持续多长时间。写了两三年以后，突然有一段时间，感到没有东西写了，另外也感到这些东西写得有点厌烦了。这时候我又在寻求一种新的变化，因为我想《透明的红萝卜》还是一篇儿童小说。尽管当时我是三十多岁的人，但是还是以一种儿童的视角、儿童的感觉来写的，这部小说还带着很多童话色彩。小说里一个小孩子可以听到头发落地的声音，可以在三九寒天只穿一条短裤、光着背而且身上毫无寒冷的感受，可以用手抓着烧红的铁钻子非常坦然地走很远……这些东西都极端夸张。

三、为证实自己而写作

写完《透明的红萝卜》和后来的一系列作品之后，进入到1985年年底的时候，因为一个契机，我写过一部小说《红高粱》。

解放军艺术学院是属于总政治部管理的学校,解放军总政文化部开了一个军事文学创作研讨会。在会上,军队的很多老一代作家忧心忡忡,拿苏联军事文学跟中国的军事文学相比较,说苏联的卫国战争只打了四年,但是有关卫国战争的小说层出不穷,而且好作品很多,写卫国战争的作家据说已经出了五代,一代又一代的作家都在写卫国战争;而我们中国共产党领导的革命战争长达二十八年——还不加上对越南的自卫还击战,为什么就产生不了像苏联那么多那么好的军事小说呢?最后的结论就是因为"文化大革命"把一批老作家给耽搁了。他们忧心忡忡的一个原因是这一批有过战争经验的老作家,有非常丰富的生活经验,有很多素材,但是因为"文革"的耽搁,他们想写却心有余而力不足;而我们这一批年轻作家,有才华有经历也有技巧,但就是没有战争经验。因此他们认为中国的军事文学前途非常令人忧虑,非常不光明。

当时我是跳出来发话的一个,初生牛犊不怕虎。我说苏联的五代写卫国战争的作家有很多并没参加过卫国战争。我们尽管没有像你们老一辈作家一样参加过抗日战争、解放战争,但是从你们的作品里也知道了很多战争的经验,从身边的老人嘴里也听到了很多关于战争的传说,完全可以用这种资料来弥补我们战争经验的不足,完全可以用想象力来弥补没有亲身实践的不足。举个例子,譬如说尽管我没有杀过人,没有像你们一样在战场上跟敌人搏斗拼刺刀、亲手杀死过敌人,但是我小时候曾经在家里杀过好几只鸡,完全可以把杀鸡的经验移植到杀人上来。

对于我那种说法,当时很多老同志不以为然,还有一个人悄悄地问"这个人叫什么名字"。我回去以后憋了一股劲——我一定要写出一部跟战争有关的小说来,这就是《红高粱》。

刚才我说过,我可以用我个人的经验来弥补没有战争经验的不足。《红高粱》小说里曾经有过这样的场面描写,描写游击队战士用大刀把敌人的头颅砍掉,敌人被砍掉头颅之后,脖子上的皮肤一下子就褪下去了。后来有一年我在西安临潼疗养院碰到一个老红军,他好像很热爱文学,还看过这部小说。他问我:"你的《红高粱》里写到鬼子被砍掉了头颅,脖子上的皮褪下去,你是怎么知道的呢?"我说:"我杀鸡的时候看到的就是这样。"他说这跟杀人是一样嘛。我说:"我也不知道是一样还是不一样,您既然说一样,那肯定是一样的。即便不一样也不要紧,因为我的读者里像您这样的老革命,像您这样有过杀人经验的人非常少。只要我写的逼真就好,写的每一个细节都非常生动,就像我亲眼所见一样。"我这个细节描写所产生的足够的说服力就会让读者信服,让读者认为我是一个参加过很长时间的革命战争、立过很多战功的老军人。所以有人当时认为我已经六十多岁了,见面以后发现我才三十来岁,感到很吃惊。

　　也就是说,《红高粱》这部作品写作的目的是我要证明自己,没有战争经验的人也完全可以写战争。这里还有一个歪理,很多事情未必要亲身体验。我们过去老是强调一个作家要体验生活,老是强调生活对艺术、小说的决定性作用,我觉得有点过头了。当然,从根本上来讲,没有生活确实也没有文学。一个作家生活经验的丰厚与否,决定了他创作的成就大小。但是我觉得这话如果过分强调的话,会走向反面。从某种意义上来讲,没有战争经验的人写出来的战争也许更有个性,因为这是属于他自己的,是他的个人经验,建立在他个人经验的基础上的一种延伸想象。就像没有谈过恋爱的人写起爱情来也许会写得更加美好,是同一个道理。因为情场老手一般写不了爱情,他已经没有这种真正的感情了,已经知道所谓的男女恋爱本质是怎么回事。只有一直没有谈过恋爱的人才会把爱情想象得无限美好。

《红高粱》获得声誉之后,关于这部小说的解读也越来越多。本来我写的时候也没有想到,既然别人说了我也就顺水推舟。后来关于《红高粱》的写作目的就变得非常的复杂——不仅仅要证明自己能写战争小说,而且要为祖先树碑立传,要创造一种新的叙事视角,要打通历史跟现在之间的界限……这是我写的时候根本没有想到的;写的时候怎么样痛快,怎么样顺畅,就怎么样写。

《红高粱》一开始写"我爷爷""我奶奶",后来一些评论家说这是莫言的发明创造。我当时实际上是被逼出来的,我想如果用第一人称来写祖先的故事显得很不自然,肯定没法写,我不可能变成"我爷爷""我奶奶";如果用第三人称来写祖先的故事显得很陈旧、很笨拙。用"我爷爷""我奶奶"这种写法,我觉得非常自由,想抒发我个人感受的时候,我就跳出来。我要写"我爷爷""我奶奶"的这一时刻,我仿佛变成了"我爷爷""我奶奶"他们本人,能够进入他们的内心世界;而且可以把我当下的生活跟我所描写的历史生活结合在一起,完全没有了历史跟现实之间的障碍,非常自由地出入于历史和现实之中。就像我们现在经常看的东北二人转,一方面在舞台上表演,一方面跟舞台下的观众打情骂俏,很自由。《红高粱》的叙事视角跟东北二人转叙事的角度实际上是一样的。跳进跳出,台上台下,历史现实,都融汇在一起。

四、为农民和技巧实验而写作

到 1987 年的时候,我的创作目的又发生了一个变化,这个时候我真的是要为农民说话，为农民写作。

1987年，山东南部的一个县发生了"蒜薹事件"，震动了全国。那个地方盛产大蒜，农民收获了大量的蒜薹，但是由于官僚主义、官员腐败，政府部门办事不力，包括地方的封闭，不让外地客商进入，导致农民辛辛苦苦所种的几百万斤蒜薹全部腐烂变质。愤怒的农民就把他们的蒜薹推着、拉着运往县城，包围了县政府，用腐烂的蒜薹堵塞了道路，要求见县长。县长不敢见农民，跑到一个地方去躲起来；农民就冲进县政府，火烧了县政府办公大楼，砸了县长办公室的电话机，结果就变成了一个非常大的事件，因为建国以后还没有农民敢这样大胆地造反。

当时我正在故乡休假，从《大众日报》上读到了这条新闻。这个时候我就感觉到我心里这种农民的本性被唤醒了。尽管当时我已在北京工作，又是解放军的一个军官，已经脱离了农村，不吃庄户饭，但是我觉得我本质上、骨子里还是一个农民。这个事件也就发生在我的家乡，是村庄里的事情。在这个"蒜薹事件"中，后来很多领头闹事的农民被抓了起来，并被判了刑——当然有些官员也被撤职了。这个时候我就觉得我应该为农民说话。我就要以"蒜薹事件"作为素材写一部为农民鸣不平的小说，为农民呼吁。

由于当时心情非常激动，可以说是心潮澎湃，所以写这个小说用的时间非常短，用了一个月零三天。事后有很多读者，包括发生"蒜薹事件"的县里的一些读者也给我写信，说："你是不是秘密地到我们县里来采访过？你写的那个'四叔'就是我爸。"当时高密县有一个副县长和我是朋友，正好在这个县里面代职，他回来悄悄地向我传达了当地某些官员对我的看法："莫言什么时候敢到我们县来，把他的腿给打断。"他叫我千万别去。我说我干吗要去，根本不去，我又没写他们县,写的是一个天堂县——虚构的一个县名。

　　为什么这个小说会写得那么快,而且当地的农民觉得写的就是他们的心理?其实可以看到天下农民的遭遇和命运都是差不多的。我实际上是以我生活了二十多年的村庄作为原型来写的:我家的房子,我家房子后面的一片槐树林,槐树林后面的一条河流,河流上的小石桥,村头小庙,村南的一片一眼望不到边的黄麻地……完全是以我这个村庄作为描写环境,而且小说里的主要人物写的都是我的亲属。小说的主人公实际上就是我的一个四叔,他当然不是去卖蒜薹,而是去卖甜菜。他拉了一车甜菜,非常幸福地想卖了甜菜换了钱给儿子娶媳妇,却被公社书记的一辆车给撞死了。把人撞死了,把拉车的牛也撞死了,那是一头怀孕的母牛。车也轧得粉碎。最后这一辆车、一头怀孕的母牛加上我四叔一条人命,赔偿了三千三百块钱。

　　在我对四叔的不幸去世感到痛心疾首的时候,我发现四叔的一个儿子竟然在公社大院里看电视。因为他们把死者的尸首放到公社大院里,说你们不给我们解决问题,我们就不火化、不下葬。在这么一个非常时刻,电视机里正在放电视剧《霍元甲》,四叔的这个儿子竟然把父亲的尸首扔到一边,跑到里边津津有味地看《霍元甲》。这让我心里感到很凉。我想争什么啊,无非是从三千三争到一万三,争到了一万三,没准四叔的几个儿子还要打架。三千三还好分,一万三没准就眼红了。而且也没有办法,因为这个公社书记还是我的一个瓜蔓子亲戚,这个亲戚找到了我的父亲,最后就不了了之了。

　　但我总感觉心里面压着很大的一股气,所以在写的时候就把生活当中自己积累了很久很久、很沉痛的一些感情写到小说里去。这篇小说按说是一部主题先行的小说,而且是一篇完全以生活中发生的真实事件为原型的小说。它之所以没有变成一部简单的说教作品，我想在于我写的是自己非常熟悉的地方，塑造人物的时候写了自己的亲人。也就是说这部小说之所以还能够勉强站得住，最重要的就在于它塑造出了几个有性格的、能够站得住的人物，并没有被事件本身所限制。如果我仅仅是根据事件来写，而忘了小说的根本任务是塑造人物，那么这部小说也是写得不成功的。

我想这也是一种歪打正着。就是说，这个阶段我是要为农民说话，这个阶段大概持续了两三年。写了好几部小说，就是为农民鸣不平的，反映当时农村的农民生活的种种不公平境遇，譬如各种各样的"苛捐杂税"，农民的卖粮难、卖棉花难这一类题材的小说。

写完《天堂蒜薹之歌》之后，我发现这确实也不是一个路子，小说归根结底还是不应该这样写。想用小说来解决某一社会问题的想法，像我刚才说的那样，是非常天真幼稚的。这个时候我就特别迷恋小说的技巧，我认为一个小说家应该在小说文体上做出贡献，也应该对小说的文学语言、结构、叙事学进行大大的探索。像马原这些作家，在这方面积累了很多成功的经验。

写完《天堂蒜薹之歌》之后，我就进入到一个技巧实验的时期。这个时候大概是1988年，我又写了一部很多同学都不知道的小说《十三步》，以一个中学为背景，写了中学里的一些老师和学生。主要还是对小说进行了许许多多叙事角度的实验。这部小说里我把汉语里所有的人称都实验了一遍——我、你、他、我们、你们、他们，各种叙事角度不断变换。我个人认为这是一部真正的实验小说。同时我也发现，当我把所有的汉语人称都实验过一遍之后，这个小说的结构自然就产生了。

当然这带来了一个巨大的问题，就是小说阅读起来非常困难。有一年我到法国去，碰到了一个法国的读者，他说："我读这个小说的法文译本时,用五种颜色的笔做了记号,但还是没有读明白。能不能给我解释一下是怎么回事,说的是什么?"我说:"我去年为了出文集,把《十三步》读了一遍,用六种颜色的笔做了记号,也没读明白,都忘了自己怎么写的了。"

这种写作是以技巧作为写作的主要目的。我为什么要写这个小说?因为我要进行技巧实验。不过这好像也不是一条正确的道路。因为读者归根结底是要读故事的,所以还是要依靠小说的人物、人物的命运来感染读者,唤起读者感情方面的共鸣——也许有极少数的作家、极少数的文学读者要读那个技巧。那么这样的小说无疑是自绝生路——谁来买你这个小说,谁来看你这个小说?而且这样的技巧实验很快就会黔驴技穷,再怎么变,你一个人能变出什么花样来?

这个时候我就认识到这种写法也是不对的。接下来我又写了一篇小说,结合了前边《天堂蒜薹之歌》和《十三步》的两种目的:一方面,我要对社会上存在的黑暗现象、腐败现象猛烈抨击,大胆地讽刺、挖苦,甚至进行一种恶作剧般的嘲弄;另外一方面,我要大胆地进行小说的技巧实验,主要在小说里玩技巧、玩结构,要进行各种各样文体的戏仿和实验。这就是我在 1989 年开始写的《酒国》。据说到现在很多人还是难以接受,因为里面描写了极端事件。

小说一开始实际上是以侦探小说的方式来写的,写一个检察院的特级侦查员接受了一个秘密任务,到一个煤矿去调查干部们吃婴儿的事件。据群众举报说,有一个煤矿的矿长、党委书记都非常腐败,发明了一种非常骇人听闻的菜肴,叫作"红烧婴儿"。检察院就委派这个特级侦查员去秘密侦查。侦查员在去这个煤矿执行任务当中,不知不觉地参加了这个吃人的宴席,而且中了美人计,最后的结果是他从一个追捕者变成了一个被别人追捕的人。刚开始时,他天天调查别人,追着别人跑,后来就是别人追着他跑。这是小说的一条线,这条线是作家的叙事,是我在写这个小说。另外一条线就是这个写小说的作家跟一个业余的文学青年不断通信。这个文学青年把他写的小说一篇又一篇地寄给这个作家,而且附上了很多有趣的、荒诞的信。这个作家跟业余文学青年不断地通信,而且把这个也写到《酒国》里来。最后就是业余作者写的小说跟作家本人描写的侦查员侦破"红烧婴儿"案件这两个故事合二为一。结果作家莫言本人也被作者邀请到这个叫酒国的地方去,一到那个地方,当场就被人灌醉,然后迷迷糊糊地再也没有醒过来。

这个"红烧婴儿"的细节,很多不怀好意的西方书评者就把它当作一个真实的事件,实际上这是一个象征。在小说里面我也说明白了,当这个侦查员发现他们把"红烧婴儿"这道菜端上来的时候,非常愤怒,开枪把桌上这道菜打得粉碎。这时他发现这完全是厨师用非常高超的烹调技术做的一道菜,婴儿的头是用南瓜雕刻的,两只胳膊是两节肥藕,眼睛是葡萄,耳朵是木耳,实际上完全是像人形的一道菜。

写《酒国》前我看到过一篇文章,一个人回到南方以后写回忆录,回忆在东北的经历。他的职位是宣传部副部长,实际上就是一个陪酒员。他家庭出身不好,是"文革"前的大学毕业生,学的是中文系,"文革"期间就被分配到一个矿山小学教学。当时大学生是多么珍贵,大学生教小学显然是大材小用。由于他在大学里被划成"右派",连老婆也讨不着,后来想自杀——吃药太痛苦,其他方式也太难看、太不方便,索性搞一点酒、一点肉,醉死了还是蛮幸福的。结果他喝了五斤酒竟然还非常清醒,一点事都没有,两个月的工资都买了酒了。这个消息慢慢传了出去,被当地矿山党委发现,就把这人调到党委宣传部，专门陪酒。上面机关来了人，就叫他陪酒。他是学中文的，背过那么多唐诗宋词，编两句打油诗、敬酒词，非常方便，非常轻松，所以创作了大量的酒桌上随机应变的段子，酒量也是那么的海量，一下子就变成当地的一个名人。很多漂亮姑娘都要嫁给他，他也被提拔成宣传部副部长。这样一个人物也就变成了《酒国》里面的一个主要人物。

《酒国》这样一部小说，实际上就两个目的：一个是用小说来批判、揭露社会中黑暗的、不公正的现象；另外就是要继续进行小说的技巧实验。我刚才讲了侦探小说是主线，配以一个作者跟一个业余作者的通信，业余作者写的小说和作家写的小说最后变成一个部分。而且，这个业余作者的每封信件都在模仿当时流行的作家，第一篇小说模仿了鲁迅的《药》的文体，第二篇小说模仿了王朔那种瞎调侃的文体，第三篇小说可能又模仿了张爱玲的文体。我想《酒国》应该是一个蛮复杂的实验性的文本。

这部小说写完以后，我找了很多刊物但没有人敢发表。余华是我的好朋友，是我同班同学，而且是一个宿舍的。他那时候还没有调到北京来，在浙江嘉兴编《烟雨楼》，我就复印了厚厚的一份让余华背到浙江省一家大刊物。一个老编辑看了，说："这样的小说我们怎么可能发表呢？"过了几年，社会进一步发展，进一步开放，《酒国》这样的小说也就发表了。

五、为讲故事而写作

写完《酒国》之后，我后来又写了大量的中短篇小说。写中短篇小说的目的是为了讲故事。1990年的时候我曾经去马来西亚访问，碰到了台湾非常有名的作家张大春、朱天心。我们坐在一块儿开会，尽管当时两岸关系还很紧张，大陆和台湾也未统一，但我们这些作家已经统一在一块儿讲故事，讲各种各样的政治笑话，讲各种各样的段子。讲政治笑话，台湾作家比大陆作家讲得好；但讲荒诞的妖魔鬼怪故事，我比他们讲得好。

后来张大春就说你能不能把你讲的这些故事，五千字一篇给我写二十篇，然后我在台湾找地方给你发表，付你美金的稿费。我就用一个暑假，每天写一篇，写了十几篇，这些小说就是完全地讲故事，完整地讲故事，没玩任何技巧。我觉得这也是一次很大的锻炼。

我觉得写这些小说目的就是为了讲故事给别人听。从"三言二拍"到蒲松龄，摆出一个说书人的架势说书给别人听。这个时期短篇小说的创作实验也让我感觉到：一个作家如果以说书人自居，应该是很舒服的一种感受。如果一个作家在写作的时候想象到周围围绕着一大批听众，就好像用口来讲述给别人听，不过我是把嘴巴讲述的东西用笔记录下来而已，这应该是很新的一种创作理念。因为到了二十世纪九十年代，我们学习西方学得差不多了，玩弄各种各样的创作技巧也玩得花样百出了，我觉得应该恢复到这种讲故事小说的最基本的目的上来。

六、为改变革命历史小说的写法而写作

1995年的时候我写了一部长篇《丰乳肥臀》。在十年前提这个题目我自己都会脸红，现在社会发展了，当着很多同学的面，我都敢坦然地讲这个题目。我看大家也没有感觉有什么大不了的事情。但当时可不得了，小说一发表，正是因为这个题目，我受了很多批评。

许多人都写信到军队里告状,还有人给公安部写信告状,认为这是一个刑事案件,一个作家竟然用这样的书名来出了一本书。当然书里面的内容更让他们感到不满。

虽然《丰乳肥臀》这部书是我创作当中非常重要的一部作品,也就是说本来在八十年代中期的时候我是想沿着"红高粱家族"这个方向,为故乡的历史、为家族来树碑立传,写这种历史传奇故事的,但后来被我刚才讲到的很多作品打断了。一直到了1995年,这一年我母亲去世,我很长时间都没有写作,一直在翻来覆去地思考像我母亲这一代的中国女性所遭受的巨大苦难。她们在二十世纪二十年代出生,尽管这个时候已经是中华民国,国家早就明令禁止不准再缠足,但她们还是主动地、偷偷地、违法地把自己的天足缠成残废,而且是比赛,谁缠得越小越光荣。然后就是在这种封建家庭里忍受了战争、饥饿、病痛和不断的生育。解放以后,遭受了六十年代的大饥饿、沉重的体力劳动,然后是不断的社会动乱,大跃进、"文化大革命",真是没过几天安稳日子。先是二十世纪二十年代、三十年代的国共战争;然后是抗日战争,日本鬼子来了,山东又是国共战争的主要战场;然后又是什么还乡团、土地改革,是搞得极"左"的地方。1947年的时候,很多村庄里都没有多少人了。我爷爷告诉我,1947年的时候我们村庄的很多人讲话就像欧洲人一样——当然这不是他的原话——悄悄地,不像中国人那样大声喧哗,人被吓得说话的声音都很小。我就想象像我母亲这样一代人,她们为什么能够活下来?到底是什么样的力量支撑着她们活下来的?真是可以令人长久地反思。

去年我在韩国演讲的时候,以这个为主题讲了一段我母亲的经历。"文革"期间,因为我父亲是村里的干部,受到了一些迫害,他就很紧张,经常要死要活的。我母亲就经常劝我父亲:"人还是要挺下来的,没有翻不过的山头,也没有蹚不过的河流。"后来我家里越来越贫困,母亲各种各样的病也不断发作,一会儿胃病,一会儿头疼,我当时就突然产生了一种预感:母亲很可能要自杀。我每次从地里劳动回来的时候,一进院子就大声喊叫:"娘!娘!娘!"当母亲一回答的时候,我心里"啪"的一块石头落地了。有一天我连续喊叫,家里没人答应,我立刻跑到家里的各个房间找,包括牛栏里、厕所里。找来找去都没有,这个时候我就觉得坏了坏了,我母亲肯定出事了。正当我在院子里要放声大哭的时候,母亲从外面回来了,她说:"你干什么呢?"我也不好把我这种想法直接告诉她,但是后来她猜到了我的意思,母亲就说:"你放心吧,阎王爷不叫我我是不会去的;如果我去了,你们还怎么活?无论多么苦,人还得活下来。"我觉得这个想法非常朴素,没有任何豪言壮语,却让我一辈子难以忘记。我觉得这就是一个母亲对她儿子很庄严的承诺。她活着没有任何乐趣,半年糠菜半年粮,天天那么繁重的体力劳动,还要忍受着胃溃疡、头痛等各种各样疾病的折磨,家里出身也不好,像我这种孩子也没有出息,老闯祸,真是前途一片黑暗。这时我母亲说,她永远不会自杀,阎王爷不叫她,她不会主动去的。这一点让我一辈子都难以忘却。

母亲1995年去世,我想我一定要写一篇献给母亲的小说。刚开始时的想法也比较简单,就觉得应该写写母亲这一生的遭遇;但一旦动笔以后就越写越大,把半真半假的高密东北乡作为一个背景写进去了,写了高密东北乡一百年来的历史。写它从一百年前的一片荒原草地,怎么样慢慢有人居住,最后发展成一个很发达的中小城市。描写了这么一个家族,这个家族是一个铁匠世家,母亲一辈子在不断地生育,最后生了八个女儿、一个儿子。

她为什么要生这么多女儿呢?大家肯定都明白,中国人重男轻女。一个女人在一个家庭里如果不能生养,那么这个女人要受到所有人的歧视,她是不完整的。一个女人如果能生孩子,但是只能生女儿不能生儿子,依然是没有地位的,要受到人的嘲笑,受到家里公公婆婆的白眼,受到丈夫的殴打。我小说里描写的这个母亲实际上是当时中国千百万母亲的一个缩影。

当然很多读者,包括很多批评家也都感到难以接受。因为我打破了他们头脑中伟大母亲的形象——我写这位母亲生了九个孩子,但是来自七个男人。因为这个铁匠世家的儿子是个非常懦弱的男人,他没有生育能力,但不断打老婆。那么这个女的为了生存,只好去找别的男人来生育。小说里有了这么一个情节以后,就跟我们所认为的传统的伟大母亲形象截然相反。也有很多人认为我塑造的不是一个母亲,而是一个很脏的荡妇,但我觉得我这一笔恰好是对中国封建制度最沉痛的一种控诉,因为是中国的封建制度把一个想活下去的女人逼到了这种程度。

这个母亲忍辱负重。她的这些女儿有的嫁给了国民党,有的嫁给了共产党,有的嫁给了伪军。她的女儿女婿之间经常要刀枪相见,但她们生了孩子全都送到母亲这儿来,母亲今天接受了一个嫁给国民党的女儿送来的儿子,明天嫁给共产党游击队的也把孩子送来了,一会儿嫁给汪伪军的女儿也送回一个来。她养着国民党的后代、共产党的后代、伪军的后代,她都一视同仁。她认为这些孩子都是好孩子,不管他的父亲、他的母亲是站在哪个阶级的立场上,对一个生命来讲,对一个母亲来讲,都是一样的。

当然,在小说里我比较得意的是塑造了最后这个男孩。这个男孩是母亲跟一个瑞典传教士结合所生的。有的人也讽刺我:"莫言竟然在《丰乳肥臀》里写了一个瑞典的传教士,是不是想得诺贝尔奖?"

我觉得很委屈，1900年在高密传教的确实是一个瑞典传教士，我也没有办法。我当时应该想一下，把他改成挪威的或者改成丹麦的什么的就好了。

这个母亲最后跟一个传教士结婚生了这个孩子。从生理学上来讲，是一个混血儿，长得身高体大，满头金发，蓝色的眼珠，白色的皮肤，非常英俊漂亮。但是由于是在那么一个家庭环境里，在那么一个社会环境里成长起来的，这个儿子就是一个病态的、永远长不大的老婴儿，一辈子离不开母亲的乳房，吃奶吃到了十几岁。上小学以后，课间操的时候，母亲还要到操场边上给他喂奶，以至于被所有的学生当作笑话来看。校长都亲自跟他母亲交涉，说："你能不能不给你儿子喂奶？"她说："我的儿子吃别的食物过敏，吃别的东西都呕吐，只有吃母亲的乳汁才能活下来。"

当然这是象征性的一个细节，尽管我的家乡确实有一些男孩吃奶吃到七八岁，但我一直写到十来岁左右，是有点夸张。我想很多中国人看起来是长大了，实际上精神是没有断奶的。他这种"恋乳症"实际上也是一种象征，我们每个人有时候都在眷恋一些自己不需要的东西，或者对某种东西过分爱好的时候，就会走向病态和反面。

这部小说一直写到九十年代中期，后半部分有很多黑色幽默和讽刺的东西。这个小说为什么叫《丰乳肥臀》？因为小说的内容必须由这个题目来配它。在这个小说题目里，我认为前边两个字是歌颂的，后边两个字是讽刺的，正好跟这个小说的整体风格是一致的。这部作品在二十世纪九十年代的时候，我想，说它好的几乎没有，大家都在骂它。我想，里面一个重要的问题，让很多老一辈作家和批评家难以接受的是，这个小说模糊了一种阶级观点。我写这个小说的时候确实有非常明确的目的。为什么要写呢？就是要改变一下过去我们那种历史小说和革命历史小说的写法。

我们过去的革命历史小说，不能说它不好，但它带有一个特征，就是阶级立场是非常鲜明的。现在回头看一下过去那些红色经典，看一下那个时期的一些电影，好人就是好人，坏人就是坏人，绝对是泾渭分明的。好人绝对没有任何缺点，有的话顶多是急躁、冒进，绝对不会是道德方面的缺点，只是性格方面的缺点。而一旦写到坏人呢，肯定是从骨子里坏，不但相貌丑陋，而且道德败坏，可以说是头顶上长疮，脚底下流脓，坏透气了。事实上，生活中、历史中是不是真的是这样？我觉得恰好相反。

我在农村那么多年，村子里有些人是当过八路的，有的是当过国民党的。有两个当过八路的恰好都是满脸麻子，两个当过国民党兵的是五官端正、浓眉大眼，跟小说里、电影里的恰好相反。也就是说坏人并不是像我们过去作品描写的那样。而且一个人在那个时候到底是参加八路、当解放军，还是参加国民党的军队，有时候不是以个人意志为转移的。很多家里贫穷得无立锥之地的孩子是被国民党抓了壮丁或是替别人去的。家里没钱，但是有钱人家该出壮丁了，不想去，就给穷人家点钱，穷孩子替人家去当兵。这些贫苦出身的人，到了国民党部队里面去，也是没有办法，后来也算是历史反革命。而一些家里非常有钱的人，由于接受了新思想的熏陶，反而去参加了共产党的军队。这种例子也是很多的。

如果我们用这种阶级分析的观点来看历史，就会把历史简单化。写历史教科书可以，当然我们可以以毛主席的《中国社会各阶级的分析》作为一个指导纲领来写；但如果用这个来指导我们写小说、进行文学创作的话，我觉得写出来的小说就会千篇一律。所以我觉得还是应该用感情的方式来写小说，把历史感情化、个性化。有这样的指导思想,《丰乳肥臀》里描写的好人与坏人、八路军的游击队长与国民党甚至是伪军的一些人物,和过去的革命历史小说是很不一样的。

比较传统的老一代读者、批评家感到难以接受,说:"你这不是在为国民党树碑立传吗?你怎么把国民党写得比共产党还要美好呢?"当时国民党还挺坏的,现在国民党和共产党握手言和了。历史在发展,国民党的主席跟共产党的总书记在人民大会堂踩着红地毯握手言和了。陈水扁的民进党在台湾执政的时候,我们就盼着国民党上台。当年我们是坚决消灭国民党、打倒国民党的,要把国民党一个不剩地杀干净才痛快;仅仅过了这么几十年,共产党和国民党又成了亲密的朋友。我想,用阶级的观点来写小说,这个小说肯定是短命的。简单地说,把我们认为的好人和坏人都当作人来描写,这个小说,第一,才真正符合生活;第二,才符合文学的原则;第三,才可能有比较长久的生命力。

七、沿着鲁迅开辟的道路向前探索

到了二十一世纪,我写了一部重要的小说,就是《檀香刑》。《檀香刑》就是一部说书的小说。这个时候我就是把二十世纪九十年代写短篇的那种感受发扬了。我想应该用这样的方式和这样的感觉来写,以说书人的身份写这么一部小说。写这个小说的时候还借助了一些民间的戏曲,因为我的故乡有一种小戏叫"茂腔",当然在小说里我把它改造成了"猫腔"。这部小说应该说是一个小说化的戏曲,或是戏曲化的小说。里边的很多人物实际上都是很脸谱化的,有花脸、花旦、老生、小丑,是一个戏曲的结构;很多语言都是押韵的,都是戏文。这样的小说,因为是戏剧化的语言,就不可能像鲁迅小说那么考究语言。它里面有很多语病,因为一个说书人的语言有很多夸张和重复,这都是允许存在的。这是这部小说的一个写作目的。

为什么写《檀香刑》呢?想恢复作家的说书人的身份,另外一个还是要向鲁迅学习。我在童年时期读鲁迅的《药》《阿Q正传》,知道鲁迅对这种看客非常痛恨。鲁迅最大的一个发现就是发现了这种看客心理。但是我觉得鲁迅还没有描写过刽子手的心理。

我觉得中国漫长的历史实际上也是一台大戏,在这个舞台上有不断被杀的和杀人的。更多的人,没有被杀或杀人,而是围着看热闹。所以当时中国的任何一场死刑都是老百姓的一场狂欢的喜剧;围观这个杀人场面的都是些善良的老百姓,尽管他们在看的时候也会感到惊心动魄,但是有这样的场面他们还是要来看。

即便到了现在,这种心理还是存在的。"文革"期间经常举行公审大会、万人大会,我也去参加过。我们都围绕着看,官方的目的是要杀一儆百,警戒老百姓不要犯罪,但老百姓却将它当戏剧看。鲁迅的小说里有很多这样的描写,但我觉得如果仅仅写了看客和受刑者,这场戏是不完整的,三缺一,所以我在《檀香刑》这部小说里就塑造了一个刽子手的形象。

我觉得刽子手跟罪犯是合演的关系。他们俩是在表演,而观众是看客。罪犯表现得越勇敢,越视死如归,越慷慨激昂,喝一大碗酒,然后高呼"二十年后又是一条好汉",观众才会叫好,才感到满足。这个时候罪犯到底犯了什么罪行并不重要,杀人犯还是抢劫犯都不重要。无论他犯下多么十恶不赦的罪行,只要他在临死这一刻表现得像个男人,视死如归,那么观众就认为这是一条了不起的汉子,就为他鼓掌,为他喝彩。即便是一个被冤死的人,但如果在受刑这一刻,他瘫了,吓得双腿罗圈了,变得神志不清楚了,那么所有的看客都不满足,所有的人都会鄙视他。这个时候刽子手也感觉没有意思,碰到一个窝囊废。刽子手碰到"好汉"也感到非常精彩,就是说像棋逢对手,碰到一个不怕死的汉子,"哥们儿你手下的活儿利索一点",这是我们过去经常会看到的一些场面。《聊斋志异》里描写人要被杀头的时候对那刽子手说:"你活儿利索点。"刽子手说:"没问题,当年你请我喝过一次酒,我欠你个情来着,我今天特意把这刀磨得特别快。"一刀砍下去,这颗人头在空中飞行的时候还高喊:"好快刀。"也就是说到了后来一切都变得病态化了。

我们分析了罪犯的心理、看客的心理,那么这个杀人者——刽子手,到底是一种什么样的心理?这样的人在社会上地位是很低的。当时北京菜市口附近据说有一家肉铺,后来很多人都不去那儿买肉,因为它离刑场太近。刽子手这个行当是非常低贱的。二十世纪九十年代的时候我们翻译过一本法国小说——《刽子手合理杀人家族》,那个家族的后代很多都愿意承认自己的出身。他们是怎么活下来的?是用怎样的方式来安慰自己把这个活干下来的?对于这个,我在《檀香刑》中做了很多分析。他认为:"不是我在杀人,而是皇上在杀人,是国家在杀人,是法律在杀人,我不过是一个执行者,我是在替皇上完成一件工作。"后来,他又说:"我是一个手艺人,我是在完成一件手艺。"

封建社会里,一个人犯了最严重的罪行、最十恶不赦的罪行,就要用最漫长的方法来折磨。把你死亡的过程拖延得越长,他们才感觉惩罚的力度越够。一刀杀了、一枪崩了,那是便宜你了,只有让你慢慢地死,让你不得好死,才会产生巨大的震撼力,才会让老百姓感到更加恐惧。但是结果,老百姓却把它当作了最精彩的大戏。

小说《檀香刑》里就写到把一个人连续五天钉到一个木桩上,如果刽子手在五天之内就让他死了,就要砍刽子手的头;刽子手让他活的时间越长,那么得到的奖赏就越多。刽子手一边给他施着酷刑,一边给他灌着参汤以延续他的生命,让老百姓看到他是在忍受怎样的刑罚。"你不是要反皇上吗?你不是要反叛朝廷吗?下场就是这样的。"封建社会下这种刑罚的心理就是这样的,就是让这人不得好死。刽子手就是要把活做好。凌迟不是要割五百刀吗?刽子手割了三千刀这个人还没有死——很多野史里有很多关于凌迟、腰斩等残酷刑罚的描写。

当然,我的《檀香刑》写完之后确实有很多人提出了强烈抗议,说看了这个小说后吓得多少天没睡着觉。这样说的多半是男人,而有一些女读者反而给我来信说写得太过瘾了。所以,有时候我觉得女性的神经比男性的神经还要坚强,并不是只有女人才害怕。总而言之,我想我是沿着鲁迅开辟的一条道路往前做了一些探索。

当然,我在写作过程中也想到了我们现在发生的事情。尽管这故事写的清末民初的事情,但是我想到了"文革"期间的张志新,也想到了苏州的林昭。张志新在监狱里受尽了折磨——可能很多年轻的同学不太知道张志新,可以上网查一查——她是在"文革"最轰轰烈烈的时候公开质疑"文化大革命"的一个革命烈士。她对林彪、毛主席的很多做法都不以为然,认为它们是错误的。毫无疑问,这在当时是非常大的反革命了,而且她至死也不改变自己的观点,然后就受尽了各种各样的折磨。最后,在枪杀的时候,怕她喊出什么不得体的话来,就把她的喉管切断。这就是发生在我们无产阶级专政的社会主义国家的一件真实的事情。当然粉碎"四人帮"之后,张志新得到了平反,被追认为革命烈士。

在离我故乡不远的一个地方,有一位当时在东北工作的山东人,是公安系统的,老了以后回家养老,恰好就是张志新案件的一个参与者,就是说张志新被执行死刑的时候他正好是执法人员之一。后来我认识了他,就问他:"到底是什么人把张志新的喉管给切断的?"他支吾其词。现在张志新平反了,我就问他:"把张志新喉管切断了的人心里是怎么想的?他会不会忏悔呢?会不会感到他的一生当中犯了一件沉重的罪行呢?"他说:"不会的,这一切都是以革命的名义进行的,切断张志新的喉管是为了防止她喊出反革命言论。即便你不切,我不切,总有一个人要来切的。"

所以刽子手的心理就是这样的:你不杀,我不杀,总有人来杀。可能我杀得比你杀得还要好,那还不如我来杀。所以这样的人是不允许自己忏悔的。而且我想,即便他要忏悔,别人会允许他来忏悔吗?我们会允许切断了张志新喉管的公安人员来忏悔吗?允许他发表忏悔文章吗?允许他披露历史的真相吗?

北大才女林昭,最后是被枪毙了。她在被枪毙的时候,有人发明了一个橡皮球,塞在她的口腔里。在你说话的时候,这种橡皮球会膨胀,你越想喊出什么话来,它就越膨胀,直到最后把你整个口腔给撑起来。我想这不是科学家发明的,这就是我们天才的狱卒们发明的。

所以,在我们的生活当中——我不说我们的时代,我们说在过去那种封建制度下,有很多天才的狱卒和天才的奴才,只要主人给他一个眼色、一个暗示,他就会做得非常好,就会发挥他的聪明才智,把主子给他的命令贯彻到无以复加的一种程度。你要说折磨一个什么样的罪犯,或者折磨他们认为的一个罪人,那些天才的狱卒们和天才的奴才们,就会发挥他们的聪明才智,想出很多酷刑来。回忆一下历史,如果做一下这方面的调查,就会感觉触目惊心,令人发指。所以,我想,发明了橡皮球的那个狱卒或者其他人,如果还健在的话,他能够忏悔吗？能够认为他这个发明是多么惨无人道吗？会不会去申请专利呢？都很难说。

这两个发生在当代的革命女烈士的痛苦遭遇,刺激了我创作《檀香刑》这部小说的灵感,也让我思考了鲁迅先生所揭示的看客文化、看客心理在当代中国继续发展的一些可能性。尽管刚开始创作这部小说的时候,目的比较简单,就像恢复一个说书人的身份一样;但是,在写的时候还是加进了更多复杂的目的。

《檀香刑》这部小说得到了一些好评,当然批评的声音也一直非常强烈。我想这也是非常正常的。我也为自己辩护过,认为对这些残酷场面的描写当然值得商榷,但是让我删除我也不舍得。我觉得如果没有这些残酷场面,这部小说也不成立。因为这部小说的第一主人公是一个刽子手,如果不这样写,这个人物就丰满不了,就立不起来。尽管这样写可能会吓跑一些读者,但我觉得为了塑造这个人物,为了文学,这是值得的。

假如将来再处理这样的题材,是不是还要这样淋漓尽致？我也要认真想一想。因为在《红高粱》里,我也曾经写过一个日本强盗剥中国人的人皮这样一些描写。那时候这样的批评也存在,当时叫"自然主义的描写"。后来到了《檀香刑》,这种批评就更加猛烈。我写的时候也没有意识到这个问题有多么严重,后来反映的人多了,也促使我对这个问题进行了很多反思,希望我将来写的时候找一下有什么别的方式可以替换,又能塑造生动的人物,又能避免这种过分激烈的场面描写。

写完《檀香刑》,我又写了《四十一炮》《生死疲劳》这些小说。写《四十一炮》的时候,我是想对我的儿童视角写作做一个总结。因为我写的很多小说,尤其是中短篇小说里,有大量的儿童视角。《四十一炮》就是我用儿童视角写的一个长篇小说。

写《生死疲劳》就是想进一步从我们的民族传统和民族文化里发掘和寻找小说的资源。我使用了章回体来写这个小说,当然这是雕虫小技,谁都会用章回体。当然,对我来讲这也是一个符号,我希望用这种章回体来唤起我们对中国历史上的长篇章回体小说的一种回忆或者一种致敬。也有一些评论家认为这种章回体太简单了。这部小说如果不用章回体它依然是成立的,用了章回体也不能说是一种了不起的发明创造——这肯定不是发明创造,这就是我对中国古典小说的致敬。

八、把自己的灵魂亮出来

从二十世纪七十年代末的改革开放到现在,三十年时间里,中国的各方面都发生了巨大变化,中国的小说创作也经过了一个曲折漫长的过程。在这个过程中,有很多成功的经验,也有很多失败的教训,对我个人来讲也是这样,也就是我个人为什么写作也在发生着不断的变化。假如同学们要问我,如果现在你要写一部新的小说,那你是为什么而写作呢?或者今后是什么样的目的使你继续写下去呢?我用简单的几句话来总结一下。

我觉得从某个方面来讲,我的写作过程可以归结成这么几句话:我在前面的一些阶段是把好人当坏人写,把坏人当好人写。我在刚才讲到《丰乳肥臀》的时候已经比较充分地阐述了这个意思。"把好人当坏人写"实际上就是说把好人和坏人都当作人来写。好人实际上也有很多不好的地方,在某一时刻也会出现很多道德上的问题,出现很多阴暗的心理。坏人也并不是说完全丧失了人性,即便是一个十恶不赦的强盗,他在某一时刻也会流露出慈悲的心肠来。"把好人当坏人写""把坏人当好人写"是我过去三十年来创作所遵循的一个基本想法。

那么,接下来我想是该清算自己了。我想下一步是要把自己当罪犯来写,这也是在向鲁迅先生学习。当然,现在中国的很多批评家和大学教授们都在批评中国作家们缺少一种自省意识,缺少一种自我忏悔、自我剖析的意识。就是说,我们可以批评别人,可以拿着放大镜来找别人的弱点和缺点,可以站在一个道德高地上来不断地向别人发问,逼着别人忏悔,但是,为什么我们从来不向自己发问?我们有没有勇气来对自己的灵魂进行深刻的、毫不留情的解剖?

当年,鲁迅先生给我们树立了一个光辉的例子,他就毫不留情地解剖过自己。当代作家有没有可能像鲁迅他们这一代作家一样,勇敢地面对自己灵魂深处最黑暗、最丑陋的地方,毫不留情地解剖和批判?我觉得经过努力能够做到这点,不管做得彻底不彻底,有这个想法总比没这个想法好。

所以,简单地说,看起来我现在人五人六,通俗地说是人模狗样,站在这里瞎说八道,但事实上,如果毫不留情地回顾自己走过的人生道路,就会发现我确实犯过很多错误,而且有的是不可原谅的错误,也干过许多道德上有问题的一些事情。在今后的创作中,我当然不能像卢梭一样写一部《忏悔录》,但是把这作为一种精神、一种境界,敢于时刻把自己的灵魂亮出来,我觉得这会使我今后的创作别开生面,也许会写出跟我过去的作品不一样的作品来。所以,下一步就是把自己当罪人来写。

我讲到这里,现在跟大家交流,谢谢。

现场互动：

问： 莫言先生您好！写作需要灵感,灵感往往来自不一般的体验。比如,您刚才说要想写杀人的话,您去看了杀鸡;还有您母亲的苦难、伟大的母爱,让您写了一部关于母亲的小说。假设生活中没有这种特殊的体验,也就是说,生活中往往会有一段时间是特别平淡的,那么是否也就没有了灵感呢？这个时候小说应该怎么写？您在这方面有没有深刻的体验可以跟我们分享一下？谢谢！

答： 我想每一个人实际上都在生活,看起来是很平淡的生活,但是你认真地想一下平淡之中肯定也有很多不平凡的细节。在座的学生每一个人从有记忆力一直活到二十多岁,这么漫长的时间里,肯定有许许多多让你感动、让你痛苦、让你难以忘怀的事情,这些都可能变成一部小说的出发点。假使我真的想不出有什么让我感动、让我痛苦、让我愤怒、让我惊惧的事情来,那怎么办呢？那就读别人的书吧,从别人的小说里面能不能读到类似的情节？或者读历史资料、看漫画、看电影,就是说从别的地方来寻找一下有没有外界的事物能激发、刺激你的灵感。

我的灵感的产生是多种多样的。譬如我刚才讲的《天堂蒜薹之歌》这本书的创作灵感,实际上就是一个外部发生的事件触发的。当然写的时候可以调动自己过去的记忆。

总而言之,它实际上就是有一个技巧的问题。一旦你找到这种技巧,你会发现你的平淡当中实际上也包含着很多宝贝东西。这种技巧要慢慢地摸索,我一下子也告诉不了你。有时候写小说像学什么技巧一样,好像蒙着一层纸,但是一旦捅破这层纸,就很明确了。

实在不行的话就先读史料，读各种各样的材料，然后有一天会突然明白的。谢谢。

问：莫言先生您好！通过您精彩的演讲，我们回顾了中国近百年的历史，特别是近五十年的历史。您用您独特的视角创作的一些作品得到了很多好评，就像帕慕克所说，您是在中国当代他比较推崇的一名作家。但是，中国作家还有一个没有完成的梦，那就是诺贝尔文学奖。对于这个问题，您觉得中国作家怎么样才能得到诺贝尔文学奖？

答：得奖实际上只是一个符号。我在帕慕克得奖之前就认识他了，我感觉他得奖没得奖实际上是一样的。但在一般人心目中，他得奖之后，他的身份就立刻变得不一样了，他头上戴上了一个光环，但人还是这个人，性格还是这个性格。

我发现他很好玩，很不遵守纪律，起码不像我这样完全服从主人的安排。他在北京的时候，社会科学院要在23日上午开他的作品研讨会。如果是一个中国作家的话，看到这么多人跑来捧场，说写了你的研究文章，你肯定会非常高兴地、毕恭毕敬地坐在那里聆听。但是帕慕克不是这样的，帕慕克先发了言，讲了二十分钟，然后就抽身而去，说："我不习惯当面听别人说我的好话和坏话。"这是让主办方根本就没有想到的，因为前几年也在这个会场里搞过日本诺贝尔文学奖获得者大江健三郎的讨论，大江先生就非常认真地拿了笔，不断听，不断记，而且对大家能够浪费时间专门研究他、写那么长时间的文章表示非常感谢。帕慕克抽身而去，不管那一套。很多人的性格是很不一样的，我倒很欣赏帕慕克，他还是挺好玩的。

后来，有一天晚上我和他一起吃饭，也去了好几个记者，我就跟他说:"我们不谈文学,就谈吃饭。"但是,谈着谈着还是涉及文学问题。

其实诺贝尔文学奖获得者也没那么了不起,没有让大家感觉到他像神一样,他就是得了奖而已。因此,我觉得我们中国的作家、中国的读者不要把这个太当作一回事。一个好作家即便不得奖,他依然是个好作家;一个没有写出好作品的作家,即便得了奖,他的作品也不会变好。对于我来讲,我还是要千方百计地把我的小说写好;对于你们来讲,你们要好好监督我下一部作品写得好不好。别的我们不去管它。

问:很高兴听到您的讲座。刚才听了您的讲座,我想,一个写作者或者一个作家写东西肯定是言为心声,做到文如其人。刚刚我听到您讲"文革"时期的时候,您会想着那个时代是怎么一种情况,然后想着要在刊物上发表点东西。现在我心里就产生了这样一种疑问,就是在那样的大背景下,想去适应那样的背景而写东西,会不会跟写作的最终真谛相矛盾呢?您是怎样处理好这两者的关系的?谢谢!

答:她讲到了"文革"期间的社会环境。讲到"文革"期间,确实有很多话题,我们的"文革"研究远远没有达到应该达到的高度。我觉得"文革"表面上的现象确实用几句话就可以概括,但是给我刺激最大的是"文革"期间我们整个社会所包含的两套话语体系:一套是我们在社会上公开的时候讲的一套话,就是那种豪言壮语,革命的话、比赛的话、吹捧的话;另外一套话就是人真正的话语,在家庭里悄悄地讲的。这两种话语代表了两种道德观念。

我小时候印象特别深的就是,我的亲人们在公开场合讲的和他们回家时候讲的是完全不一样的。到底哪种对?凭着一种朴素的感情,我知道在家里讲的是对的。但是迫于那种环境,每个人都要自保,所以只能适应社会环境,讲一些言不由衷的虚话和假话。

我觉得这也不是"文革"期间所独有的现象,这是我们几十年来一直延续下来的,五六十年代就开始了,比如五十年代大跃进时期的"放卫星"、假话连篇等,一直延续到现在,我觉得这两套话语体系还是存在的。许多人在公开场合讲的并不是真心话,和在家里讲的话不一样,担心有时候会给自己带来不好的影响。什么时候在家里面讲的和在社会公共场合讲的是一样的,那社会就真正进入了一种文明、进步的状态。大家觉得西方跟中国是不是不一样呢?我觉得西方实际上也是这样的,有许多话也是不能拿出来公开讲的。

作为一个作家,如何看待存在于人类社会上的两套话语体系?我觉得作家还是有一种自由的,可以把平常只能在家里讲的话写出来,写到小说里去。这也是作家职业最令人迷恋的一个方面。

问:莫言老师,上次帕慕克教授跟我们讲"想象能赋予人类解放的力量",我想问您:想象是否能给中国作家带来创新的力量?谢谢!

答:我在5月27日跟他吃饭的时候,也专门跟他谈过想象的问题。一个作家创作的依据是什么,或者说最重要是什么?到底是经验还是想象?我觉得这两者实际上都非常重要。一个没有经验的人肯定是写不好小说的,一个人的人生经验越曲折、越复杂、越丰富,他创作的素材就越多,头脑里就积累下很多栩栩如生的人物形象,有很多的生活常识和经验。

但仅有这一点而没有想象力的话,依然不能完成一部伟大的好的文学作品。当时,帕慕克讲:"一个作家有一种本事,就是能够把自己的故事变成他人的故事,反过来也可以把他人的故事变成自己的故事。"我就问他:"你把他人的故事变成自己的故事,或者说把自己的故事变成他人的故事,中间依靠什么来转化?怎样把他人的故事变成自己的故事,是一个什么样的转化机制?是不是想象力在里边发挥了作用?"他说:"同意,是想象力在里面发挥作用。"也就是说,把他人的故事变成自己的故事,还要建立在自我经验的基础之上。我也问他:"到底是个人经验更重要还是想象力更重要?"当然这是因人而异的,经验型的作家可能写得更加现实一点,想象力丰富的作家可能写得虚一点,更加天马行空一点。

我拿他的小说举过一些例子,我说:"尽管我不了解你个人的经验是怎么样的,但是我从你的小说里可以看出你哪个细节是想象的,哪个细节是真实的。"他有一部长篇小说《雪》,里面有一个细节描写,就是说一帮人在剧场里聚会,舞台上面有演出,突然发生了动乱,有人开枪把剧场中间的铁皮烟筒打破了。这个铁皮烟筒是连接着火炉的,火炉里还有煤块在燃烧。那么这个时候他的描写是:浓烟就像开水壶里的蒸汽从壶嘴里冒出来一样,从这个枪眼里冒出来了。我说:"帕慕克,这个细节是你想象的,你没有亲眼见到过子弹击穿铁皮烟筒的场面。"他说:"确实是这样的,但是我看过壶子里烧开水,水开了之后蒸汽从壶嘴里冒出来的景象。"另外一个细节,《雪》里面描写:在聚光灯的照耀下,许许多多的雪花有的是往下落,而有的是非常凶猛地从下面往上飘。我说:"这个情节是真实的,你看到过的。"他说:"确实是这样的。"根据我们的经验,一个没有见过下雪的人,或者没有认真观察过暴风雪的人,他的想象肯定是雪花从天而降,飘然而下;那么,只有确实认真观察过的人,而且恰好经历过那么一个情景,才会知道下雪的时候,有的雪花是往下落,而有的雪花是往上冲的。所以,这个看起来不真实的细节,恰好是观察得来的,是真实存在的,是看到的。而前边的让大家一想就很真实的事件,恰好是作家个人经验基础上的一种延伸想象。我想就是这么一种关系,一个作家的经验和想象是不能偏废的,要懂得怎样灵活运用。谢谢!

问:莫言老师您好!高考之前,我写作是为了高考能拿到一个好分数;现在我会写一些日志,记录心情和思想。有时候会想知道,我们作为大学生,应该为什么而写作?另外,您作为一名著名作家,以写小说为主,会过渡成为一个思想家吗?您是怎么思想的?我们参考一下。谢谢!

答:谢谢这位同学,他讲到高考前上高三的时候,他是为高考的一个好分数而写作,这毫无疑问是非常正确的。我想那个时候一篇作文可以决定一个人的命运。我去中学里做报告,第一句话会说:"高考制度非常坏。"学生会狂鼓掌,但是我紧接着会说:"没有高考制度会更坏。"学生就:"啊!"我们必须承认这是非常现实的,没有高考制度确实会更坏,工农子弟更没有出头之日。不管怎么说,高考还是一个相对公正的机制。所以在这个时候,写作是为了得到一个好分数,这是非常正确的一个目的。

你现在写作,第一是为了记录心情,第二是为了记录思想。我觉得这也很好。现在有了博客,很多人都在博客上写作。我偶尔会看一下别人的博客,发现其实每个人的技巧都很成熟,写的都很生动活泼,语言也机智幽默。也就是说我们真正进入了一个群众性写作的时期。过去马克思说到了共产主义时代每个人都可以自由地选择自己的职业,但是我觉得进入网络时代,像是进入半共产主义时代了,每个人都可以成为作家。网络也是一种发表,博客也是一种发表,而且这样的写作过程对你也是一个很好的锻炼。二十年以后你再回头看看你今天写的作品,会产生很多感想。这个我觉得也非常好。

作为作家里的思想家——鲁迅,他当然是无可比拟的,也正是因为这样,才确立了他在当代社会里不可动摇的崇高地位。当代作家与现代作家相比,并不是每一个人都像鲁迅一样有那么深刻的思想。像沈从文,如果说他的文学成就可以和鲁迅相比拟的话,那么他的思想成就、在思想方面的贡献就比鲁迅要差得远。张爱玲到底有多少思想,这也很难说了。现代作家里鲁迅是最出类拔萃的。

我觉得,当代作家里有思想的作家还是蛮多的。像史铁生,我觉得他思考问题还是比较深的。当然他有他一些独特的问题,因为他的身体条件使他更多地进入一种思辨状态,他的人生遇到巨大的困难,在生与死面前的思考确实要比很多身体健康的作家深得多,在思想上也有许许多多新的发现。当然,有很多作家也在思想,但是我总认为,一个有思想才能的作家未必能写出最好的小说来。反过来,一个写出来很好的小说的人也未必是一个深刻的思想者。因为文学创作中存在一种现象,就是很多时候,形象大于思想。

现在来讲一下曹雪芹的《红楼梦》。它真的有后来进行《红楼梦》研究的人所研究的那么复杂吗？曹雪芹写《红楼梦》的目的真的是要为封建社会唱挽歌吗？他真的在追求男女平等、妇女解放吗？他真的是把贾宝玉当作一个具有资本主义民主思想的新人吗？毛主席说这是一部政治小说。我觉得后来的很多研究都远远超出了曹雪芹原来写作的本意。这就是形象大于思想。而一部成功的小说,它的一个重要特征就是形象大于思想。它的多义性、多解性会随着时间的改变而不断地成长。有的小说写出来是死的,不变化的;但有的小说会随着时间的变化不断地在变化、在成长,是活的。因此,作家多一点思想当然不是坏事,但是没有这方面的才能、不具备这方面的素质,也无所谓,也可以写下去。

问:莫言先生您好!我听说过在您身上有"两座灼热的高炉",一座是马尔克斯的《百年孤独》,一座是福克纳的《喧哗与骚动》,这些都是西方名著。我要提的问题是,您在读这些西方名著的过程中,有没有感觉到它们的语言在翻译中有流失呢?

答:马尔克斯的《百年孤独》和福克纳的《喧哗与骚动》确实是我非常喜欢的两本书。但是我也非常坦率地告诉你,《百年孤独》这本书我是在去年6月份才读完的。因为去年6月份我接到日本的邀请,日本要开国际笔会,马尔克斯有可能参加,我说我也参加。既然大家都说我受马尔克斯这么多的影响,但我居然没有读完《百年孤独》,就对不起这位老先生了,所以去年6月份我用了两周的时间从头到尾、一行不漏、认真地把《百年孤独》读了一遍。读完以后我就得出这样一个结论:无论多么大的作家,无论多么有名的作品,都是有瑕疵的。我发现《百年孤独》从第十六章到二十章有很多是废话,这部小说压缩到第十八章是最好的。后面的两章,整个的人物和小说的内容没有关系,我觉得他是硬把它抻长的。

福克纳的《喧哗与骚动》我至今也没有读完,就读了前面五六页。因为我读到了小说里描写道,那个傻瓜、那个白痴能够闻到雪的味道;一下子就让我感到心里非常敞亮,让我明白了小说怎么可以这样写。我们说能闻到花的味道、树的味道,但是从来没有听说过雪还有味道。既然雪可以有味道,那么别的也可以有味道。所以我想,尽管我没有读完这部小说,但是它也给了我很大的启发。这是两本了不起的作品。

翻译问题实际上我是没有发言权的，因为我不懂外语。只有懂外语的人才可以讲得比较好，但是我相信任何一次翻译其实都包含着翻译家非常艰苦的创造性的劳动。首先要寻找一种非常对应的语言。像我的小说的日文译者就找得比较好。我的小说《檀香刑》的翻译者是日本佛教大学的吉田富夫教授。他们都认为我的小说非常难翻译，因为里面有大量的方言土语，有大量的押韵，怎么翻译成日文？后来这个翻译者告诉我，他的故乡也有一种地方小戏，他就把我小说里描写的"猫腔"这种地方小戏移植到他家乡的那种地方小戏上去，用这样的方式来做了一种转化。我去日本做这本书的宣传的时候，很多读者告诉我，看了这本小说很强烈的一个感受就是"声音"，说"声音大于文字，总感觉到有一种戏曲的腔调、旋律不断在耳边缭绕"。我就知道他的翻译是很成功的，他找到了一种非常好的对应关系。有的翻译就非常不成功，仅仅把这个故事翻译过去。《檀香刑》这部小说如果不能把它的语言的味道移植过去的话，仅仅一个故事是没有什么精彩的。所以，我觉得翻译有很多境界，好的翻译不仅能把小说的故事翻译过去，而且也能把语言的风采和风格找到一种很好的对应移植，这是最好的。

　　一流的翻译可以把一部二流的小说翻译成一部一流的小说。比如我有一部小说在中国只能算是一部二流的小说，但是碰到一个非常高明的翻译，这个人的德文非常好，把它翻译成一部德文小说，结果就把我这部二流的中文小说翻译成了一部一流的德文小说。当然也存在完全相反的现象，本来是一部一流的中文小说，碰到一个蹩脚的翻译家，结果被翻译成了一部二流的外文小说，有的甚至成了三流的，仅仅是个故事梗概。这是很糟糕的。

　　当然还有一个是语言问题，就是翻译过来的中文到底算什么语言。记得有一年上海复旦大学陈思和教授在大连跟我们专门讨论过这个问题。我的意见是：这也是中国文学语言的一个重要部分。所以，有时候我们比较习惯地讲"我受了马尔克斯的语言的影响"，"我受到了福克纳的语言的影响"，这实际上是不对的；严格地讲我们是受了翻译家的中文的影响。尽管好多翻译家在翻译马尔克斯的语言时，是用中文里把西班牙文里可以对应的东西转移过来了——我们看到的翻译成中文的马尔克斯的《百年孤独》也体现出了马尔克斯独特的风格，但它毕竟是中文。所以，"我读了马尔克斯的《百年孤独》受了他语言的影响"，这句话是经不起推敲的，只能说是受了中国翻译家的语言的影响。

问：莫老师您好！您刚才讲到您写《红高粱》的时候，不知道人被杀了头之后是什么现象，所以您把鸡被砍了头之后皮往下褪的现象移植到人身上，结果歪打正着正好是对上了，那么万一要是不是这样的呢？有时候丰富的想象力确实能够弥补写作中的一些不足，但是有些客观现实和事实是不容歪曲，不能全凭主观意识来创作的，因为这样可能会对读者产生一个错误的导向作用。比如刚才那个情节，事实也许并不是您写的那个样子，但是我读了您的书，以为就是这样子的，然后我把这个事情告诉了张三，张三又传给了李四，最后大家都认为它是对的，结果它却是错的。所以，作为一个作家，您在写作的时候有没有思考过这样一个问题——我写出来的东西要对读者负责任？谢谢！

答：我刚才实际上也讲过，毕竟有过亲身的战场经验的人还是少数，即便是错了，多数人也不知道。当然你讲的这个问题也挺重要。如果里面描写了一个错误的药方：用二两雄黄加二两醋搅在一块喝了来治感冒,感冒立刻就好了。读者用这个杜撰的方法来治感冒,确实是不对的。如果你在小说里描写一个菜谱:用柴油炒猪肉,味道特别好。一个读者回家让他妈妈用柴油炒了二两猪肉给他吃,结果吃得上吐下泻,这肯定也不好。

　　这样的例子当然不能瞎写,其他的我觉得都无所谓。因为小说就是小说,它是文学艺术作品。小说不是菜谱,也不是医学教科书,所以一般也没有读者是那样认真的。很多魔幻现实主义的小说、黑色幽默的小说、严重地歪曲社会现实的小说、极度夸大现实生活中某个细节的小说,比比皆是。所以我想,不可能出现你说的这样的问题,不用担忧,假如你写的话,可以尽管放心地写。就像卡夫卡写一个人早上变成了一只甲虫,如果有人因此担心自己变成甲虫的话,那是很愚蠢的,但对作家来讲没关系。

文学与我们所处的时代

——在解放军艺术学院①的演讲

时间：2011年12月7日
地点：北京

今天的这个题目，是临时冒出来的，就是"文学与我们所处的时代"。面对着这样一个丰富多彩、日新月异的时代，每个人都感觉到眼不够用、耳朵不够用，感觉到我们的笔难以描画出如此多变的现状，但也正是因为这样的时代，给作家、给文学提供了取之不尽、用之不竭的丰富的源泉。很多年前就有人预言小说要死了，但小说至今没有死，不但没有死，而且还大有前途；诗歌也没有死，诗歌也大有前途；戏剧，或者其他艺术也一样，都是因为我们所处的时代而充满了生机。还有一点必须强调：文学和艺术不是社会生活的照相式的反映。

作家不应该满足于搜奇猎异。网络上的奇闻异事、奇谈怪论，当

---

① 2017年正式更名为中国人民解放军国防大学军事文化学院。

然可以进入我们的作品。但是我们不能把所有的奇谈怪论和奇闻异事,全部搜集到一起进入我们的作品。也就是说我们的文学作品,不应该是这样一个奇谈怪论,或者奇闻异事的汇集,而是应该反映出社会生活的本质。我想各种各样的奇谈怪论和网络上的种种奇闻趣事,只是浮在社会生活表层的一些泡沫,就像一条大江大河滔滔向前,水面上总是布满了各种各样的漂浮物。这些怪事情、奇事情,实际上就是社会生活表面的一些现象,是转瞬即逝的,是不断地被覆盖的;它反映不了社会生活的本质,更代表不了我们社会的主体。这些发生在某些人身上的奇异的行为,并不带有普遍性。

因此我觉得作家可以从这些事情里面受到启发,但是还应该透过表面的现象,看到生活的本质。我们要看到真正的大河是没有多少声响的,只有小河才发出响亮的喧嚣,真正的深水它表面反而是平静的。所以我觉得作为一个作家,生活在当下的这个时代里面,不要被表面现象所迷惑:不要看到一些个别的现象,就把这个社会全盘否定;不要看到一个贪官就否定全部的干部;不要看到一个罪犯而否定全部的人民。我们应该看到人民的主体,我们的人民主体是在挥汗如雨、埋头苦干的。最近几十年来国家所发生巨大的变化,实际上不是靠那些有钱人,而是靠成千上万的劳动人民。他们用自己的汗水和智慧,使一座一座的高楼拔地而起,使一条一条的铁路横亘在祖国大地上,使一项一项伟大的发明进入了科学发展的前列。所以作家还是应该看到社会的主要方面。我知道最近这些年来,中国的巨大变化在国际上产生了强烈的影响。某些西方人对中国的评价,目前也充斥着一种矛盾的心理。他们看惯了贫困的中国,习惯了积弱的中国,看惯了中国人在国际舞台上忍气吞声,也看惯了中国人在出国的时候囊中羞涩。他们愿意救助一个贫困的国家,但是不愿意看到一个崛起的中国。因此围绕对中国现状的评价,他们往往就是只见树木不见森林,攻其一点不及其余。

所以我觉得,面对当今这样一种纷繁复杂的社会,保持一个作家的清醒的头脑,就要时时刻刻地把写人当作自己最主要的任务,要盯着人写,贴着人写。当年沈从文先生教育他的学生汪曾祺,说小说要"贴着人写"。后来我觉得这个"贴着人写"还不够狠,应该要"盯着人写"。只有盯着人写,我们才能够发现人的本质;只有盯着人写,我们才能够在自己的作品里面,揭示出最丰富、最多变、最难揣测的人性的奥秘。好的文学,我觉得也不应该是歌功颂德的,或者说好的文学、好的作家,也不应该把自己的作品当作歌功颂德的工具。但是文学确实具有歌颂的功能,文学应该歌颂真善美,应该鞭挞、揭露假恶丑。好的文学应该让人从黑暗中看到光明,也应该让人在绝望中看到希望。所以怎么样处理这样一种关系?就是揭示黑暗和展示光明的关系。怎么样处理好批判跟歌颂的关系,我觉得也是艺术工作者面临的一个重要的课题。尤其在当今这种复杂的时代里面,各种各样的道德价值观念在碰撞、在交锋,各种各样的人在发生着这样那样的矛盾。尤其有了网络之后,各种各样的意见,一些匪夷所思的说法,都在网上得以展示,而且发生激烈的冲突。那么在这样的时期,我们作家应该坚守自己的信念,应该用自己的坚守来正确处理好歌颂跟批判的分寸。我想最后的一个准则就是,要让人能够从黑暗中看到光明,能够让人在绝望中看到希望。

文学要盯着人写,或者说要贴着人写,这是大家都可以接受的一个共识。但怎么样写?确实,每一个作家,在处理素材的时候,都有必要重新从头考虑,盯着人写,要写出你自己过去没有写出的人,还要写出你的同行们没有写出的人。你在写作之前必须在脑子里面过一下,这个人物形象有可能跟前人的作品里哪一个人物重复。更要避免、更要想一想你自己过去的作品里,是否出现过同类的人物形象。

我想到了我在军艺期间看过的一部电影,苏联的《第四十一》,那就是一个典型的特殊环境下特殊人物关系的一种限制。我想在座的同学们都看过这个电影。他写的是在苏联的革命战争时期,一个红军女战士,押送一个白军军官,由于中途受到了敌人的伏击,队友被打散,这个红军女战士就跟她押送的这个白军军官,漂流到一座无人居住的荒岛上。这个荒岛上有足以供他们生活的燃料、食品、水,当然还有大量的木柴,当然还有一座非常舒服的小木屋。那么这样两个人,按照社会关系来讲,一个出身贫困,一个出身贵族,是阶级矛盾。一个是革命斗志非常坚强的女战士,她亲手击毙过四十个白匪;另外一个是读过很多普希金的诗歌,金发碧眼的贵族青年,应该是一个非常有教养、有文化修养的青年。那么这样两个人就是一种非常特殊的关系。这个海岛是一种特殊的环境,实际上这个环境本身就变成了一个文学的或者艺术的,或者人的心灵的实验场。在这样一个实验场里面,这一对青年男女的心灵就会慢慢地发生变化。他们刚开始相互充满了戒心,到慢慢地丧失警惕,从刚开始的互相敌视到慢慢地相依为命,最后产生感情成为恋人。但是当白匪的大船出现在远处海面上的时候,他们脑子里被环境所制约着的阶级性,突然又迸发出来了。这个白匪的军官向大船奔去,红军女战士也想到了她的职责,拿起枪来把他击毙。我想这样一个作品在现实生活当中可能不会产生,或者说在苏联的战争历史上,从来没有发生过类似的这么一个事件。但是作家——这刚开始也是个剧本——剧作家就设置了这么一种特殊的矛盾和特殊的环境,由于他的描写是步步层层推进的,是符合我们一般人的感情逻辑的,因此也就产生了巨大的说服力。我们不怀疑这个事件是否虚假,我们甚至不去考虑在战争年代里,到底会不会发生这样一个事件。我们只是被他的理念,这种人的情感的渐渐变化所震撼。我们又设身处地地想到,假如我们是其中的一个,会跟他们一样发生一系列的变化。那么这样一种人类灵魂的实验室,是我们的剧作家、小说家或者其他艺术家都经常使用的手法。

我们自己要跟自己过不去。在艺术创作中,自己跟自己过不去,才能够写出具有创新意义的作品。如果为了图省事,图方便,那就只能写出重复自己或者重复别人的作品,而艺术一旦重复自己或者重复了别人,实际上就没有任何的价值。

我想起我跟法国一个建筑大师保罗·安德鲁的交往。保罗·安德鲁就是天安门广场旁边那个国家大剧院的设计者,这个国家大剧院也应该是一个限制的产物。我为什么会跟他有一点点友谊,就是因为他是一个小说家,业余的小说家。他的主业是建筑设计师,但他同时也写一些谁也看不懂的小说。他在接受中国媒体采访的时候,就说他在中国生活了八年,这八年的业余时间,读莫言的小说。记者说:莫言的小说是很土的,你一个法国人,而且是搞现代设计的法国人,怎么会读他的小说?他说,正是因为他的小说土,所以我才能感受到一种真实的中国的气息,这才能刺激我的灵感,在一种强烈的对比当中,才能够产生灵感的火花;如果读一个法国作家写的巴黎,我觉得他就没有任何新鲜感。

他谈到他设计的国家大剧院。我说:你知不知道这个国家大剧院是饱受争议的?他说当然知道。当时这个设计方案一出,就在中国引发了一轮又一轮热烈的讨论,持否定意见的人占绝对多数。大家都不能接受在中国的"额头"上，建造一个椭圆形的、不伦不类的建筑，什么"大鸭蛋""坟墓"之说，各种各样的外号都有。保罗·安德鲁说他这个建筑，刚开始是允许他再高出地面50米的，但是当第一轮设计做完之后，有关方面告诉他不行，再往下落50米，就说他不能比周围的建筑高。那只能限制他，逼着他往地下发展。往地下发展而不令人产生压抑之感，我想他才想到了这一池水，他才想到了这个水的过道，以及想到了前后的一些建筑的变化，包括后来到了灯光的设计，晚上灯光的照耀……我是不懂建筑艺术的。但是我进国家大剧院看了几场演出之后，我扭转了对这个建筑的看法。我觉得他这个建筑实际上是天才之作，是在一种高度限制中的充满想象力的发挥。而当时来自民间的很多批评意见，认为这个地方建这个建筑非常不和谐，它跟周围的人民大会堂、故宫、历史博物馆——这些具有中国传统风格的建筑会形成一种强烈的对抗。但是我发现，实际上这种对抗是一种更高层次的和谐，是中国传统和西洋建筑风格的对抗，也是我们民族的跟外来的事物的一种对抗；它不仅仅是两类建筑物的比较，实际上是两种文化的较量，也是传统与后现代的一种对抗。这样的对抗，实际上产生了一种非常鲜明的对比。在这个鲜明的对比当中，就构成了一种更高层次的和谐。保罗·安德鲁听我给他的这些评价，他非常得意。后来我说在晚上，当月光照到水池里的时候，国家大剧院的倒影恰好像一个中国传统的阴阳图，或者说双鱼图。我问，这是你的有意识的设计吗？他说这是意外的收获。总而言之，通过国家大剧院这样一个建筑物也让我们认识到，对艺术创造来讲，对艺术家来讲，限制并非完全都是坏事，有时候这种限制反而能够激发艺术家的创造性灵感，从而创造出世人瞩目的、可以成为经典的艺术作品。

建筑是这样,那我们进行其他的艺术创作时,保罗·安德鲁的经验都是可以借鉴的。我们写小说的时候,可以按照现实主义的方式来写,也可以按照魔幻现实主义的方式来写,也可以按照其他的文学流派来写。但是我想按照传统的现实主义笔法来写,我们无论如何也写不过托尔斯泰,写不过巴尔扎克,写不过肖洛霍夫;按照魔幻现实主义的方式来写,我们怎么写也写不过南美洲那些作家;如果按照日本的那种风格来写,我们也写不过川端康成;按照法国新小说那样一种对小说结构的破坏来写,我们也超过不了他们。所以就像一个建筑师面对着世界上如此之多的、各种各样的建筑物,他们感觉到,有一点点的黔驴技穷的样子,我们小说家面对着千百年来已经出现了各种各样的流派的小说,有时候也感觉到落笔维艰,尽管我们面对着的是一个能够给我们提供如此丰富的素材的年代。

我们不但要考虑写什么,我们还要考虑用什么样的方式来写、怎么样写。也就是说,不仅仅小说内容是新的,塑造的人物是过去的小说里从来没有出现的,使用的语言也应该是具有自己的鲜明风格的,而且叙事方式、小说结构也应该是全新的。所以我觉得我们今天的小说家面临的挑战,一点不亚于其他行当里的艺术家所面临的挑战。但正是因为有挑战,可以激发我们的雄心壮志,激发我们的创造热情。

我相信小说的模式是没有穷尽的。小说里的故事尽管千百年来大家都在重复讲,但是我们总是有办法,用自己的方式,讲述前人讲过的故事;我们总还是有办法,把一个老故事讲出新意来。大家都在写人,男人女人、老人儿童,但我们还是有办法,写出带着我们时代鲜明特征的新人来。这就需要我们观察,需要我们发现,需要我们向过去的传统学习,也向西方的外来艺术学习。需要学习我们的人民,也需要"学习"那些关在监狱里的罪犯。当然不是学习杀人放火,是研究他们,了解他们的内心,了解他们的语言,分析他们的性格,把握他们的人性。

我们还要向其他的艺术学习,要向舞蹈家学,向美术家学习,当然我们也要学习音乐。我想其他行当的人也应该看小说的。我当年在军艺的时候,写过一些小说,像《爆炸》《红高粱》,里面都有浓重的色彩,有大段大段的、浓得化不开的风景描写。有的人认为我受马尔克斯或者福克纳的影响,但是他们恰恰没有注意到画家对我的影响。我想对我当时产生了最大影响的,恰恰是凡·高、高更这一批现代派的画家。我当时经常去我们学院的图书馆里看几本画册,凡·高的画,法国的卢梭的,也包括毕加索的。尤其凡·高的画,给我留下了非常深刻的印象,强烈的刺激。因为他的神经不太正常,所以他笔下描画的树木、天上的星辰,都跟我们平常见到的大不一样。他的树木一棵棵都像火炬一样,燃烧着;他画的天上的星斗,都在团团旋转着。当然我想恰好他画的这个星团真正符合高空中的星团的现状,但是我们肉眼所看到的星星,跟他所画的星星完全不一样,这么一种强烈的变形的艺术,就变成了一种非常强的情绪,间接地影响了我的小说写作。我在写风景的时候,想到了凡·高笔下的那些画,想到了凡·高所画的风景。

我相信艺术之间是相通的,这个通道就是一种感觉。这个通道打通了以后,你就可以把画面转变成文字,也可以把声音、把情绪转化成文字。音乐感动你,让你悲伤,让你欢乐。它先调动起来你的情绪,然后你在这种情绪的支配下进行写作,自然地就会组织起能够表现你心情的文字。各种艺术间的相互影响,首先就是打动心灵、引起共鸣,然后激发通感,再转换成另外一种艺术的创造。

我写了很多小说，尽管有的小说也涉及很尖锐的题材，但是像《蛙》涉及的这个题材，却是从来没有人触及过的。我是从这个年代里走过来的人，我对中国的计划生育政策在农村的推行过程非常清楚，也可以说是亲历者。我一直感觉到计划生育是一个巨大的艺术创作题材，但它又是一项国策，而且是世界瞩目中国的一个政策。写这样一个题材的小说，限制实在是太多了。选材本身就是限制；如何表现，用什么样的分寸来表现，都很难把握。但这个时候我又想到了小说创作一个最基本的原则，就是写人，这刚才我也反复说过了。

这部小说出版之后，我在接受采访的时候也反复地说过，激发我要写这部小说真正的原因并不是计划生育这个国策，而是因为我家族当中的一个亲人，也就是我的一位姑姑。她当然不是我的亲姑姑，是我的爷爷的哥哥的女儿，也就是我大爷爷的女儿。我就是她接生到人间的，我的孩子也是她接生到人间的，她在几十年中是我们高密东北乡唯一的一位妇科医生。经过她的手接生到人间的孩子，据她自己说，大概有七八千人，是不是有夸张，这个我也无法落实。那么同是这样一个人，在实行计划生育的年代里，通过她的手，又是她来给上千个违规怀孕的妇女，施行了堕胎手术。我这个姑姑的性格也是非常鲜明的，她高声大嗓、风风火火，有一点天不怕地不怕的劲头。在过去那个年代里的乡村医生，半夜三更只要有人要生孩子，那你要去的，所以她经常深更半夜骑着自行车，冒着寒风或者顶着暴雨去给人家接生。而且她也很健谈，她也喜欢夸张，经常给我们讲各种各样鬼怪的故事。

2002年日本作家大江健三郎先生到我高密的老家去过年的时候，他就问我：你下一步想写什么小说。我说，我很可能要以我一个姑姑作为人物原型，来写一部关于一个乡村女医生的小说。大江先生对这个非常感兴趣,他说你能不能带我去见见你的姑姑。我的姑姑见到他以后开始滔滔不绝地说,然后一个翻译在旁边不断地翻。当然我知道我姑姑说的话,十分之一他都没有翻过去。第一,我姑姑有浓重的乡音;第二,语速极快;第三,有很多的专业术语。所以这个日本来的留学生,他根本无法跟上我姑姑的思维和语速,但即便这样,后来大江先生也是在很多次的演讲中和他的文章中提道:莫言有一个了不起的姑姑,有一个伟大的姑姑,她经常骑着自行车在冰上奔驰。

我没听到、没想起我姑姑讲过这么一个细节。他听成了,可能翻译给翻成了,在结了冰的大河上,我姑姑在大河的冰面上骑着自行车快速奔驰。在结冰的河上谁敢骑车呀,是吧?但是既然因为翻译造成这样的错误,那么后来我在写小说的时候,真的把这个细节给写进去了。我想这个人物,是像我这个高贵的日本同行大江先生也非常感兴趣的。他经常不断地来信问我:你还没写你那个小说,我非常着急地要看。我还是在反复地考虑,我觉得不能轻易动笔,不能轻易地把这个题材给糟蹋了,因为限制太多。那么终于到了 2008 年,就是在我们的奥运会开幕焰火升空的时候,我写下了这个小说的最后一笔,这真是有一点巧合。写完了最后一笔,我就站到我们家那个阳台上,看到了焰火。

这个小说涉及了如此敏感的题材,而写完之后,为什么能够出版,后来还得了奖?我想就在于正确地处理了小说环境跟小说里这个特殊人物的矛盾。我没有让事件淹没人物,没有着力展示计划生育过程当中发生的种种暴力现象,所写到的也仅仅是为了塑造人物的需要。稍微有点农村经验的同学们都会知道,或者回家问问你们的父母都会知道,国家的政策并没有规定他们强制执行,但是一旦到了下边,到了乡镇,那执行起来的话各种各样的手段都会发生。而乡镇干部本身也是满腹苦水,上边把这个作为一个非常硬的指标来考核他们的工作,一票否决。而中国的重男轻女这种封建意识,至今还是有很大的市场,在三十年前、二十年前,农村人的这种观念就更加深重。所以计划生育政策的推行,在农村引发了一场又一场激烈的对抗。

我没有把这些全部写进去,我只是选取了最有代表性的三个人物,写了三个女人。这三个女人都是在这种激烈的对抗中失去了生命,而在最后,我也写出了"姑姑"的丰富的人性。她本来是在驾船追捕一个违规怀孕的妇女,但是当她看到这个妇女在船上已经开始分娩,这个时候她说,她要过船去帮助她接生。这个违规怀孕的妇女的丈夫就说:收回你的魔掌!"姑姑"说这不是魔掌,这是一个妇科医生的手。当她看到这个孩子降生已经变成了事实,这个时候她作为一个医生的天性,作为一个妇科医生的天性又得以回归。

所以,我想我是在着力地刻画"姑姑"这么一个人,处在这么一种特殊的环境下,那种矛盾心态。她是一个妇科医生,她当然愿意看到婴儿出生,她当然愿意像天使一样,把生命接到人间,她当然愿意看到产妇和产妇的家人,得到新生命之后那种喜悦之情。但她同时又是一个共产党员,她是一个共产党培养起来的妇科医生,她是共产党的一个干部,她知道计划生育是国策,是党和政府对所有共产党员的一种号召。所以尽管她不断地被人打,甚至被人用锥子戳得鲜血直流,被很多人诅咒乱骂,她还是坚定不移地执行。但她内心深处的矛盾并没有解开,一旦时机到来,她的痛苦就会爆发。所以到了小说的最后,她退休之后,面对当下这种生育状态,她这个妇科医生的本能又占了上风。她也不断地反思甚至开始忏悔自己在过去的年代里所做的事情。她认为她的手是不干净的,她说她手上沾了两种血,一种是干净的、芳香扑鼻的,一种是脏的、恶臭的。她也经常会梦到,被她毁掉的很多婴儿夜里来跟她讨命。她嫁给一个泥塑艺人,两口子不断地根据她的记忆,把她想象中的那些没有出生的婴儿用泥土塑造出来,当然这都是象征性的情节。

所以,盯着人写,把情节作为塑造人物的需要,这么一种方式确定之后,我想索性就恢复到一种比较原始的书信体。《蛙》的前面四部分是用书信的方式,是用一个剧作家在创作一部话剧的过程中,不断地跟他的日本朋友通信的方式。写完了前面的四部分,我感觉到这个小说非常单一,言犹未尽,很多不能说,或者不方便说的话,无法在这种书信体里面表现出来。于是又灵机一动,在后面加了一个话剧。因为前面这个话剧作者在不断地跟日本作家讲他话剧的写作,到了最后那一部分,索性就让这个话剧呈现出来。书信体里面所展示的故事,很多地方是别扭的、是矛盾的,到底哪是真哪是假,我也没有说明,我想读者自然会得到一种判断。但是正是因为后边这一部分,跟前边这一部分的矛盾、冲突,我觉得恰好是比较完整地展示了姑姑这个人物的个性,也展示了我们这三十年来这样一个巨大的历史事件。

另外在我几十年的写作过程当中,我也感觉到的是:我们写人,实际上应该有一个高度。我们中国在"文革"期间和"文革"前的很多作品,尽管产生了很大的影响,但它并没有进入世界文学之林,这是一个客观的事实。我们过去把好人往往都写得完美无缺,把坏人都写得一无是处,这样一种写作,说是革命的现实主义,实际上是违背了生活真实的。我觉得从1980年代开始,这样一种写法得到了纠正,我在文学系这两年的学习当中,最大的受益就是这一点:应该把人当人来写。不管他是好人还是坏人,在作家笔下的应该一视同仁。一视同仁并不代表着我同意那些所谓坏人的观点,而是我尊重他作为一个人的权利。

我写一个日本兵。在我们过去的电影和小说里边,那都是野兽嘛,但是在我的《红高粱》里面第一次出现了这样一个日本兵:当他被游击队员砍下马来,面临着杀头的危险的时候,他从口袋里掏出了一个钱夹子,里面有他跟他太太和儿子合影的照片,那么这样一张照片就使我们举着马刀的中国人饶了他一命。这样一种描写在我们"文革"前的作品里面是不可能出现的,在"文革"中的作品当然更无法出现,并不是我们的老一辈作家没有这样的写作的能力,而是时代对他们的限制。我这样写也是我们社会的进步。

所以我觉得这个世界文学的高度,就是人的高度。我想中国很多成功的小说,国外很多成功的小说,都为我们提供了怎么样站在人的高度上来写作的经验。在当今的时代,我觉得我们的作家确实更应该站得高,更应该看得远,更能够从各种各样形形色色的人当中发现一种新人,具有新思想的人,代表了未来的人,拥有有价值的个性。这样有价值的个性,可能在当时是不被人接受的,但是终归在后来的历史中,他会被证明他是正确的。

在我们这个丰富的、波澜壮阔的时代里面,人性得到了最集中、最强烈的表现,那么恰好为文学艺术的创作者们,提供了一个最丰富的资源。深入到生活当中去,我们就会发现很多过去碍于目光狭窄没发现的东西,我们就会从好多矛盾对立的现象当中发现这个社会的本质。

我父亲今年九十岁了,他前些天过生日的时候我回去了。在生日宴席上他说了两句话,他说中国感谢共产党,高密感谢吴建民——

吴建民是我们高密的市委书记，他当政期间把自来水拉到了家家户户。当时一个在场的宣传部的干部，回去跟那个吴建民汇报，说那个莫言老师的爸爸，九十岁了，说高密感谢吴建民，中国感谢共产党。我们那个市委书记说：中国感谢共产党是对的，高密感谢吴建民是不对的。也有人说这是我教我的父亲这么说的。我当然不会教我父亲说这样的话，他是发自内心的。他是跟他自己过去的生活进行了比较，才得出的结论。他九十岁了，经历过了抗日战争、解放战争、解放后的种种运动、饥荒、疾病、战乱，全部经历过，那么直到今天，他才感觉是他一生当中所过上的最好的生活，他认为现在的农村是从来没有出现过的富足。他经常说，皇粮国税，无论多么圣明的天子都不会免。那么现在，农民种地不纳税了，而且种粮食还给补贴。过去衣食无着，现在吃不完，用不尽。他跟自己的过去比较，跟他的历史经验比较，因此他得出了这么一个结论。

但是旁边我的一个侄子就说：狗屁，一群贪官污吏。他得出了一个跟我父亲这个结论完全不一样的结论。我还是比较同意我父亲的观点。因为我父亲的观点，是一个有历史比较的观点，是一个从历史延续过来的老人进行了认真的思索之后得出的结论。而我侄子的言论，是一种"愤青"的语言，他不了解中国的历史。他尤其不了解我们这几十年来，是怎样一步步地到了今天。他只有二十多岁。他是1980年代末出生的，他生来下就过着衣食无忧的生活。他看到了很多人比他生活得更好。他看到了很多人在城里面过着他过不上的生活。他在电视上也好，在网络上也好，接触了很多类似的信息。因此他认为这个社会糟透了，这个社会的干部全是贪官污吏。当然他的话确实也指出了我们社会当中存在一些现象、一些问题，但是我想他不能客观地、完整地描述这个社会。因为他没有纵向的比较眼光。

所以我觉得我们小说家,应该既有纵向的历史眼光,又有横向的现实眼光,然后形成一个焦点,对我们的社会现实进行定性分析,来为我们社会下一个结论。然后,站在这样的焦点上来研究人,研究各个层次的人,了解我们社会的主流,了解我们社会的支流,了解我们的成绩,了解我们的弊病。然后从中发现新的思想,提炼新的主题,塑造新的人物,探索新的形式,写出无愧于我们时代的作品。

想象的炮弹飞向何方
——在复旦大学创意写作班上的演讲

时间：2012 年 5 月 18 日
地点：上海

非常高兴，又一次坐到复旦的各位研究生面前跟大家一起交流。看到今天的题目——"想象的炮弹飞向何方？"我马上就想到了姜文前年拍的电影《让子弹飞》，还有我自己在 2004 年写的一部长篇小说《四十一炮》，里面确实描写了很多炮弹在空中飞翔，但最后的落点都很不明确。想象力其实是最近几十年来反复强调的问题。记得有一年，我们很多作家在一块儿开会，给中国当代文学挑毛病。有的人说我们的文学缺血性，有的人说缺思想，有的人说缺文化，我觉得还是更缺乏想象力。按理说每个人都有自己的想象力，即便是大脑有障碍的人也依然有他的想象力。我们还经常看到某些有生理缺陷的小孩，在音乐或者绘画方面表现出非凡的才能。

我想，作家的想象必须借助于形象，而形象有它的物质基础，所以我们不能把想象力当成一种玄而又玄、完全不可捉摸的思维现象，它自有其可供研究的路径。同样是作家,由于每个人的出身、经历、个人体验等种种差异,导致写作风格有很大差别。没有一个作家会承认自己没有想象力,但想象力所依据的物质材料是有区别的。我们这一代作家,尤其是像我这样的作家,从小生活在乡村,十来岁被赶出校门,回到乡下,然后就进入了成年人的世界,加入集体劳动的行列。那时候,我们每天打交道的就是田野里的各种庄稼——小麦、玉米、高粱、大豆、番薯;每天接触的人就是生产队里的老人、妇女以及跟我差不多大的孩子;我们所看到的动物也就是生产队里的马、牛、羊、驴——偶然会看到骆驼、猴子、虎、熊,那是杂耍班子来巡回演出的时候才能见到的。我们还会看到各种各样的鸟——云雀、百灵、鹌鹑、鹧鸪等等。当我拿起笔来写作的时候,如果要写的跟我的少年时代有关,跟我的农村经验有关,那么我刚才所列举的这一系列"物质现象"——或者说是"器物",就必然地会流出我的笔端。

  我的想象力实际上是依附于我从小所接触的这些物质材料的——我不可能写出"甘蔗林"来,只能写出"红高粱"来,因为我从小就在高粱地里钻来钻去。我在集市上买过甘蔗,我知道什么是甘蔗,知道它味道很甜,也在图片上见过它的形状,但我没有亲身实地地钻到甘蔗林去体验过。即便是在我成了作家以后,我到南方去,要钻进甘蔗林里去体验的时候,这样的体验已经很难进入我想象的材料,它已经不可能跟我过去的生活建立一种亲密的联系,所以很难成为我的写作素材。在这样一个基础上,我们可以说:作家的想象的区别主要是一种"物质性"的区别,而不是一种生理的或心理的区别。因为每个作家在生活中接触最多的物质决定了这个作家的想象力所依附的物件,这些物件决定了这个作家想象的特征。所以,八〇后这一批作家、九〇后这一批作家,他们的小说为什么跟我的小说、跟安忆老师的小说有这么大的区别？我想，原因就在于我们的小说里所描写的生活大不一样，在于我们的想象力所依附的材料有非常大的区别，这一点是先天就决定了的。也就是说，一个作家写什么、一个作家依靠什么展示他的想象力，实际上在他拿起笔来写作的时候就已经确定了。

当然，我们也必须承认，在想象的能力这一方面确实也有差异。有些作家"胡思乱想"的能力显然比其他作家要强大一些。有的作家更多的是依靠他的知识和学问来编织故事和调遣语言的，有的作家则是依靠天马行空般的联想能力。我觉得从某种意义上说，文学创作中的想象力可以理解为一种联想的能力，那是一种由此及彼的能力，是"由天空联想到海洋""由海里的鱼联想到天上的鸟"这样一种能力。这跟后天的实践也有密切的关系。当一个人过早地脱离了群体，进入一种孤独生活状态的时候，也许就是对他的想象力的最好的训练。我觉得自己多少还是具备了一些这样的联想能力，这可能跟我早年的生活经验有关。我十岁、十一岁的时候就被赶出了学校，头两年因为年龄非常小，无法跟大人一起从事沉重的体力劳动，所以生产队就分配我去放牛，放牛的时候我就顺便带上自己家的羊。我的小说里反复出现过这样一个场景：

> 一片一望无际的草地，一个少年赶着牛羊在放牧。为了节省时间，他中午一般不回家吃饭，早上走的时候已经带好了中午的口粮——一个窝窝头或者两个红薯。一整天的时间一个人待在同一个地方，他的伙伴就是牛或羊；他听到的声音就是牛的叫声、羊的叫声或鸟的叫声；他看到的事物就是各种各样的草、各种各样的野花；他嗅到的气味就是植物散发的气味或者牛和羊

的粪便的气味;他躺的地方可以看到湛蓝的天,看到天上飘动的白云;可以听到非常婉转的像歌唱一样的鸟叫。

你可以跟那些动物、植物建立很亲密的联系,仿佛跟牛羊是可以进行交流的;你会感觉到你讲的话,牛和羊是可以听懂的;你仿佛也能感觉到在头上不断盘旋的鸟的声音的意义是可以理解的。曾经流传说我们那个地方有懂鸟语的人,后来我在放牧牛羊的时候感觉到我也能够部分地猜测到鸟的叫声的含义——如果我到了一个新的地方,周围是很茂密的草,这时候有两只鸟在我头上非常焦虑地盘旋,发出尖厉的叫声,我会猜它的巢一定在我周围不远的地方,而且那个巢里一定有它们的蛋或者幼鸟。果然,如果认真找的话很快就可以找到。如果我听到一对鸟在高空盘旋并愉快地鸣啭的时候,我就知道它们的窝一定离得很远,而且这对鸟一定是在恋爱,它们的精神状态很愉快;有时候也会听到鸟发出非常悲惨的叫声,我就知道这只鸟很可能是得了病;有时候听到一只鸟发出焦虑不安的、烦躁的叫声,这只鸟身上一定是生了虫子。假如有人把这样的鸟打下来,扒开它的羽毛,就会发现里面生满了虱子。我就是从这个时候才知道,动物和人之间实际上是可以交流的。

我觉得植物也是有情感的,有的植物如果你对它好,它就会很愉快地生长。由此,我联想很多小说情节。我有一部还没写完的小说,写的是一个女人跟她的婆婆经常闹矛盾,她不敢骂她的婆婆,就每天骂院子里那棵树,结果用了半年时间把一棵茂盛的树给骂得枯死了。当然这是一个极度夸张的情节,但我觉得它是成立的。人类的某些情感、某些极端行为的确会影响到植物,这是一种"超感"。如果把这种联想写到小说里,读者可能就会认为这个作家很有想象力。实际上,这只是儿童的把戏。

在童年时期,我们每个人都会想入非非,有各种各样的想象,有的是依靠书本情节延伸的想象——读了《红楼梦》,男的就把自己想象成贾宝玉,有那么多女孩子围着你,爱你,追求你;女孩子把自己想象得天香国色,想象得无比多情,把自己变成小说里的人物,把自己感动得眼泪汪汪,有的甚至把自己感动得得了忧郁症,想去自杀。我想,这些也是优秀读者的最基本的条件。所谓"粉丝"实际上就是一些能够不断联想的人,就是能够通过联想把自己跟他所熟悉的事物建立密切关系的人。我觉得小说无论写得多么好,如果不能和读者的想象力嫁接起来、连通起来,那么这部小说是不会打动读者的。我们的作品只有通过艺术魅力引发读者的联想,让作家的想象力跟读者的想象力连接在一起,才能真正地感染读者。只有这样才能获得真正的"粉丝"。批评家是不具备这种能力的,批评家一般不依靠感情来阅读——他们是用理智来阅读的,他们是在"分析"作家。所以,当哪个批评家说"我是你的'粉丝'"的时候,我知道他是在讽刺我,因为这绝对不是一句真话——他有那么强烈的理智、那么清醒的头脑,是不可能跟小说里的人物建立关系的。他们只会跟作家的文本建立关系,只会跟作家的创作主体建立关系。

我想给大家朗读一段《四十一炮》里面所描写的"想象的炮弹飞向何方"。在这部小说的最后一章,我确实让主人公连发了四十一炮。这四十一炮可以理解成真实的炮弹,也可以理解成想象的炮弹。大家会感觉到这些炮弹像姜文电影里的子弹一样,是一种高速摄影,它们的飞行是能够看到轨迹的。下面我来念一段:

那个小男孩,把一枚用丝绵擦得光芒四射的炮弹递给老头。

我眼睛里含着泪水，心中热浪翻滚，仇恨和恩情，使我热血沸腾，非放炮难以排解。我擦干眼睛，镇定精神，骑跨在炮后，无师自通地测距，瞄准，目标正前方，距离五百米，老兰家的东厢房，围绕着那张价值二十万元的明代方桌，老兰和三个镇上的干部，正在搓麻将。其中一个女的，生着一张粉团般的大脸，两道细得像线一样的眉毛，一张涂得血红的嘴巴，模样让我们讨厌，让她跟着老兰一起去吧。去哪里，上西天！我双手接过老头子送过来的炮弹，放在炮口，轻轻地松了手。是炮筒自己吞了炮弹，是炮弹自己钻进了炮膛。先是轻微的一声响，是炮弹的底火被炮底撞击的声音。然后是轰隆一声巨响，几乎震破了我的耳膜。那些看热闹的小黄鼠狼抱着脑袋吱吱乱叫。炮弹拖着长长的尾巴，飞向天空，在月光中飞行，发出尖利的呼哨，像一只所向披靡的大鸟，准确地降落在既定的目标上，一团蓝色的强光过后，传来轰隆一声巨响。老兰从硝烟中钻出来，抖抖身上的尘土，发出一声冷笑。他安然无恙。

　　我调整炮筒子，瞄准了姚七家的厅堂。那里有一圈真皮沙发，沙发上坐着老兰和姚七。他们窃窃私语，正在商量见不得人的事情。好吧，老姚七，让你和老兰一起见阎王。我从老头子手中接过炮弹，轻轻一松手，炮弹呼哨着出膛，飞向天空，穿透月光。命中目标。炮弹穿透房顶，轰隆一声爆炸，弹片飞溅，多数击中墙壁，少数击中房顶。一块豌豆大的弹片，击中了姚七的牙床。姚七捂着嘴巴喊叫。老兰冷笑着说：罗小通，你休想打中我。

　　我瞄准了范朝霞的理发室，从老头子手中接过炮弹。两发没消灭老兰，心中略感沮丧。但没有关系，还有三十九发炮弹，老兰你迟早躲不过粉身碎骨的命运。我让炮弹落进炮膛。炮弹像一个小妖精,唱着歌子飞出炮膛。老兰躺在理发椅子上,闭着眼睛,让范朝霞给他刮脸。他的脸已经很光滑,用丝绸摩擦也发不出一点点声音,但范朝霞还是刮,刮。据说刮脸是一种享受,老兰发出鼾声。多年来,老兰利用刮脸的机会睡觉,在床上,他总是失眠,勉强睡着,也是半梦半醒,蚊子哼哼一声也能把他惊醒。心中有鬼的人,总是难以入睡,这是神给他们的惩罚。炮弹穿透理发室的顶棚,嬉皮笑脸地落在水磨石的地面上,沾上了许多令人刺痒的头发楂子,然后愤怒地爆炸。一块像马牙般大小的弹片,击中了理发椅前的大镜子。范朝霞的手腕子被一块黑豆大的弹片击中,刀子落地,跌缺了刀刃。她惊叫着,趴在地上,身上沾了许多头发楂子,令人刺痒。老兰睁开眼,安慰范朝霞:不要害怕,是罗小通这个小贼在捣鬼。

第四炮瞄准肉联厂的宴会厅,那是我特别熟悉的地方。老兰在那里设宴,招待村子里过了八十岁的老人。这是一个善举,当然也是为了宣传。那三个我熟悉的记者,忙着摄影录像。八个老人围着桌子团团坐,五个老爷爷,三个老婆婆。桌子正中,放着一个比脸盆还要大一圈的蛋糕,蛋糕上插着一片红色的小蜡烛。一个年轻的女子,用打火机把这些蜡烛一一点燃。然后,让一个老婆婆吹蜡烛。老婆婆满嘴里只剩下两颗牙齿,说话含混不清,吹气哧哧漏风,要把蜡烛吹灭,是件很大的工程。我接过炮弹,松手前心中有些犹豫,生怕伤了这些无辜的老人,但目标已经选定,哪能半途而废?我替他们祈祷,跟炮弹商量,让它直接落到老兰头上,不要爆炸,砸死他就行了。炮弹一声尖叫,飞出炮膛,跨越河流,到达宴会厅上空,滞空千分之一秒,然后垂直下落。结果您大概猜到了吧？对，一点不错，那发炮弹，大头朝下，扎在了那个大蛋糕上。没有爆炸，也许是蛋糕缓冲，没使引信发火，也许是一发臭弹。蜡烛多数熄灭，只有两根还在燃烧，彩色的奶油四溅，溅到了老人的脸上，还溅到了照相机和摄像机的镜头上。

第五炮，瞄准注水车间，这是我的光荣之地，也是我的伤心之地。夜班的工人们，正在给一批骆驼注水。骆驼们鼻子里插着管子，神情怪异，一个个都像巫婆。老兰正在对窃取了我的职位的万小江交代着什么，说话的声音很大，但是我听不真切。炮弹出膛的尖啸，使我的听力受了伤害。万小江，你这个混蛋，就是你把我们兄妹逼得背井离乡。我恨你甚至胜过恨老兰，真是老天有眼，让你撞在了我的炮弹上。我克制着激动的心情，调整好呼吸，让炮弹温柔地落进炮膛。出膛的炮弹宛如一个长翅膀的小胖孩，外国人把它叫作小天使，小天使朝着既定的目标飞。穿透天棚，落在万小江的面前，先把他的右脚砸烂，然后爆炸。弹片把他突出的大肚子炸飞，身体却完整无损，好像一个手段高明的屠户干出的活儿。老兰被爆炸的气浪掀翻，我脑子里一片空白。等我清醒过来，看到这个家伙，已经从满地的污水中爬了起来。除了跌了一屁股泥巴，他身上连根汗毛都没有缺少。

总共放了四十一炮，每一炮都瞄得很准，每一炮都可以用眼睛追踪，但每一炮都打不死他的仇人。老兰是村里的村长，是这个小孩的杀父仇人，也是他母亲的相好。这个孩子就在想象中用炮弹消灭仇人。前面连发四十炮，都没有把老兰消灭，到最后一炮他完成了自己的目标。我还是来读一下：

老太太将手中的萝卜一扔，从老头子手里夺过了第四十一发炮弹，一膀子将我扛到了旁边，嘴里嘟哝了一声：笨蛋！她站在了炮手的位置上，气呼呼地、大大咧咧地、满不在乎地将炮弹塞进了炮膛。第四十一发炮弹忽忽悠悠地飞上天空，简直就是一个断了线的风筝。它飞啊，飞啊，懒洋洋地，丢魂落魄地，飞啊，完全没有目标，东一头西一头，仿佛一只胡乱串门的羊羔，最后很不情愿地降落在距离超生台二十米的地方。一秒没炸，两秒没炸，三秒还没炸。完了，又是臭弹。我的话还没出口，一声巨响，封住了我的嘴巴。空气颤抖，像老棉布一样被撕裂。一块比巴掌还要大的弹片，吹着响亮的口哨，把老兰拦腰打成了两截……

最后，是这个老太太把罗小通的杀父仇人打成了两半。这实际上就是一种想象力的表现，因为如果我们有点军事常识就会知道，炮弹的速度是肉眼根本无法追踪的，炮弹的落点也是放炮的人不可能看到的，更不可能把炮弹当动物一样来描写。炮弹不可能自己选择方向，弹着点附近的一切情况，作为一个遥远的放炮者也只能想象，无法同时感受。但在小说里面，作家就可以突破这些真实生活经验的限制，突破所有科学定律的限制，用想象力把炮弹当成人和动物那样来描写，让炮弹带上感情，让这样的描写充满各种各样的情感，有的是幽默的，有的是戏谑的——本来是一个孩子放炮消灭自己的杀父仇人，这是一件非常痛苦、非常愤怒的事情；但在一炮又一炮的连续射击过程中，这种沉重感、严肃感完全被消解了，最后变得荒唐、幽默、戏谑、无厘头，让你看了哭笑不得。一个严肃的复仇活动成了一场闹剧。这一切都是要借助联想和想象来完成的。如果我们按照现实主义的笔法来写,四十一炮也就是几分钟的时间,几百字就可以写完,不可能给它赋予审美效果。

今天的题目就让我想到了我小说里的这段得意之笔。《四十一炮》前面都是废话,精华就在半真半假、半虚半实、半像梦幻半像真实的这连发四十一炮的描写。当然,《四十一炮》是多年前的作品,当时的许多创作感受也都忘记了。它是一部儿童视角的作品,主人公就是一个始终没有长大的孩子,他在滔滔不绝地对着一个和尚讲述自己的童年往事。这就决定了这部小说的基本风格是极度夸张的,充满了儿童的恶作剧。这里面的很多话看起来像真的一样,实际上都是假的;很多话看起来是假的,实际上是真的。我想,这也是作家借助想象力来解决生活中很多无法用小说来表现的社会现象的一种技巧。这部小说写的是在我们生活中处处可见、每个人都深受其害的注水肉现象——吃素的人就没有受害。注水肉存在了几十年,一直没有断绝。如果仅仅是以小说的方式把注水肉的危害、把内部的秘密、把罪恶的生产链条揭示出来,我觉得没有任何意义,任何一个记者都可以完成得比我好,所以我就把这件事变成了象征性的描写。

首先我想,写这样一个事件还是要写人,我就确定了主人公是一个长不大的孩子。小说里的另外一个人物,也就是所谓的"反面人物",跟过去很多小说里的反面人物是不一样的,那是一个村长(最初我把他写成一个村里的党支部书记,后来觉得写党支部书记总是不太好,还是写村长吧。当然我知道这样写是违背了现实,因为村长只是一个杂役,村里真正有权力的是书记,书记决定一切,书记领导一切。但我只能把他写成村长,这个村里没有书记)。这个人的好处在于发家不忘乡亲,他是这个村里注水肉的发明者,他发明了形形色色的注水方式。过去,人们用的是非常笨拙的方式:在把动物杀死以后，用管子往它体内注水。这个人发明了一种在动物死亡之前注水的方式，注入的水可以深入到动物的每一个细胞里去。另外，过去是注清水，特别容易腐烂，后来他把福尔马林（就是医院里浸泡尸体的药液）跟水掺杂在一起，注射到还没有死亡的动物体内。这样一来，屠宰出来的肉的品质看起来就特别好，肉色特别光鲜，而且长期不会腐败，所以人们一看就认为是品质最好的肉。他依靠这样的方式发了财，因为他的肉比别人的好看，卖得多、卖得快。他当了村长以后，就把自己掌握的所有的注水秘诀传授给村民——因为这是一个屠宰村，是专门以杀动物为业的村庄。在他的带动下，屠宰村蒸蒸日上，大家都发了财，村长也获得了很高的声誉。这个村庄由此进一步扩展，有了钱就建肉联厂，不仅杀猪杀羊，还开始杀骆驼、杀鸵鸟，杀各种各样稀奇的动物，来满足人们日益繁杂的高贵的口味。有了钱以后他也做好事——修桥、补路、建学校、建养老院，让村里没有劳动能力的人过上好生活，让村里的孩子享受最好的教育条件。最后，我们很难确定他是个好人还是个坏人（在第四炮的时候，我也写到他买蛋糕给孤寡老人过生日），他变成了一个在特殊的历史时期产生的、很难界定好坏的特殊人物。这样一来，我们生活中司空见惯的事件可能就具有了另外的意义。

我们评判一部小说最终还是要看它有没有写出典型、独特的人物形象。我想，过去的小说里肯定也出现过老兰的同类人物，但在我的小说里，老兰比他的同类人物具有更加复杂的个性。复杂就在于他已经不能用好和坏、善和恶来界定。他有天使的一面，也有恶鬼的一面。他有英雄好汉的一面，也有懦夫混蛋的一面。我想，作家的想象力也表现在作家构思过程中对人物的想象上。我们每个作家的头脑里面都有一个人物的行列，这些人物我们还没来得及写，这些人物在我们的记忆中留下了深刻的印象,我们决定早晚要把他们写到小说里去。但这些人物肯定是简单的,不能原封不动地搬到小说里成为小说人物。我们必须根据作家自身的成长,必须根据社会的发展,给这些我们在头脑里存放了几十年的旧时代的人物赋予新的意义。这样的人写出来应该具有时代感,应该是时代的英雄人物,或者说是时代的"新人"。这些"新人"并不具有进步的意义,不要求他是先进模范典型。我说的文学上的"新人"是指他在典型意义上是新的,他在过去的文学人物画廊里是没有出现过的——即使出现过同类人物,你也得赋予他一些新的东西。那么,怎样使我们头脑有的人物模式变成"新人"呢?这就需要作家的"思想的想象"。(我知道很多批评家认为我是一个没有思想的作家,我当然是不太愿意承认的。我觉得,即便是再笨的人也有思想。我当然认为我是有思想的,我的思想实际上是通过我作品里的人物表现出来的。我不能自己跳到小说里大段大段地演讲,我不能像托尔斯泰那样在《战争与和平》里把自己对战争、对人生的许多看法纯粹地用议论的方式表现出来——尽管他是伟大的作家,尽管《战争与和平》是伟大的作品,但我还是觉得大段的、哲理的议论实际上是小说的败笔,或者说违反了小说最基本的规则。我觉得,作家的思想还是得曲曲折折地通过作品里的人物表现出来——未必是通过正面人物"好人"来表现,有时候甚至是通过作品里的"反面人物""坏人"来表现。)

总而言之,小说尽管可以写古老的事情,可以写民国,也可以写秦朝,甚至可以写远古、写神话,但即便是以历史、以过去为素材的小说,也必须具有当下性,必须具有现实意义,必须跟我们当下的生活建立一种联系——或者说,必须让我们的读者通过阅读这样一些历史题材的作品联想到他自己正在过着的生活。这样一种当下性的获得，就需要作家把自己从生活中获得的新的思想（有的甚至是一些不成熟的朦朦胧胧的感受）注入人物形象里去。这就需要作家广泛地阅读，广泛地接触各种有思想的人，从他们那里偷，从他们那里学，把别人的东西拿过来变成自己的东西；或者把几个人的思想通过自己的头脑，加工、整理、提高成你自己的东西，然后灌注到小说人物形象里去。所以，我觉得想象力在写作过程中会表现为作家的思想的想象力，或者哲理的想象力。这样的作品会有比较高的品质，因为文学作品最终还是要有思想的，最终还是要通过对人的描写、对社会生活的描写，表现出作家的生活理想，或者说理想的生活模式——包括作家对未来的批评、对未来的憧憬、对理想社会的构思。这就是思想的想象力。

另外，我觉得人物肖像也需要想象。过去的小说经常会把坏人写成独眼龙、一脸麻子、秃头、贼眉鼠眼，等等。乍看起来很有想象力，实际上是没有想象力。真正的好的作家，他笔下的人物肖像也是非常独特的，是寥寥几笔刻画出来却让人难以忘却的，是画家读了小说之后立刻能把心目中的小说人物画出来的。

我认为作家的想象力也表现为对故事的想象。生活中每时每刻都在发生许许多多的故事，有的本身很传奇、很精彩，因此有很多作家发出叹息：生活远远超出了我们的想象，生活中发生的事已经让我们这些以编故事为生的人感到惭愧。但我一直认为，生活中的故事无论多么精彩、多么传奇，都不会原封不动地变成小说，必须经过作家进一步的想象、加工、取舍、合并、综合，然后才可能变成文学中的故事。因此，作家必须具有对故事的想象力，因为同样一个故事如果略加改动就会变得非常含蓄、非常有意义，或者说是非常的多义。如果原封不动地写进去，善恶的界限有可能就很明确，这样的小说在我心目中不是特别好的小说。

再者,我想作家必须有对细节的想象力。故事再好,人物形象再丰满,都必须通过大量的细节来完成。故事只是一个棵树上的枝干,还要有树叶、花朵和果实,树叶上要有纹路,果实要有色彩和气味,这些就属于小说的细节。对细节的想象也是对一个作家想象力的最大的考验。像我刚才读的"四十一炮"写了整整一章,一万多字。如果仅仅是放炮,那么四十一炮,五百字差不多就放完了。我把它写成一万多字,这就需要大量的细节。炮弹从空中落到蛋糕上,这是一个情节;蛋糕上的奶油飞溅起来,这就是一个联想性的细节;飞溅的奶油溅到周围老人的脸上,这又是细节的延伸;溅到一个老人布满皱纹的脸上——白色的奶油和一张烟色的老脸。如果再溅到他的鼻子上,溅到他的眼睛上……这些细节的联想就可以栩栩如生地展示在我们的头脑里。这样写下来可以无穷无尽地往下延伸,这一炮就可以写几千字:

房间里有六个老人,三个老太太和三个老头。三个老头,一个胖的,一个瘦的,一个不胖不瘦的。三个老太太,一个白头发的、一个黑头发的和一个没有头发的;一个有牙的,一个剩下两颗牙的,一个满口假牙的。他们的性格也各不一样:有一个老太太喜欢尖声地高叫,一个老太太喜欢用没有牙的口唱童年时的歌谣。奶油溅到他们脸上,有个老头发呆了,有个老太太用弯曲的食指把两边的奶油刮下来摸到嘴里去,一尝真好吃,然后再刮,再吃。另外一个老太太破口大骂,双手搓脸,把脸上的奶油搓得像雪花膏一样,一张黑脸变成了一张白脸。

这些细节的想象可以无穷地延伸和放射，就像一棵树的枝干可以叉出无数的细枝，细枝上又布满了各种各样的叶片、果实和花朵。这样一来，情节就会变得非常丰满。

过去，有很多文学青年跟我探讨，说："我有这么精彩的故事，为什么几百字就写完了？为什么写出来感觉非常干瘪，非常没有表现力？"我觉得就是缺少细节的想象力。因此我想，正在学习写作的同学们，在确立好故事的枝干之后，一定要在细节的联想方面有意识地加大力度。

《聊斋志异》里有一个非常精彩的细节描写：有一年夏天，某个地方青天白日，突然空中响起一阵雷声，一条龙从天而降，落到打谷场上。这确实是很荒诞的一个情节，因为没有任何人看见过这样的情景，但接下来蒲松龄就厉害了：在烈日暴晒之下，这条龙身上渐渐散发出腥臭的气味，整个村庄的苍蝇都来了，集中起来落在龙的身上。这么多苍蝇在身上爬来爬去，龙非常痛苦。这时候，它突然让身上的鳞片慢慢张开。我们可以想象，龙像鱼一样，身上布满了鳞片，鳞片全都炸开了，苍蝇钻到鳞片下面去吮吸里面的黏液。这时，龙身上的鳞片突然闭合，把钻到里面的苍蝇全部夹死。然后它又张开鳞片一抖，把里面的苍蝇全都甩出来，再把另一批苍蝇夹死。这样几个回合下来就把全部的苍蝇消灭得差不多了。

这个细节栩栩如生，仿佛是蒲松龄亲眼见过的。我们读了以后也仿佛亲眼看到了这样的景象。这种准确的、传神的细节描写，使整体上虚幻的故事变得非常具有真实性，让一个虚假的故事具有了巨大的说服力。这也是拉丁美洲魔幻现实主义的看家本事，所以有人说我们中国作家很多魔幻的描写是从拉美那边学来的。我觉得不是，因为中国古典文学里早就有类似的东西。拉美文学的看家本事就是细节的无比真实性和整体的小说氛围的虚幻莫测——用高度真实的、让每个人都可以从自己的生活经验中得到印证的细节描写,来确定虚幻的情节的说服力。

卡夫卡的《变形记》实际上也是借助了这个技巧:一个人早上起来变成了一只甲虫——这毫无疑问是痴人说梦,谁都没有看过、体验过这样一种"变形",但他后来描写的细节不断累加,最后就把这么一个虚幻的故事变得真实。他写他的妹妹怎样嫌弃他,把吃剩的苹果核扔到他身上,把干瘪的苹果硬粒砸到他身上。因为他的身体已经腐烂,干瘪的苹果竟然深陷在里面。然后写他身上怎样发出气味,怎样干瘪收缩,最后被扫出门去。

用细节的真实来证实故事的虚幻,这样一种技巧是中国古代作家和西方作家都在不断使用的。在中国,它本身是有源头的。在我们的唐宋传奇里面,包括在《红楼梦》《水浒传》这样一些经典作品里面,都可以找到很多类似的例证。所以我想,在当下的生活描写里,还是必须把它当作我们最重要的手段。刚才我拿自己的《四十一炮》来举例子,就是想说我们必须在自己生活经验的基础上,进行丰富的联想和转移,把发生的牛身上的事件转移到马身上去,把发生在动物身上的事件转移到人身上去。这样的描写会使我的笔下出现源源不断的感受。如果没有这种对细节的联想能力,我们的故事无论多么曲折传奇,我们的文笔无论多么优美,我们的脑子里无论积累了多少词汇,哪怕能背诵现代汉语词典,写起小说来也还是学生腔调。

我曾写一个短篇,里面就有一个类似蒲松龄笔下的细节描写。当然,我不会写天上掉下一条龙来,我写的是20世纪70年代的时候,中国进口了一批澳洲的羊毛,羊毛里带来一种特别厉害的牛虻。这种牛虻长大后有指甲盖那么大,或者有杏核那么大。它吸血的功能特别强,而且速度极快,一旦腾空而落,扎到牛身上,几秒钟时间就可以把自己涨得像个像乒乓球那么大。牛一见这种牛虻就纷纷往河里跑,只留两个鼻孔。过了几分钟,就看到河面上漂起一片红色的气泡。仔细一看,不是气泡,全都是吸饱了血的牛虻在漂着。这个细节我当然没有见过,真实的牛虻也没有那么大,但我用这样一种方式写出来,谁还能不信呢?大家即便感觉到有几分夸张,有几分魔幻,但这个场景我估计会给人留下很深的印象。你可以想象牛怎样鸣叫,怎样挣断自己的缰绳往河里奔跑,然后一头扎到河里溅起浪花,牛虻像轰炸机一样从天而降,钻到牛身上。

我们除了有思想的想象力、人物形象的想象力、故事的想象力、细节的想象力,还要有画面的想象力。画面的想象力也跟作家的经验有关系。你让我想象上海里弄里的生活情景,我即便看多少资料和纪录片都不行,那些是死的。我一想象就会想到刚才讲的那些河流、庄稼地,这些东西跟我的人物、跟我要写的故事紧密地联系在一起。一个一个画面连缀而来,首先就可以解决笔下无物可写的困境,因为要写得太多了,笔墨不够用。又要写人,又要写植物,又要写画面,又要写动作,又要写人的对话,还要写人的思想、联想,你会感觉到一支笔难以满足同时映现在你脑海里的种种景象和事物。

还有一点很重要,就是我们的想象力要表现在语言上。文学肯定是语言的艺术,一个作家具备了我刚才所说的很多想象的品质之外,如果在语言方面没有想象力,那也是没有意思的。语言的想象力表现在作家的语言感受上,一个人头脑里到底储存了多少词汇你是无法知道的,用电脑测不出来,心理学家也测不出来。因为我们在写作的时候经常会冒出许多富有新意的词汇。这些词汇,有的是过去的词典上可以查到的,有的是查不到的,是我们所要描写的细节或景物在我们头脑里固有的储存的词汇的刺激之下产生的新的组合,这样一来它一下子就可以被看懂。有的时候,本来是描写人的情感的词汇突然可以用到描写景物上,而我们写植物的一些常用词汇也会突然跳到笔端,用来描写人物的生理感受。这样的想象很多时候是在无意识中完成的,并不是作家想要创造新的语言、新的词汇、新的语法。这种无意识是建立在联想能力上的,也是建立在作家的书面知识和生活经验的积累之上的。不断写作的过程训练出了作家的这样一种能力:当你的叙述语调确定之后,当你进入了这种创作过程,而且把各方面的机能调整到最好的状态之后,对语言的想象力就会在不自觉的过程中完成。

我觉得我的学养和我的知识无法让我对语言的想象力进行更加细致的解释,这需要语言学家和心理学家来完成。但我可以确定地说:作家必须意识到语言需要想象,作家必须意识到在写作过程中要有对语言创新的追求。不仅要把过去的作品所没有的思想灌注到人物的头脑里去,不仅要讲一个突破窠臼的新的故事,不仅要用大量的、生动的、创造性的细节来丰满我们的故事,还必须用一种新的、跟过去作品里使用的语言不同的表述方法。当然,难度非常之大,因为写作最大的惯性还是语言的惯性,有许多你常用的句式、喜欢的修辞方式会在写作的下意识中重复地使用。所以我说一个作家是有局限的,不可能无限地创新,也不可能无限地创造。但有这种意识总比没有这种意识好,追求新鲜、追求独创总比只希望写出一本新书来而不管有没有新的元素要好得多。

当然,小说的结构也需要想象力。小说的结构方法有点像盖房子,像房间外形的结构方法,像园林建筑,但又不完全一样。结构,有时跟小说的内容也密切相关——尤其是长篇小说,可以按部就班地按照时间发展的轨迹慢慢往前讲；也可以把时空切割得非常碎，进行一种新的组合；可以根据人物来结构，也可以根据视角的不断变化来结构；还可以用不同的文体来形成小说的结构。有时候仿佛山穷水尽，但一想，还有可能柳暗花明。

总之，我认为小说的创作和创新是无止境的，一个作家对小说的迷恋也正是因为小说创作和创新的无穷无尽的可能性。

现场互动：

问：王安忆老师要求我们对小说中的想象要找到现实的依据，要求我们在塑造小说人物时遵守某种规则。如此看来，想象似乎也是有一堵"墙"的，但独特的私人经验性的想象会不断挑战"墙"的局限？请谈谈您的看法。

答：想象力的通道并不总是畅通无阻的，经常会出现障碍，这是毫无争议的。我们每个人的状态时刻都在变化，写得特别顺的时候会下笔千言、倚马可待——我当年也创造过一天写 17 000 字（两个短篇）的记录。这必定是想象力非常畅通、各种状态非常好的时候；有时候你又会觉得写得非常难，故事推进不下去，写出来的句子苍白无力，没有一点艺术感染力——这就是想象力受到了限制。这就需要作家在写作过程中不断调整，保持最好的状态。另外也需要作家不断地给自己训练，养成坐到书桌前几分钟就能进入最佳状态这样一种条件反射——当我坐到书桌前，叼起烟，所有跟文学有关的细胞都被激活了。

还有就是局限性的问题。想象力实际上也是有局限的，刚才也反复讲过了。让八〇后来写我这样的小说对他们是一种折磨——我看到过八〇后写的二十世纪三十年代或五十年代背景下的故事,但我总觉得像一群小孩在说梦话。我们在舞台上、银幕上也经常看到一些靓男靓女穿着红军的服装在演革命戏,看了之后觉得简直是胡闹——哪有这样的红军啊!真实的红军肯定不是这个样子。再看现在那些表现战争的电影和戏剧,也觉得不对;回过头来看解放初期拍的《南征北战》《地道战》,那个感觉是对的,因为这帮人经历过那场战争,那些电影都是二十世纪五十年代、六十年代初期拍的,战争过去没有几年,空气中还弥漫着硝烟的味道,很多人身上的弹片还没挖出来,在后院锄地不小心就锄出一块炮弹皮子来,井里面会经常发现日本鬼子的尸体……在这样的大背景下演这样的历史戏,感觉自然就非常对。现在是和平年代,过去几十年了,这帮演员花天酒地,每天在酒吧里吃摇头丸,出来戴上红军的帽子、喊着革命口号,这就像荒诞剧、滑稽剧一样——不过喜剧表演也需要想象力。就是因为没有切身的生活体验,也没有做案头的准备工作,所以才不可能表现出令人信服的历史场景来。

像我这样一个出自乡村的作家,尽管在城市里生活了许多年,让我写城市,我还是觉得不能得心应手。当然,我可以用各种各样的方法来解决一些技术问题——比如我要写酒吧了,我就花一个月的时间,白天夜里都到酒吧里泡着去。写出来一看也挺像那么回事儿,但写的时候是没有情感的,没有童年记忆在里面,没有跟你的整个生命密切相关的东西,有的只是技术。这是没有办法的,这也决定了我们的社会需要很多作家。如果每个作家都是万能的,那么有几个作家就够了。所以,我只能写我的《红高粱》,王安忆也只能写她的《长恨歌》。

问：请您谈谈对小说前景的认识。

答：有的人很悲观，觉得小说死亡了，其实这个论调几十年前就有。我读到过四十年代汪曾祺在云南昆明联合大学写的一篇文章，他当时就说小说完了，因为当时美国好莱坞的电影对小说冲击很厉害。几十年后我们还在老调重弹，但小说依然在写，读者依然在看，作家还是认为小说是一个富有挑战性的、留有很大创新余地的艺术门类。我想，小说在总体上慢慢没落是一个难以避免的现象，不过在我们的有生之年，小说还是会作为一种重要的艺术形式存在着。

问：每个人都有想象力，但将其运用于何处是有很大差异的。在您那一辈作家的想象中，物质描写少；而年轻作家的想象中，物质充斥其中。您是怎样看待这种差异的？

答：社会生活是小说的源泉，没有生活就没有小说。而且对社会发生的重大问题、尖锐问题的关注也是一个作家必须做的功课——实际上，你既然生活在这个环境里，社会上发生的一切是躲都躲不过的。但是不是每个作家都要把描写重大社会问题当作自己必要的任务呢？我觉得也未必——当然，新中国文学一直把它当作作家的一项很庄严的职责，尤其是在延安文艺座谈会开完之后，作家写工农兵、体验工农兵的生活、把工农兵当作主要的服务对象和描写对象仿佛变成了文学工作者、艺术工作者的职责。但后来慢慢发生了变化。小说创作是多样的，作家也是多样的。即便是在鲁迅那个年代里，有鲁迅那样的小说，有沈从文那样的小说，也有张爱玲那种没有多少社会意义的小说——抗日战争时期，上海都沦陷了，张爱玲依然在写旧式家庭里母女婆媳的钩心斗角，只有对人性的锋利的解剖。这样的小说当然很有它的认识价值,说它完全没有社会意义也不对。

有些人批评作家,说:"你们一个个吃得肥肥胖胖,住着别墅,开着宝马车,根本不关心老百姓的疾苦。你们为什么不去关注一下农民工?为什么不去关注一下拆迁户?"我想这样一种愤慨是完全可以理解的,但一定要作家用自己的创作来完成这样的任务也是不讲道理的,起码是不太了解文学创作的规律。作家并不是什么都能写,我刚才反复强调每个作家都有自己的局限,每个作家都有自己的长项和短处。要求我像一个新闻记者一样深入到第一线,去拆迁现场,去建筑工地,写新闻报道式的小说——我觉得这本身就是一个无理的要求。

不过,我觉得自己对社会现实还是非常关注的,我觉得描写社会重大问题本身对作家也是一种挑战——但这是我自愿的,并不是哪个人下命令让我这样写,所以读者没有必要要求所有的作家都像我一样去写计划生育,写注水肉,写农民暴动。这样写是我自己的选择,并不是为了表现自己多么关心民间疾苦、跟底层百姓站在一起,不是为了用文学替受压迫的人鸣不平——我觉得这违背了我的创作初衷。我之所以写它,是因为这个事件触发了我的联想,触发了我的记忆,它激活了我头脑里储存的一系列人物形象,它让我从这样的事件里想到了我自己,激发了我的创作热情,也引发了在我心中沉睡了很多年的隐秘的情感,所以我要写它。

我在1987年写过一部《天堂蒜薹之歌》,这是现实生活中确实发生过的事件:在山东南部的一个县里,由于当地政府的官僚主义和某些官员的腐败,导致农民栽种的几千万斤的蒜薹卖不出去而腐烂。后来农民愤怒了,把腐烂的蒜薹堆到县政府的院子里,然后冲进县政府大楼,烧了县长的办公室。当时的报纸连篇累牍地报道。我一看到这个事件就想到了自己当年在农村的很多生活。我没去这个地方进行过调查(很多人传言说我秘密地化了妆到事件发生地待了半个月,进行了大量的采访,这完全是想象。我根本就没去,我连北京都没出。我躲到北京的一个招待所里,用一个月的时间把它写出来了),我把这个故事移植到我的村庄里去了,我把我的许多亲人变成了小说里的人物,我把自己也变成了小说里的人物。这样一来,场景的想象是毫无障碍的;情感始终是跟我自己紧密相连的;把小说人物跟自己的亲人联系到一起,对人物的熟悉程度也是无可置疑的。因此,这样一个社会事件所引发的写作还是在写我的自我,写我的生活,写我的过去,写我的情感。它所产生的社会效果、它在读者心目中引发的反应,也就不仅仅是对一个"蒜薹事件"的反应——它突破了这个社会事件,它变成了对人的命运、人的生活的关注。包括《四十一炮》里的注水肉也确实是发生在我们生活中的现象,我们都深受其害,但我仅仅把它当作引发小说联想的一个外因,我在小说里真正要写的不是这个事件,而是人,是童年记忆,是语言的试验。大家读过之后就会明白,注水肉事件本身无关紧要,我想给你留下印象的也绝对不是注水的方法。

2009年我在上海出版了《蛙》,这部小说描写的也是一个非常重大、非常敏感的社会问题。有人说这跟老百姓没关系,我想这肯定是没有良心的话。说注水肉、农民暴动跟很多人没有关系,我信;说计划生育跟中国老百姓没有关系,这是违背现实的话,因为这个政策施行三十年来,关系到千家万户,在座诸位都是因为计划生育、独生子女政策造成的。多年来西方对中国的批评也是对计划生育过程中发生的残酷事件的批评,老百姓对这个政策也有很多看法,发自内心赞成的人很少,尤其在农村。这样一个政策,贯彻了三十年,国内外都非常关注,我把它写了。当然有很大难度——如果如实记录这三十年中(尤其是乡村)在强制推行这个政策的过程里发生的很多令人发指的事件,那么这是一个报告文学,要发表估计都很困难。我解决这个问题的方法就是写人。

我写这部小说,并不是因为我非要关注这个问题,而是我头脑里已经有这么一个人物形象,我生活中确有一个姑姑是妇科医生。2002年,日本的大江健三郎到我们高密去,他问我下一步打算写什么,我说我很可能要把一个当乡村医生的姑姑写到小说里去,写一部与生育有关的小说。他很感兴趣,要我带他去见我这个姑姑。我姑姑给他天南海北地讲了很多事情,讲她半夜三更给人接生遇到鬼:一个小房子里有一个产妇在生产,一头小毛驴驮来一个老太婆(我姑姑)给她接生。她生了一个又一个,一连生了四五个。我姑姑觉得不对,肯定不是"好人",然后大喊一声,只见一团漆黑,借着月光一看——一个狐狸生了五个小狐狸。她就跟他讲这些东西,翻译累得满头发汗,大江听得津津有味,两眼发直。他回去后一直催我写这部小说,到2009年终于写出来发表了。就因为我有这么一个姑姑,我是她接生的,我女儿是她接生的,我女儿的女儿是她的女儿接生的。这么一个人,接生了那么多孩子,在我们东北乡有很高的社会地位,谁见了都叫姑姑,人人敬仰。但她在计划生育最严格、最残酷的时候,也违心地给很多妇女做过人工流产手术。尽管她没对我亲口说过,但我知道她到了晚年内心深处是很痛苦、很矛盾的,她经常是睡不着觉的。作为一个妇科医生,给人家接下一个大胖小子来,丈夫婆婆千恩万谢,给你煮鸡蛋,给你擀面条;把一个怀孕的妇女抓猪一样地捆到卫生院,按到床上给她人流,产妇像杀猪一样吼叫,出来人家丈夫往你身上吐唾沫,夜里走在路上背后突然飞来一块砖头,差点把脑袋砸破——这样一种职业矛盾、心理矛盾是非常痛苦的。所以我猜想,到了晚年她内心是很不平静的。但我写到小说里进行了大量的虚构,进行了许多想象,把生活中发生在别的地方的事件都移植过来,所以这部小说最终完成的是对这样一个特殊人物的精神状态和矛盾心理的刻画,是对一个特殊人物的塑造,已经突破了计划生育这个事件,否则这样一部小说很难发表。

作家对社会事件当然要关注,但要用文学的方法来关注;作家当然要写,但要用文学的方式来写。不要忘记文学的首要任务,不要让事件、让政治、让"问题"压倒文学,方法就是要盯着人写,把塑造人物、把文学的任务当作首要任务。这样一来,我们可以去关注,也可以去写。

当然,我们不反对各种各样题材的写作,我们不反对穿越、盗墓、职场、科幻等等,这些类型小说有自己的读者,有的也在作品里反映出了部分的社会现实,也具有了认识价值。我想,过去讲"百花齐放,百家争鸣",现在确实重现了这种状态。作家队伍本身的成分也很复杂,每个年龄、每种职业的都有,创作出来的作品也确实是琳琅满目。我们这些古板的传统的作家依然在写作,新潮的、描写的生活跟我们完全不一样的小说也有,我觉得大家应该和平共处,共同发展,共同存在,这才叫繁荣。

问:在您的作品里能看到很多"性""暴力"和"死亡"的描写,这些是有意渲染还是无意为之。如果是有意为之,那么"性""暴力"和"死亡"在您的创作美学中占据这样的位置?

答:我和王安忆写的"性"都是小说的重要组成部分,并不是以展示为目的,不是从欣赏的角度去写的,而是塑造人物的必要手段。如果不这样写,小说人物就"站"不起来。中国古典小说里写"性"的《金瓶梅》至今还是禁书,里面的很多性描写确实没有太大必要,有些完全是从欣赏和玩味的角度去写的。但新时期小说的很多性描写基本还是忠实于艺术至上的目的的,是用艺术的手段完成艺术的追求。我是否写得过多,这确实需要检讨;但总体来看,无论是《红高粱》还是《丰乳肥臀》里面的性描写基本还是健康的,我自己觉得没有特别下流的描写。这两年,我的小说里的性描写越来越少,到了《蛙》里面几乎就没有了,写到床边为止。

至于"死亡"和"暴力",我觉得小说描写里这两个内容也少不了。人生大事无非就是生和死,没有生就没有死,没有死就没有生,这是一对矛盾,也是对立的统一,密不可分。所以,写各种各样的死亡也是对生的描写、对生的怀念、对生的赞美。因为死,我们才感受到了人生的可贵;因为生命的死亡,我们才感受到生命的诞生是一个奇迹。因为对死的惋惜和壮美的描写,才换来我们对生的更大的热情和珍惜。我觉得这是必要的。

暴力描写也是我过去的小说饱受诟病的一个方面。很多人认为我的小说展示暴力,以暴力为美,是邪恶的。这导致很多批评家对作家心理进行猜测:这个人在生活中是不是非常残酷?——恰恰相反,在生活中我是连一只鸡都不敢杀的,有时甚至心怀慈悲,营救下很多将要被杀的动物。

我是经过"文化大革命"的,对于人的暴虐,我有很深的体验。有一次,我们学校批斗一个女老师,每人上去煽她一个耳光或者踢她一脚,班里48个人每个人都上去了,最后剩下我一个。这时我非常痛苦,因为这个女老师平常对我特别好,她会拿家里的小点心给我吃。

这时候我就面临一个抉择：如果我不打这个老师,就会被其他47个同学划为异类,排除到群体之外;要我去打这个老师,我又下不去手,因为家庭教育和传统道德都要求我们尊重老师,更何况这个老师对我很好。这时候,既怕变成"异类"被排除到集体之外,又跟自己内心的价值观念严重冲突。后来我就想了一个办法,我捡起地上的一块小石头投到她身上去。这个老师猛然抬头,狠狠地看了我一眼,这一眼让我至今难忘,每次想起来就感到一阵惊悚,因为她永远都没有原谅我。后来我成了作家,去探望她,希望用糕点、美酒来弥补自己的罪过,老师一声不吭,我一出门她就把这些东西扔到外面去了。她能够原谅其他47个对她拳打脚踢的孩子,而不原谅我投了她一块石头。我讲这个故事是想说,我内心深处其实非常软弱,一般的孩子能做到的事情我做不到。但为什么像我这样一个懦弱、胆怯的人,在小说里边却有那么多血淋淋的描写呢？大家都知道,《红高粱》里面有剥人皮,《檀香刑》里面有凌迟五百刀的描写——当然我没有写五百刀,我只写了五十刀,被编辑删了三十刀,剩下二十来刀。这些描写我在写的时候也感到胆战心惊,但有一种邪恶的快感,因为当你写邪恶事件的时候就像看暴力片一样,既害怕又有一种按捺不住的快感。这样一种残暴场面的描写确实值得我认真反思。

但我觉得《红高粱》里这样的描写是成立的,因为如果没有剥人皮这种残暴场面的描写,就没有对中国人内心深处的拷问。大家都知道,在抗日战争过程中产生了很多汉奸,也产生了很多英雄,在汉奸和英雄之间就是芸芸众生,是普罗大众。让一个中国人把自己同胞的皮剥下来,这种灵魂考验是非常非常严峻的。在电影里他没有剥,他把绑在木桩上的人杀掉了,他自杀了,这种方式实际上是对他的一种解脱。但在小说里,确实是剥了的。在剥的过程中他痛哭流涕，非常紧张，非常恐惧，他觉得还不如把他杀了或者把自己杀了。我想，这样一种写法把中国老百姓的内心世界刻画得淋漓尽致，也为后边的土匪抗日做了最好的注脚。大家都知道，共产党要剿匪，国民党要剿匪，封建王朝也要剿匪，这是一个坏的社会群体，没有什么阶级性，但这样一批人为什么后来能够揭竿而起，跟日本人以生命相搏？就因为日本人对中国人的欺负太过分了，太难以忍受了。实际上，中国老百姓只要能够活下去，一般是不造反的，是甘愿做顺民的，只有被压迫到难以忍受、难以生存的时候才会揭竿而起，所以我觉得这样一个暴力的描写是必须的。

在《檀香刑》里，刽子手变成了小说的主人公，要描写这样一个特殊行业的人的内心世界，如果没一点"场面描写"，我觉得也难以成立。但是不是写五刀就够了？这确实需要考虑，将来在我的小说里就会收敛——在《蛙》这部小说里我其实已经接受了很多批评家和读者的批评。《蛙》写计划生育，写人工流产，写很多孕妇在流产床上的死亡，我没有像在《爆炸》这部小说里写得那么细致——声音、感觉、画面全都写出来；只是写到门口而止，写到孕妇进了流产的手术室就行了，其他的靠声音来完成，靠结局来表现。按照我过去的写法，肯定要写怎样把一个孕妇抬到床上去，她怎样挣扎、怎样反抗、怎样骂，姑姑和她的助手怎样强行地给她做手术。过去我是肯定不会把这样一些容易出彩的场面放过的，但在《蛙》里面，我全都没写。这说明批评发挥了作用，年龄也使我对自己进行了反思，使自己的写作发生了变化。但我觉得，如果文学作品完全排除了"性""死亡"和"暴力"也是不对的，应该允许表现这些东西，怎样把握尺度确实需要每个人在实践中认真地体味。

问：您在《丰乳肥臀》和《蛙》里描写过女性生孩子的情景，请问这种跨性别的想象您是如何得来的？

答：《丰乳肥臀》一开始写的是毛驴生小驴难产，小说的女主人公在生孩子，也是难产。两个难产摆到一起，现在当然会说"驴算什么，人才是最重要的"。但在那样一个时代、那样一个家庭里，那样一个女性的身份和地位还不如正在难产的毛驴。为什么我要讲毛驴？是为了回应这个问题。我确实没有看到过生孩子，但我看见过生毛驴。我也看见过生小猪、生小牛，所以我就把看到过的生驴、生牛、生猪、生狗的场景移植到生孩子上去了，我觉得还是差不多的。

第三辑

在中国驻瑞典大使馆的讲话

时间：2012 年 12 月 7 日上午
地点：瑞典斯德哥尔摩

女士们、先生们：

你们好！

我非常高兴能在中国大使馆和你们见面。我是昨天上午踏上了瑞典的国土。从北京出发，是阳光灿烂；一到瑞典，是遍地冰雪。由此知道我们的地球很大，由此也知道因为我们的地球很大，所以存在着很多自然景观。我们生活在这个地球上之所以还有点意思，就是因为各地的自然风光都不一样。我们的人类文化生活之所以还有点意思，也是因为各个国家的、各地区的文化景观也不一样。由此可见，保护多样性、创造多样性是我们文化工作者的非常重要的责任。

我出了机场感觉到瑞典确实是有点冷，但待了一天后发现渐渐温暖起来。尤其是今天上午我参观了赫尔比中学以后，这种温暖一直保持到现在。你瞧，现在我头上都冒汗了。

赫尔比中学有二十多个孩子接待了我，他们正在学习中文。他们首先集体演唱了根据我的作品改编的电影《红高粱》中的一段插曲。我想在场的看过这部电影的朋友们都知道,《红高粱》的插曲是很粗犷的。当年演唱《红高粱》那帮人的嗓子是越哑越好,唱起来越用力越好。而这帮姑娘、小伙子唱得是特别的温柔,听起来非常像情歌。所以我想,同样的旋律,同样的歌词,不同的人来唱效果绝对不一样。所以我想,同样的话脱离了特定的语境,它的意思也会发生很大的变化。

这帮孩子还在练习中国的书法。我也现场表演了一下,但是我发现我写的还不如他们写得好。我跟其中一个女孩说,你的字如果盖上一个图章,拿到中国去,是可以卖钱的!后来我跟他们在一起玩了造句的游戏。

这群孩子学习中文还不到一年的时间,但是他们已经讲得很好了。今天上午我跟瑞典的孩子们在一起,感觉很幸福!跟瑞典的一帮学习中文的孩子们在一起,感觉到加倍的幸福!因为尽管他们学习中文的时间不长,但他们已经可以和我直接交流了。所以我想,无论多么精彩的演讲,经过翻译以后,肯定不如直接交流效果更好。当然遇到了虞海玲这样的好翻译,我很幸运。

讲到了文学,讲到了文化的交流,翻译的工作显得特别重要。我之所以能够获得诺贝尔文学奖,是跟各个国家的、各种语言翻译家的创造性工作分不开的。我觉得有时候翻译比原创还要艰苦。我写《生死疲劳》这本书的初稿,只用了四十三天,但是瑞典的女汉学家陈安娜翻译《生死疲劳》这本书,用了整整六年。昨天晚上有一位朋友拿着陈安娜翻译的书让我签名的时候,我犹豫了半天,我说,我还是不签了吧!后来我还是签了,我是在一个角落里签的。那边很大的空白留着让陈安娜签吧!所以我想借这个机会向世界上许多国家翻译了我的作品的翻译家们、汉学家们表示崇高的敬意。也是通过翻译,我们的文学才能够走向其他的国家。

今天上午我看到了许多瑞典的孩子们,我希望他们当中将来能够产生优秀的翻译家。通过这些瑞典的孩子我也看到了中国和瑞典美好的未来。我想,要了解一个国家的自然景观,最好到这个国家去走一走,看一看。要了解一个国家的文学,那么一定要读一读这个国家的作家的作品。要对一个国家的人民的内心精神生活有准确的理解,那么最好学习他们的语言。所以我想,中国人学习瑞典文,瑞典人学习中文,或者其他国家的人民互相学习对方的语言,这是人们交往的最可靠的保证。

说了这么多关于翻译、关于语言的话,我自己感觉加倍的羞愧和遗憾。因为我除了中文之外,别的什么语言都不会。借此机会,向我们的虞海玲小姐、向外国朋友表示感谢!然后通过我自己的嘴巴,向中国同胞们、向各位朋友表示衷心的感谢!

谢谢大家!

讲故事的人
——在瑞典学院的诺贝尔文学奖受奖演讲

时间：2012年12月7日
地点：斯德哥尔摩

尊敬的瑞典学院各位院士，女士们，先生们：

通过电视或网络，我想在座的各位对遥远的高密东北乡，已经有了或多或少的了解。你们也许看到了我的九十岁的老父亲，看到了我的哥哥姐姐，我的妻子女儿，和我的一岁零四个月的外孙子。但是有一个此刻我最想念的人，我的母亲，你们永远无法看到了。我获奖后，很多人分享了我的光荣，但我的母亲却无法分享了。

我母亲生于1922年，卒于1994年。她的骨灰，埋葬在村庄东边的桃园里。去年，一条铁路要从那儿穿过，我们不得不将她的坟墓迁移到距离村子更远的地方。掘开坟墓后，我们看到，棺木已经腐朽，母亲的骨殖，已经与泥土混为一体。我们只好象征性地挖起一些泥土，移到新的墓穴里。也就是从那一时刻起，我感到，我的母亲是大地的一部分，我站在大地上的诉说，就是对母亲的诉说。

我是我母亲最小的孩子。我记忆中最早的一件事,是提着家里唯一的一把热水壶去公共食堂打开水。因为饥饿无力,失手将热水瓶打碎,我吓得要命,钻进草垛,一天没敢出来。傍晚的时候我听到母亲呼唤我的乳名,我从草垛里钻出来,以为会受到打骂,但母亲没有打我也没有骂我,只是抚摸着我的头,口中发出长长的叹息。

我记忆中最痛苦的一件事,就是跟着母亲去集体的地里捡麦穗。看守麦田的人来了,捡麦穗的人纷纷逃跑。我母亲是小脚,跑不快,被捉住,那个身材高大的看守人扇了她一个耳光,她摇晃着身体跌倒在地,看守人没收了我们捡到的麦穗,吹着口哨扬长而去。我母亲嘴角流血,坐在地上,脸上那种绝望的神情让我终生难忘。多年之后,当那个看守麦田的人成为一个白发苍苍的老人,在集市上与我相逢,我冲上去想找他报仇,母亲拉住了我,平静地对我说:"儿子,那个打我的人,与这个老人,并不是一个人。"

我记得最深刻的一件事是一个中秋节的中午,我们家难得地包了一顿饺子,每人只有一碗。正当我们吃饺子时,一个乞讨的老人来到了我们家门口,我端起半碗红薯干打发他,他却愤愤不平地说:"我是一个老人,你们吃饺子,却让我吃红薯干。你们的心是怎么长的?"我气急败坏地说:"我们一年也吃不了几次饺子,一人一小碗,连半饱都吃不了!给你红薯干就不错了,你要就要,不要就滚!"母亲训斥了我,然后端起她那半碗饺子,倒进了老人碗里。

我最后悔的一件事,就是跟着母亲去卖白菜,有意无意地多算了一位买白菜的老人一毛钱。算完钱我就去了学校。当我放学回家时,看到很少流泪的母亲泪流满面。母亲并没有骂我,只是轻轻地说:"儿子,你让娘丢了脸。"

我十几岁时,母亲患了严重的肺病。饥饿,病痛,劳累,使我们这个家庭陷入了困境,看不到光明和希望。我产生了一种强烈的不祥之兆,以为母亲随时都会寻短见。每当我劳动归来,一进大门就高喊母亲,听到她的回应,心中才感到一块石头落了地。如果一时听不到她的回应,我就心惊胆战,跑到厨房和磨坊里寻找。有一次找遍了所有的房间也没有见到母亲的身影,我便坐在了院子里大哭。这时母亲背着一捆柴草从外面走进来。她对我的哭很不满,但我又不能对她说出我的担忧。母亲看出我的心思,她说:"孩子你放心,尽管我活着没有一点乐趣,但只要阎王爷不叫我,我是不会去的。"

我生来相貌丑陋,村子里很多人当面嘲笑我,学校里有几个性格霸蛮的同学甚至为此打我。我回家痛哭,母亲对我说:"儿子,你不丑。你不缺鼻子不缺眼,四肢健全,丑在哪里?而且只要你心存善良,多做好事,即便是丑也能变美。"后来我进入城市,有一些很有文化的人依然在背后甚至当面嘲弄我的相貌,我想起了母亲的话,便心平气和地向他们道歉。

我母亲不识字,但对识字的人十分敬重。我们家生活困难,经常吃了上顿没下顿。但只要我对她提出买书买文具的要求,她总是会满足我。她是个勤劳的人,讨厌懒惰的孩子,但只要是我因为看书耽误了干活,她从来没批评过我。

有一段时间,集市上来了一个说书人。我偷偷地跑去听书,忘记了她分配给我的活儿。为此,母亲批评了我。晚上当她就着一盏小油灯为家人赶制棉衣时,我忍不住把白天从说书人听来的故事复述给她听。起初她有些不耐烦,因为在她心目中说书人都是油嘴滑舌、不务正业的人,从他们嘴里冒不出好话来。但我复述的故事渐渐地吸引了她,以后每逢集日她便不再给我派活,默许我去集上听书。为了报答母亲的恩情,也为了向她炫耀我的记忆力,我会把白天听到的故事,绘声绘色地讲给她听。

很快地,我就不满足复述说书人讲的故事了,我在复述的过程中不断地添油加醋,我会投我母亲所好,编造一些情节,有时候甚至改变故事的结局。我的听众也不仅仅是我的母亲,连我的姐姐、我的婶婶、我的奶奶,都成为我的听众。我母亲在听完我的故事后,有时会忧心忡忡地,像是对我说,又像是自言自语:"儿啊,你长大后会成为一个什么人呢?难道要靠耍贫嘴吃饭吗?"

我理解母亲的担忧,因为在村子里,一个贫嘴的孩子,是招人厌烦的,有时候还会给自己和家庭带来麻烦。我在小说《牛》里所写的那个因为话多被村子里厌恶的孩子,就有我童年时的影子。我母亲经常提醒我少说话,她希望我能做一个沉默寡言、安稳大方的孩子。但在我身上,却显露出极强的说话能力和极大的说话欲望,这无疑是极大的危险,但我说故事的能力,又带给了她愉悦,这使她陷入深深的矛盾之中。

俗话说"江山易改,本性难移",尽管我有父母亲的谆谆教导,但我并没有改掉我喜欢说话的天性,这使得我的名字"莫言"很像对自己的讽刺。

我小学未毕业即辍学,因为年幼体弱,干不了重活,只好到荒草滩上去放牧牛羊。当我牵着牛羊从学校门前路过,看到昔日的同学在校园里打打闹闹,我心中充满悲凉,深深地体会到一个人,哪怕是一个孩子,离开群体后的痛苦。到了荒滩上,我把牛羊放开,让它们自己吃草。蓝天如海,草地一望无际,周围看不到一个人影。没有人的声音,只有鸟儿在天上鸣叫。我感到很孤独,很寂寞,心里空空荡荡。有时候,我躺在草地上,望着天上懒洋洋地飘动着的白云,脑海里便浮现出许多莫名其妙的幻象。我们那地方流传着许多狐狸变成美女的故事,我幻想着能有一个狐狸变成美女与我来做伴放牛,但她始终没有出现。但有一次,一只火红色的狐狸从我面前的草丛中跳出来时,我被吓得一屁股蹾在地上。狐狸跑没了踪影,我还在那里颤抖。有时候我会蹲在牛的身旁,看着湛蓝的牛眼和牛眼中的我的倒影。有时候我会模仿着鸟儿的叫声试图与天上的鸟儿对话,有时候我会对一棵树诉说心声。但鸟儿不理我,树也不理我。许多年后,当我成为一个小说家,当年的许多幻想,都被我写进了小说。很多人夸我想象力丰富,有一些文学爱好者,希望我能告诉他们培养想象力的秘诀,对此,我只能报以苦笑。就像中国的先贤——老子所说的那样,"福兮祸之所伏,祸兮福之所倚",我童年辍学,饱受饥饿、孤独、无书可读之苦,但我因此也像我们的前辈作家沈从文那样,极早地开始阅读社会人生这本大书。前面所提到的到集市上去听说书人说书,仅仅是这本大书中的一页。

　　辍学之后,我混迹于成人之中,开始了"用耳朵阅读"的漫长生涯。二百多年前,我的故乡曾出了一个讲故事的伟大天才——蒲松龄,我们村里的许多人,包括我,都是他的传人。我在集体劳动的田间地头,在生产队的牛棚马厩,在我爷爷奶奶的热炕头上,甚至在摇摇晃晃地进行着的牛车上,聆听了许许多多神鬼故事、历史传奇、逸闻趣事。这些故事都与当地的自然环境、家庭历史紧密联系在一起,使我产生了强烈的现实感。我做梦也想不到有朝一日这些东西会成为我的写作素材,我当时只是一个迷恋故事的孩子,醉心地聆听着人们的讲述。那时我是一个绝对的有神论者,我相信万物都有灵性,我见到一棵大树会肃然起敬,我看到一只鸟会感到它随时会变化成人,我遇到一个陌生人,也会怀疑他是一个动物变化而成。每当夜晚我从生产队的记工房回家时,无边的恐惧便包围了我,为了壮胆,我一边奔跑一边大声歌唱。那时我正处在变声期,嗓音嘶哑,声调难听,我的歌唱,是对我的乡亲们的一种折磨。

我在故乡生活了二十一年,期间离家最远的是乘火车去了一次青岛,还差点迷失在木材厂的巨大木材之间,以至于我母亲问我去青岛看到了什么风景时,我沮丧地告诉她:什么都没看到,只看到了一堆堆的木头。但也就是这次青岛之行,使我产生了想离开故乡到外边去看世界的强烈愿望。

1976年2月,我应征入伍,背着我母亲卖掉结婚时的首饰,购买了四本《中国通史简编》,走出了高密东北乡这个既让我爱又让我恨的地方,开始了我人生的重要时期。我必须承认,如果没有三十多年来中国社会的巨大发展与进步,如果没有改革开放,也不会有我这样一个作家。

在军营的枯燥生活中,我迎来了二十世纪八十年代的思想解放和文学热潮。我从一个用耳朵聆听故事,用嘴巴讲述故事的孩子,开始尝试用笔来讲述故事。起初的道路并不平坦,我那时并没有意识到我二十多年的农村生活经验是文学的富矿。那时我以为文学就是写好人好事,就是写英雄模范,所以,尽管也发表了几篇作品,但文学价值很低。

1984年秋,我考入解放军艺术学院文学系。在我的恩师、著名作家徐怀中的启发指导下,我写出了《秋水》《枯河》《透明的红萝卜》《红高粱》等一批中短篇小说。在《秋水》这篇小说里,第一次出现了"高密东北乡"这个字眼。从此,就如同一个四处游荡的农民有了一片土地,我这样一个文学的流浪汉,终于有了一个可以安身立命的场所。我必须承认,在创建我的文学领地"高密东北乡"的过程中,美国的威廉·福克纳和哥伦比亚的加西亚·马尔克斯给了我重要启发。

我对他们的阅读并不认真,但他们开天辟地的豪迈精神激励了我,使我明白了一个作家必须要有一块属于自己的地方。一个人在日常生活中应该谦卑退让,但在文学创作中必须颐指气使,独断专行。我追随在这两位大师身后两年,即意识到,必须尽快地逃离他们。我在一篇文章中写道:他们是两座灼热的火炉,而我是冰块,如果离他们太近,会被他们蒸发掉。根据我的体会,一个作家之所以会受到某一位作家的影响,其根本是因为影响者和被影响者灵魂深处的相似之处。正所谓"心有灵犀一点通"。所以,尽管我没有很好地去读他们的书,但只读过几页,我就明白了他们干了什么,也明白了他们是怎样干的,随即我也就明白了我该干什么和我该怎样干。

我该干的事情其实很简单,那就是用自己的方式,讲自己的故事。我的方式,就是我所熟知的集市说书人的方式,就是我的爷爷奶奶、村里的老人们讲故事的方式。坦率地说,讲述的时候,我没有想到谁会是我的听众,也许我的听众就是那些如我母亲一样的人,也许我的听众就是我自己。我自己的故事,起初就是我的亲身经历,譬如《枯河》中那个遭受痛打的孩子,譬如《透明的红萝卜》中那个自始至终一言不发的孩子。我的确曾因为干过一件错事而受到过父亲的痛打,我也的确曾在桥梁工地上为铁匠师傅拉过风箱。当然,个人的经历无论多么奇特也不可能原封不动地写进小说,小说必须虚构,必须想象。很多朋友说《透明的红萝卜》是我最好的小说,对此我不反驳,也不认同,但我认为《透明的红萝卜》是我的作品中最有象征性、最意味深长的一部。那个浑身漆黑、具有超人的忍受痛苦的能力和超人的感受能力的孩子,是我全部小说的灵魂。尽管在后来的小说里,我写了很多人物,但没有一个人物,比他更贴近我的灵魂。或者可以说,一个作家所塑造的若干人物中,总有一个领头的;这个沉默的孩子就是一个领头的,他一言不发,但却有力地领导着形形色色的人物,在高密东北乡这个舞台上,尽情地表演。

　　自己的故事总是有限的,讲完了自己的故事,就必须讲他人的故事。于是,我的亲人们的故事,我的村人们的故事,以及我从老人们口中听到过的祖先们的故事,就像听到集合令的士兵一样,从我的记忆深处涌出来。他们用期盼的目光看着我,等待着我去写他们。我的爷爷、奶奶、父亲、母亲、哥哥、姐姐、姑姑、叔叔、妻子、女儿,都在我的作品里出现过,还有很多的我们高密东北乡的乡亲,也都在我的小说里露过面。当然,我对他们,都进行了文学化的处理,使他们超越了他们自身,成为文学中的人物。

　　我最新的小说《蛙》中,就出现了我姑姑的形象。因为我获得诺贝尔奖,许多记者到她家采访,起初她还很耐心地回答提问,但很快便不胜其烦,跑到县城里她儿子家躲起来了。姑姑确实是我写《蛙》时的模特,但小说中的姑姑,与现实生活中的姑姑有着天壤之别。小说中的姑姑专横跋扈,有时简直像个女匪;现实中的姑姑和善开朗,是一个标准的贤妻良母。现实中的姑姑晚年生活幸福美满;小说中的姑姑到了晚年却因为心灵的巨大痛苦患上了失眠症,身披黑袍,像个幽灵一样在暗夜中游荡。我感谢姑姑的宽容,她没有因为我在小说中把她写成那样而生气;我也十分敬佩我姑姑的明智,她正确地理解了小说中人物与现实中人物的复杂关系。

　　母亲去世后,我悲痛万分,决定写一部书献给她。这就是那本《丰乳肥臀》。因为胸有成竹,因为情感充盈,仅用了八十三天,我便写出了这部长达五十万字的小说的初稿。在《丰乳肥臀》这本书里,我肆无忌惮地使用了与我母亲的亲身经历有关的素材,但书中的母亲情感方面的经历,则是虚构或取材于高密东北乡诸多母亲的经历。

在这本书的卷前语上,我写下了"献给母亲在天之灵"的话。但这本书,实际上是献给天下母亲的。这是我狂妄的野心,就像我希望把小小的"高密东北乡"写成中国乃至世界的缩影一样。

作家的创作过程各有特色,我每本书的构思与灵感触发也都不尽相同。有的小说起源于梦境,譬如《透明的红萝卜》;有的小说则发端于现实生活中发生的事件,譬如《天堂蒜薹之歌》。但无论是起源于梦境还是发端于现实,最后都必须和个人的经验相结合,才有可能变成一部具有鲜明个性的,用无数生动细节塑造出了典型人物的,语言丰富多彩、结构匠心独运的文学作品。有必要特别提及的是,在《天堂蒜薹之歌》中,我让一个真正的说书人登场,并在书中扮演了十分重要的角色。我十分抱歉地使用了这个说书人的真实姓名,当然,他在书中的所有行为都是虚构。在我的写作中,出现过多次这样的现象:写作之初,我使用他们的真实姓名,希望能借此获得一种亲近感,但作品完成之后,我想为他们改换姓名时却感到已经不可能了。因此也发生过与我小说中人物同名者找到我父亲发泄不满的事情。我父亲替我向他们道歉,但同时又开导他们不要当真。我父亲说:"他在《红高粱》中,第一句就说'我父亲这个土匪种',我都不在意,你们还在意什么?"

我在写作《天堂蒜薹之歌》这类逼近社会现实的小说时,面对着的最大问题,其实不是我敢不敢对社会上的黑暗现象进行批评,而是这燃烧的激情和愤怒会让政治压倒文学,使这部小说变成一个社会事件的纪实报告。小说家是社会中人,他自然有自己的立场和观点,但小说家在写作时,必须站在人的立场上,把所有的人都当作人来写。只有这样,文学才能发端于事件但超越事件,关心政治但大于政治。

可能是因为我经历过长期的艰难生活,使我对人性有较为深刻的了解。我知道真正的勇敢是什么,也明白真正的悲悯是什么。我知道,每个人心中都有一片难用是非善恶准确定性的朦胧地带,而这片地带,正是文学家施展才华的广阔天地。只要是准确地、生动地描写了这个充满矛盾的朦胧地带的作品,也就必然地超越了政治并具备了优秀文学的品质。

喋喋不休地讲述自己的作品是令人厌烦的,但我的人生是与我的作品紧密相连的,不讲作品,我感到无从下嘴,所以还得请各位原谅。

在我的早期作品中,我作为一个现代的说书人,是隐藏在文本背后的,但从《檀香刑》这部小说开始,我终于从后台跳到了前台。如果说我早期的作品是自言自语,目无读者,从这本书开始,我感觉到自己是站在一个广场上,面对着许多听众,绘声绘色地讲述。这是世界小说的传统,更是中国小说的传统。我也曾积极地向西方的现代派小说学习,也曾经玩弄过形形色色的叙事花样,但我最终回归了传统。当然,这种回归,不是一成不变的回归。《檀香刑》和之后的小说,是继承了中国古典小说传统又借鉴了西方小说技术的混合文本。小说领域的所谓创新,基本上都是这种混合的产物;不仅仅是本国文学传统与外国小说技巧的混合,也是小说与其他的艺术门类的混合,就像《檀香刑》是与民间戏曲的混合,就像我早期的一些小说从美术、音乐,甚至杂技中汲取了营养一样。

最后,请允许我再讲一下我的《生死疲劳》。这个书名来自佛教经典。据我所知,为翻译这个书名,各国的翻译家都很头痛。我对佛教经典并没有深入研究,对佛教的理解自然十分肤浅,之所以以此为题,是因为我觉得佛教的许多基本思想是真正的宇宙意识。人世中许多纷争，在佛家的眼里，是毫无意义的。这样一种至高眼界下的人世，显得十分可悲。当然，我没有把这本书写成布道词，我写的还是人的命运与人的情感，人的局限与人的宽容，以及人为追求幸福、坚持自己的信念所做出的努力与牺牲。小说中那位以一己之身与时代潮流对抗的蓝脸，在我心目中是一位真正的英雄。这个人物的原型，是我们邻村的一位农民，我童年时，经常看到他推着一辆吱吱作响的木轮车，从我家门前的道路上通过。给他拉车的，是一头瘸腿的毛驴；为他牵驴的，是他小脚的妻子。这个奇怪的劳动组合，在当时的集体化社会里，显得那么古怪和不合时宜，在我们这些孩子的眼里，也把他们看成是逆历史潮流而动的小丑，以至于当他们从街上经过时，我们会充满义愤地朝他们投掷石块。事过多年，当我拿起笔来写作时，这个人物，这个画面，便浮现在我的脑海中。我知道，我总有一天会为他写一本书，我迟早要把他的故事讲给天下人听。但一直到了 2005 年，当我在一座庙宇里看到"六道轮回"的壁画时，才明白了讲述这个故事的正确方法。

我获得诺贝尔文学奖后，引发了一些争议。起初，我还以为大家争议的对象是我；渐渐地，我感到这个被争议的对象，是一个与我毫不相关的人。我如同一个看戏人，看着众人的表演。我看到那个得奖人身上落满了花朵，也被掷上了石块，泼上了污水。我生怕他被打垮，但他微笑着从花朵和石块中钻出来，擦干净身上的脏水，坦然地站在一边，对着众人说：对一个作家来说，最好的说话方式是写作。我该说的话都写进了我的作品里。用嘴说出的话随风而散，用笔写出的话永不磨灭。我希望你们能耐心地读一下我的书。当然，我没有资格强迫你们读我的书。即便你们读了我的书，我也不期望你们能改变对我的看法。世界上还没有一个作家，能让所有的读者都喜欢他。在当今这样的时代里,更是如此。

尽管我什么都不想说,但在今天这样的场合我必须说话,那我就简单地再说几句。

我是一个讲故事的人,我还是要给你们讲故事。

二十世纪六十年代,我上小学三年级的时候,学校里组织我们去参观一个苦难展览,我们在老师的引领下放声大哭。为了能让老师看到我的表现,我舍不得擦去脸上的泪水。我看到有几位同学悄悄地将唾沫抹到脸上冒充泪水。我还看到在一片真哭假哭的同学之间,有一位同学,脸上没有一滴泪,嘴巴里没有一点声音,也没有用手掩面。他睁着大眼看着我们,眼睛里流露出惊讶或者是困惑的神情。事后,我向老师报告了这位同学的行为。为此,学校给了这位同学一个警告处分。多年之后,当我因自己的告密向老师忏悔时,老师说,那天来找他说这件事的,有十几个同学。这位同学十几年前就已去世,每当想起他,我就深感歉疚。这件事让我悟到一个道理,那就是:当众人都哭时,应该允许有的人不哭。当哭成为一种表演时,更应该允许有的人不哭。

我再讲一个故事。三十多年前,我还在部队工作。有一天晚上,我在办公室看书,有一位老长官推门进来,看了一眼我对面的位置,自言自语道:"噢,没有人?"我随即站起来,高声说:"难道我不是人吗?"那位老长官被我顶得面红耳赤,尴尬而退。为此事,我扬扬得意了许久,以为自己是个英勇的斗士,但事过多年后,我却为此深感内疚。

请允许我讲最后一个故事,这是许多年前我爷爷讲给我听过的。有八个外出打工的泥瓦匠,为避一场暴风雨,躲进了一座破庙。外边的雷声一阵紧似一阵,一个个的火球,在庙门外滚来滚去,空中似乎还有吱吱的龙叫声。众人都胆战心惊,面如土色。有一个人说:"我们八个人中,必定有一个人干过伤天害理的坏事,谁干过坏事,就自己走出庙接受惩罚吧,免得让好人受到牵连。"自然没有人愿意出去。又有人提议道:"既然大家都不想出去,那我们就将自己的草帽往外抛吧,谁的草帽被刮出庙门,就说明谁干了坏事,那就请他出去接受惩罚。"于是大家就将自己的草帽往庙门外抛,七个人的草帽被刮回了庙内,只有一个人的草帽被卷了出去。大家就催这个人出去受罚。他自然不愿出去,众人便将他抬起来扔出了庙门。故事的结局我估计大家都猜到了——那个人刚被扔出庙门,那座破庙轰然坍塌。

我是一个讲故事的人。

因为讲故事我获得了诺贝尔文学奖。

我获奖后发生了很多精彩的故事,这些故事,让我坚信真理和正义是存在的。

今后的岁月里,我将继续讲我的故事。

谢谢大家!

在华人工商联欢迎午宴上的讲话

时间：2012 年 12 月 8 日上午
地点：斯德哥尔摩布鲁玛酒店

我以前曾经说过一个话：地球上有许多鸟儿飞不到的地方，却似乎没有华人去不了的地方。数百年来，中华民族的许多优秀子女背井离乡，跨海越洋，到远离故土的地方，去开辟新的生活，创造自己的未来，同时也创造了一些新的文化。他们不仅仅为自己的祖国带来了财富，带来了荣誉，也为他们所生活的当地社会做出了杰出的贡献。我想当瑞典的"哥德堡号"越过重洋，航行到中国去的时候，这个地方已经有很多的华人跟当地人民在一起艰苦地劳动，用他们的聪明才智在发明、在创造，也就是说瑞典今天的富强、繁荣，也有我们的华人的一份功劳。当然，我想瑞典的"哥德堡号"到了中国，也带去了西方的文明、西方的财富，也带去了西方的很多进步理念。由此可见，华侨到外地去工作，去生活，不仅仅是一种经济行为，也是一种文化行为。这也代表着人类的一种进步，也代表着人类的未来。

随着科学技术的快速发展，我们的地球变得越来越小。我们在任何一个国外的偏僻的地方，都很可能听到我们熟悉的乡音。在瑞典这样高度文明、高度发达的国度里面，我们在大街上处处都可以看到我们熟悉的黄皮肤，都可以看到我们亲切的亚洲面孔。这本身就是精彩的故事。

一堂特别的中国课

时间：2012 年 12 月 9 日 17:00

地点：瑞典斯德哥尔摩花园电影院

尊敬的各位老师、亲爱的同学们：

你们好！

刚才在斯德哥尔摩大学，有一位中央电视台的记者问我："你幸福吗？"我说："我幸福！"我为什么幸福呢？因为我与许多年轻学生在一起，因为我从他们身上感受到了一种青春的活力，他们脸上真诚的笑容让我回忆起了我的青年时期。

我们现在经常会观看一些老电影，看得津津有味。尽管这些老电影我们都看过了很多遍，里面的故事我们都很熟悉，但每次看我们都会特别的感动。为什么呢？因为这些电影里边有我们自己的青春岁月，所以这样一种老电影的重新观看，实际上是对自己青春岁月的回忆。

自从我获得了 2012 年的诺贝尔文学奖之后，在中国的网络上疯传着一张照片。这张照片上有四个人：三个男人，一个女人。三个男人是张艺谋、姜文、莫言;一个女人是巩俐。

这张照片是二十五年前在我的故乡山东高密我们家的院子里照的。当时我们四个人都很年轻。张艺谋最大,也不过三十四五岁,而巩俐是一个大学三年级的学生,只有二十二三岁。我想,二十五年过去了,我们已经变老了。那个时候我们都没有名,现在我们都有名了,但可惜我们老了。如果让我抛弃了我所得的所有的奖项和荣誉回到当时的青春岁月,我会毫不犹豫地回去!

《红高粱》这部影片在当时拍的时候,我们也没有想到会造成那么大的影响。这部影片总共的投资只有六十万人民币。现在张艺谋拍一部电影要好几亿人民币。他用六十万人民币拍的电影变成了经典,用好几亿人民币拍成的电影居然是一片骂声。我想,为什么《红高粱》这部电影会获得这么大的成功呢?那我就可以很骄傲地说,因为我的小说《红高粱》写得很好!

这部小说是1986年3月份发表在中国的《人民文学》上,大约过了有四个月,张艺谋就找到了我。当时张艺谋是光着膀子,黑得跟煤炭差不多。他是左脚穿着一只鞋子,右手提着一只鞋子。因为他手里提着的那只鞋的鞋带在公共汽车上被人踩断了。我一见他,马上想起我们生产队的小队长。后来张艺谋说,我一见莫言,就想起了我们生产队的会计……于是,一个小队长和一个会计进行了一次成功的合作。当时张艺谋说,我很可能对你的小说进行很大的改动。我说,随便你改,因为我信任你!我说,我在小说里描写的爷爷和奶奶是在高粱地里面恋爱,你可以让爷爷和奶奶在高粱地里面试验秘密武器。但最终还是让爷爷和奶奶在高粱地里面恋爱。

当时有很多人认为我的小说让张艺谋改编成电影,我发了很大的财。我回到故乡,有一位老乡问我,听说张艺谋给了你一百万人民币?二十世纪八十年代的一百万人民币,我想比现在的一亿元都让人惊喜,但实际上张艺谋购买我这个小说的电影版权只花了八百元人民币。但这八百元钱在当时让我感觉到我已经成为了一个富翁。因为八百元钱在我的故乡可以买一头很大的黄牛。一部小说的电影版权就可以换一头黄牛,你说能不让我高兴吗?

我也是这个电影的编剧之一。我们最早写出来的剧本分上下集,大概有六万多字。等到第二年秋天的时候我回到故乡,张艺谋的剧组也到了。他拿出定稿的剧本让我看,只有薄薄的十几张纸。我说,我们的剧本原来这么厚,你现在怎么就剩了这么薄呢?张艺谋说,这些就足够了!这个电影拍成以后,我才知道一个电影剧本确实要不了多少文字。我记得他这个剧本里面有两段,每段只有两个字。一段的两个字是"颠轿"。这一段在拍成的电影里面,足足颠了五分钟。还有一段两个字,叫作"野合"。待会大家就会看到,这个"野合",需要多长时间。所以我后来给他们写剧本,也写得很短。导演嫌剧本短,我就说,你去看看《红高粱》吧!

后来有很多宣传,说张艺谋为了拍这个电影在我们高密种了几千亩高粱,但实际上总共种了不到四十亩。在电影镜头里面出现的那种一望无际的高粱地实际上都是骗人的。在我的小说里边,高粱是红的,在电影里边高粱都成了绿的。当时我对张艺谋的这个改动很不满,我说:你为什么要拍绿高粱?张艺谋说,当高粱红了的时候,高粱的肢体是僵硬的;只有当高粱还没有成熟的时候,它的肢体才是柔软的,而且是像女人的躯体一样的柔软。这个比喻确实有点莫名其妙。

电影拍完后,在 1988 年的西柏林的电影节上获得了金熊奖。这是中国的电影第一次在西方的国际电影节上获得大奖,引起的轰动一点点都不亚于我今年获得了诺贝尔文学奖。当时中国从南到北都响起了"妹妹你大胆地往前走……"的粗犷豪放的歌声。我记得我从高密回到北京,一出火车站就看到一个青年人手里提着一个啤酒瓶子,一边走一边摇晃,一边摇晃还一边唱:"妹妹你大胆地往前走……"当时我就想:这样一部电影,为什么会引起如此强烈的反响呢?难道仅仅是因为它获得了国际电影节的大奖吗?后来我想不是,我想任何一部作品能够引发广泛的社会影响,都是跟当时的社会背景密切相关的。

因为二十世纪八十年代的时候,正是中国的思想解放的时候。开始了思想的解放,但是解放的程度又不够。经过了长期压抑的人们,内心深处有很多东西就要释放。而《红高粱》电影的主题实际上就是一种强烈地要求个性解放的一部电影。这个电影里边的无论男人还是女人,都是敢说敢做,都是有很好的酒量的,都是能够喝酒、敢爱的人。他们的身上当然都带着很多粗鄙的东西,粗鲁,甚至有几分野蛮。但是这样一种追求自由的精神却是满足了老百姓精神的需求。所以我想,这样一种无所畏惧的、追求个性解放的精神,是满足了八十年代的老百姓的精神的一种需要。

另外,这个《红高粱》无论是小说,还是电影,都是一种故事的新的讲法。在过去的中国电影里边,描写这样的题材,往往主角都是英雄人物。但这部电影里边的主要人物、正面人物实际上是一群土匪,他们在和平年代里干的是杀人、放火、抢劫的坏事,但是当外敌入侵、国家民族面临着覆灭的命运的时候,他们身上的民族自豪、民族自尊都被调动起来了。用这种方式来讲述这样的故事,在当时是令人耳目一新的。当然了,这部电影在其他的艺术方面也有很多的创新。

比如在音乐的运用上，它大量地使用了地方的、民间的旋律；在色彩的运用上，它也大量地使用了民间艺术的强烈对比。当然了，如果我们现在再来看这部电影，肯定还会发现其中有许多令人不满意的地方，这个电影也带着很多当时的历史所造成的局限性。但是正像让我再写一部《红高粱》我写不出来一样，你让张艺谋再拍一个《红高粱》，我估计他也拍不出来了。

在这个电影放映之前，我讲得已经够多了，我不能再讲了。希望大家观看电影。如果大家看了电影感觉很好，那么是因为我的小说很好；如果你们认为这个电影里面有很多让你们不满意的地方，那是张艺谋拍得不好！

现场互动：

问：莫言先生，我首先想祝贺你获得 2012 年诺贝尔文学奖。因为我孩子的母亲也是在山东农村村子里长大的，所以让我更高兴。欢迎你来斯德哥尔摩拿到这个奖。我的问题是这样的：我二十世纪八十年代刚开始学中文的时候，我们能看到的中国文学作品不太多，那时候我们读沈从文、鲁迅、老舍、巴金的小说，我今天（仍然）觉得很好。我觉得很可惜，他们没有获得诺贝尔文学奖。我的问题：你刚开始学中国文学时，你也是读他们这些作家的作品，你现在得了诺贝尔文学奖，你有没有一些话要告诉他们？

答：山东有这样的好女婿，我们感到很骄傲。这个女婿中文讲得这么好，而且他是学习中国文学的，这让我们更加高兴。正像他说的一样，我刚开始学习文学的时候读的也是鲁迅、老舍、茅盾这些"五四"时期的作家的作品，当然还包括沈从文。我觉得他们的作品的品质都非常高,艺术品位都非常高。尤其是沈从文的作品,我觉得跟我贴得很近,而且他的经历跟我也有相似之处,都是没有读过几年书,然后就到军营里面去,到社会上去阅读社会。我也是小学只上到五年级,就离开了学校。沈从文写了一辈子他的湘西,我从他的身上学到许多宝贵的经验。所以截止到目前,我也一直在写我的故乡:山东高密。沈从文能够打动我的,除了他的地方性、除了他的语言之外,还有他的作品里面的人物的塑造。他的作品里面没有特别坏的坏人,也没有特别好的好人。他笔下的土匪、妓女都是很有人性的,甚至是很可爱的。这跟中国大多数作家的作品形成了一种强烈的对比。我的小说里面有些人物的处理也跟他一样,也学习了他。小说家把所有的人都当人来写,我觉得是体现了一个作家的悲悯精神。当然像鲁迅的深刻、老舍的幽默,也都让我受到了很大的教育。我想他们都有资格获得、比我更有资格获得诺贝尔文学奖,我应该算他们的学生。老师没有获奖,学生获了奖,学生心里是很惭愧的。

问:你最喜欢吃的东西是什么?

答:我这两天每天早上都会吃土豆。瑞典的土豆烤得特别好。你由此也会看到我的出身,农民出身,喜欢吃土豆!

问:莫言老师你好!在你的书里有许多女性角色,您对女性有什么看法?

答:有一个评论家说我是女性崇拜者。因为在我的小说里面所有的女性都是身材高大、敢说敢做、承受苦难的农民,当然也有强大的生育的能力。因为我认为她们像大地一样厚重,她们也像大地一样包容。所以我想,在我今后的小说里面还会出现许多女性。我一直写丰满的女性，我今后要写一些苗条的女性。

但也有读者说，你是一个根本不了解女人的男人，你一直站在男人的立场上来揣度女人。我知道他的批评是对的，因为我确实对女人了解得太少。但是我口头上也不愿意认输。我说，其实真正理解女人的是男人。你看我们中国京剧里面演女人演得最好的是男人：梅兰芳，程砚秋。所以我想，尽管我不了解女人，尽管我狡辩，但是我知道，今后在我的写作中还是要好好研究一下女性，研究一下女性心理学。

诺贝尔奖晚宴致辞
——现场演讲

时间：2012年12月10日晚
地点：斯德哥尔摩市政厅

尊敬的国王、王后，各位王室成员，女士们，先生们：

我的讲稿忘在旅馆了，但我记在脑子里了。

我获奖以来发生了很多有趣的事情，由此也可以见证到，诺贝尔奖确实是一个影响巨大的奖项，它在全世界的地位无法动摇。

我是一个来自中国山东高密东北乡的农民的儿子，能在这样一个殿堂中领取这样一个巨大的奖项，很像一个童话，但它毫无疑问是一个事实。

我想借这个机会，向诺贝尔基金会，向支持了诺贝尔奖的瑞典人民，表示崇高的敬意。我要向瑞典皇家学院那些坚守自己信念的院士表示崇高的敬意和真挚的感谢。

我还要感谢那些把我的作品翻译成了世界上很多语言的翻译家们。没有他们的创造性的劳动，文学只是各种语言的文学。正是因为有了他们的劳动,文学才可以变为世界的文学。

当然,我还要感谢我的亲人,我的朋友们。他们的友谊,他们的智慧,都在我的作品里闪耀光芒。

与科学相比较,文学是没有用处的。但我想,文学最大的用处也许就是它没有用处。

谢谢大家!

附录:

诺贝尔奖晚宴致辞(原稿)

尊敬的国王陛下、王后陛下,女士们,先生们:

我,一个来自遥远的中国山东高密东北乡的农民的儿子,站在这个举世瞩目的殿堂上,领取了诺贝尔文学奖。这很像一个童话,但却是不容置疑的现实。

获奖后一个多月的经历,使我认识到了诺贝尔文学奖巨大的影响和不可撼动的尊严。我一直在冷眼旁观着这段时间里发生的一切,这是千载难逢的认识人世的机会,更是一个认清自我的机会。

我深知世界上有许多作家有资格甚至比我更有资格获得这个奖项。我相信,只要他们坚持写下去,只要他们相信文学是人的光荣、也是上帝赋予人的权利,那么,"她必将华冠加在你头上,把荣冕交给你"。(《圣经·箴言·第四章》)

我深知,文学对世界上的政治纷争、经济危机影响甚微,但文学对人的影响却是源远流长。有文学时,也许我们认识不到它的重要,但如果没有文学,人的生活便会粗鄙野蛮。因此,我为自己的职业感到光荣,也感到沉重。

借此机会,我要向坚定地坚持自己信念的瑞典学院院士们表示崇高的敬意。我相信,除了文学,没有任何能够打动你们的理由。

我还要向翻译我的作品的各国翻译家表示崇高的敬意,没有你们,世界文学这个概念就不能成立。你们的工作,是人类彼此了解、互相尊重的桥梁。

当然,在这样的时刻,我不会忘记我的家人、朋友对我的支持和帮助,他们的智慧和友谊在我的作品里闪耀光芒。

最后,我要特别地感谢我的故乡——中国山东高密的父老乡亲。我过去是,现在是,将来也是你们中的一员。我还要特别地感谢那片生我养我的厚重大地。俗话说,"一方水土养一方人",我便是这片水土养育出来的一个说书人,我的一切工作,都是为了报答你的恩情。

谢谢大家!

两 个 故 事

——在瑞典笔会的演讲

时间：2012年12月11日

地点：瑞典斯德哥尔摩北方出版社

  我在七号晚上的演讲中说"我是一个讲故事的人"，既然大家希望我能讲一讲，我就讲两个故事。

  一个故事已经被我写成小说了，题目叫作《儿子的敌人》。这个故事发生在二十世纪四十年代的中国国内战争期间。我们家邻居的一个老太太的儿子在军队里面当兵打仗，战争就在他们家附近的地方进行。当老母亲听到远处传来的枪炮声，她就会不断地发出痛苦的呻吟声。她有三个儿子，已经有两个儿子在战争中死去了，只剩下了她的小儿子，也在军队里打仗。当时我的奶奶曾经告诉我，每天晚上都能听到邻居老太太的痛苦的呼唤声。后来战争结束了，有一天，几个军人抬着一副棺材到了老太太家，告诉这个老太太说：你儿子在战斗中光荣牺牲了，我们现在把他的遗体送回来了。由于我们军队急着转移，请你自己找人把他安葬了吧。

这个老太太把棺材打开,看到棺材里面躺着一位年轻人,这个年轻人并不是她的儿子,而且这位年轻人身上穿的军服是和她儿子作战的另一方的,就是说这个棺材里躺着是她儿子的敌人。这个老太太心里立刻感觉到很轻松,于是她就开始观察他儿子的敌人。她看到这个小伙子很年轻,长得非常英俊漂亮,头发有点发黄,脸上的神情栩栩如生。这个士兵好像没有死亡,只是深深地睡着了。她越看越感觉到这位年轻人可爱,同时她也产生了一种不好的想法:是不是我的儿子真的被打死了,被送到另外一个地方了?是不是也有一个像我一样的母亲面对着她儿子的敌人在观看?于是她心里就感到非常的沉重和悲痛。这个时候她忘掉了阶级,忘掉了政治,剩下的只是母性。于是她找来温水,开始擦拭这个年轻人身上的血迹。她一边擦一边流眼泪。年轻人军装下面的身体上有很多弹孔。这个时候她感觉到死去的就是她的儿子。后来她生怕别人发现了这个秘密,就悄悄地把棺材盖子盖上,又找来铁钉牢牢地把棺材盖子钉住。她请村里的人把棺材抬出去埋葬了。当埋葬这位年轻人的时候,她放声大哭,非常悲痛。

我就把这个故事写成了一篇大概一万多字的短篇小说。这样的小说在中国的二十世纪五六十年代是绝对不可能出版的,但是这篇小说在九十年代出版了,而且赢得了很多人的赞扬。

我讲的第二个故事还没写成小说,而且我感觉到我也很难把它写成小说。这是一个东欧汉学家朋友告诉我的故事。他说在第二次世界大战的时候,有一个纳粹的党卫队的队员,他在党卫队里面当兵的时候立下了很多功劳。当时纳粹的军队有一个规定,只要能够杀死二十五个犹太人,便可以奖励一枚勋章。这个党卫队员获得了很多勋章,也就是说他杀死了很多无辜的犹太人。在战争结束后,这个党卫队员偷偷地跑回了自己的家乡。这时,因为他的身份,他的妻子已经被抓进了监狱,家里面只有一个七八岁的小女儿。小女孩就把父亲藏到家里的地窖里,父亲告诉她,一定要保守秘密,只要他出去就会被人杀掉。这个小女孩每天到外面寻找食物来养活自己的父亲。她在一个地方要到了一块面包,尽管她也很饿,但她自己舍不得吃。给她施舍面包的人就问:为什么你不吃呢?马上她就想到了要保守秘密。别人看出了这个小孩的行动很可疑。后来人们就把她父亲从地窖里抓了出来。当人们把她父亲抓走的时候,这个孩子跟抓她父亲的人拼命搏斗,她追赶押走她父亲的汽车,大声地哭叫。这时候被抓走的党卫队员也是泪流满面,他就哀求押送他的士兵,能不能停下车让他和女儿说两句话。车上的士兵被他们感动了,于是停下车来。这个党卫队员跟他女儿说:我不是你的父亲,我是一个野兽。但是这个小女孩说:不,你是我的父亲。

我觉得这样一个故事非常深刻,也非常的复杂。一方面我们想到这个党卫队员的双手沾满了鲜血,犯下了累累的罪行。但是在战争结束后,我们又深深地被他和他女儿之间这种真挚的父女感情所打动。我觉得类似的故事只要写好的话,可以非常深刻地让我们认识到人性的复杂,也可以让我们反思战争这样一个复杂的问题。为什么在和平年代里一位慈爱的父亲到了战争环境下就是一个杀人不眨眼的野兽?为什么在战争结束后他身上的兽性又会消失掉,人性又会得到恢复?我们还可以想到,人性当中到底还有多少没被我们发现的部分?我想,这位党卫队员的女儿如果能够成为一个作家,把这段经历写下来,一定会成为一位伟大的作家。别的作家如果能把这样的题材写好,这个小说肯定也会是一部伟大的小说。

我就讲这么两个故事,大家也可以讲。

现场互动：

问：请你讲一下你的创作经历。

答：我从二十世纪八十年代开始写小说，其实从那个时候我就开始用笔来讲故事了。正像我在演讲里讲的一样，我首先是一个听故事的人，然后才变成一个讲故事的人。越是在乡村中，口头故事越是发达。后来我就想，瑞典、丹麦这种地方也一定是口头故事特别发达的地方。我想丹麦能够产生安徒生这样伟大的童话作家是有理由的，这个地方的黑夜是很漫长的，漫漫长夜里睡不着觉，只好讲故事。我在故乡，大部分故事都是在冬天听到的，听故事的时候，灯火应该是很暗的。现在电灯把一切都照得通明，破坏了故事的环境。乡村的故事都有很多神秘色彩。如果外边一片漆黑，风在烟囱里呜呜地响，蜡烛的火苗摇来摇去，屋里的一切都好像蒙上了一层神秘色彩，这时候讲出来的故事必定就是童话，必定是充满了幻想。

我在八十年代拿起笔来开始写作的时候，就把少年时期听到的故事写到了小说里。我最先引起大家注意的一部作品叫作《透明的红萝卜》，讲述了一个在桥梁工地上给铁匠当小工的一个小孩的一段经历。这个小说最早起源于一个梦境，在这个梦的基础上，我把自己个人的经历融合进去，变成一部小说。我想大家很快就会看到这本书。这本书是用儿童视角来写的，写的又是自己童年的经验。里面那个小孩本身写得很传奇，他从小说开始到小说结尾一句话都没说，但是他有超过常人的听觉，也有超过常人的嗅觉，还有远远超过常人的忍受苦难的能力。我想这样一部小说在二十世纪八十年代的中国文坛是一个非常奇怪的小说。在我之前，中国作家都没有这样写过。

这个小说成功以后，我就感觉特别高兴，原来这样写大家都喜欢，那太好了，我就这样写下去了。后来我的很多小说就把我在少年时期经历过的故事、听到过的故事写了进去。

当然在中国二十世纪八十年代的时候，用小说来讲故事也被很多青年作家瞧不起。他们说用小说来讲故事已经落后了，他们认为重要的不是讲什么故事，而是讲故事的方法，所以那时候也有很多小说没有一个完整的故事。当然对这种文学技巧的探索我也很欣赏，我本人也做了大量的试验，但是我发现最后读者还是喜欢看故事。凡是在世界文坛上引起了很大反响的小说，没有一篇不是讲故事的。我来瑞典之前刚看了台湾的导演李安拍的一个电影，叫作《少年派的奇幻漂流》，你们也看到了啊，讲一个少年和一只老虎在海上漂流的故事，中国观众反响非常热烈。而另外几部写了历史、写了政治的电影，反倒没人去看。所以我说，好的故事不仅是我们小说家的看家本领，也是电影导演必须要用的技巧。

问：你获奖之后，有很多争论，对争论的人而言，这是一个机会，他们可以学到很多中国的东西。但这些争论不全是正面的，有没有什么是让你比较吃惊或没有想到的？

答：我想一个作家有争论，他应该感到自豪。实际上我从二十世纪八十年代发表小说后，就陷入了无休无止的争论当中，包括我刚才提到的《透明的红萝卜》。这部小说发表以后很多人就赞赏这部小说真好，也有很多人就质疑，小说怎么能这样写呢。被拍成电影的小说《红高粱》发表以后，争论声更大了。接下来这二十多年里，几乎我的每一部小说发表之后，都会引起一些争论。有的人把我捧到天上去，有的人恨不得把我踹到地狱里去。刚开始我也感觉到很痛苦，后来我就很习惯了。当某部小说出来后，没有什么争论，我反而感觉到，哎哟，这太不正常了。因为我想，一部优秀的小说肯定是丰富的，一部优秀的小说存在着很多种被解读的可能。在一部优秀的小说中，作家是深深地藏在故事背后的，小说里的人物之间是互相争论的，作家是从来不对小说里的人物进行判断的。另外，小说就要描写人的复杂性和人性的丰富，它肯定是涉及了政治，但肯定是超越了政治。它写了各个阶级和阶层的人，但它更是描写了超越阶级的人性。就像我刚才讲述的发生在党卫队员和他女儿之间的故事，我想这部小说留给读者争论的余地就很宽阔。

我得奖之后的争论我觉得是和我的小说的争论差不多的。因为一个作家一旦获得了诺贝尔文学奖之后，他已经不是一个正常的人了，他已经不是他自己了。所以获得诺贝尔文学奖的作家莫言和现在坐在你们面前的我不是一个人，他本身就是一部小说，对莫言的争论就是对小说的争论。

问：北欧文学中，有没有你特别喜欢的作品？

答：像瑞典斯特林堡的话剧我是非常欣赏的。他描写的人在发狂时的精神状态令我感觉到非常地兴奋，他写了很多神经不太正常的人。我看了他写的，我就会反思我的神经是不是正常。当然我也看了林格伦的童话《长袜子皮皮》，也看了拉格洛芙的《尼尔斯骑鹅旅行记》。所以说瑞典产生过最纯洁的小说，也产生过最复杂的话剧。斯特林堡的话剧至今还在中国的很多剧院里上演。

我的文学创作道路

时间：2013 年 2 月 23 日
地点：北京国家图书馆

今天的题目是"我的文学创作道路"。但是我想大家肯定都特别关心诺贝尔文学奖（以下简称"诺奖"）这件事儿，所以今天就即席漫谈。第一部分先介绍我获诺奖前后发生的一些事情，以及我的一些心情；第二部分简单地介绍我这几十年来创作的一些经历、经验和得失；最后再简要地汇报一下，我目前的创作计划及想法。

一、我的获奖心情及获奖前后发生的事情

1. 我与诺奖的渊源

诺贝尔文学奖与中国的关系一直比较微妙，也比较复杂。国内很多人对这个奖项表现出了相当矛盾的心情，一方面认为这个奖只是西方的、瑞典的一群老头儿颁的一个奖项，代表着西方的价值观和意识形态，是西方的审美趣味，因此贬低此奖，并认为完全可以忽略

不计,不用给予它太高的重视;另一方面,也有人说中国当代作家的创作成绩实在太差,至今还没有获得诺贝尔文学奖,只是自己在国内评各种各样的奖项,把自己的文学创作成绩吹得很高,但却得不到国际的认可。可以说,国内从媒体到普通读者都处在这样一种矛盾的心态当中。批评家也把不满转嫁到了作家身上,一方面认为中国作家能力有限,才导致至今未能得奖;另一方面又认为中国作家有诺贝尔情结,在迎合西方的文学趣味,写作就是为了得奖。总而言之,每年十月前后,媒体上就会掀起有关诺奖的各种争论。我也曾多次被媒体追问对诺奖的看法。

说到我跟诺奖的渊源,已经有段时间了。早在1994年,日本的第二位诺贝尔文学奖获得者大江健三郎先生,在瑞典学院的演讲中提到了我和另外几位亚洲作家。他认为,从世界文学的意义来讲,我们的创作与他的创作有很多同质的东西,都是站在一个比较高的角度上、站在一个相对超脱的立场上对人的生活进行了描述,所以具有世界文学的价值。他认为,我们几位作家是有希望、有资格获得诺贝尔文学奖的。自此之后,很多媒体、读者就把我跟诺奖联系到了一起。

2. 诺奖究竟花落谁家

近几年,不断地有人在猜测:究竟哪位中国作家离诺奖最近?在网上,还有很多人在打赌,我被西方的几家博彩网站数次列入了赌博的名单。过去几年我的排名一直比较靠后。2012年,我的名次直线上升,位居前列。在西方的两大博彩网站中,优胜客(Unibet)和立博(Ladbrokes),我的排名分别为第一和第二。这两家博彩网站每年都会在诺贝尔文学奖上开设赌局。他们会开出一个很长的名单,排名越是靠前,赔率就越低,赔率越低的作家就会被认为得奖的可能性越大。与此同时,与我并列于这两家网站的另一位作家是日本的村上春树。在优胜客,我排第一,村上春树排第二;在立博,村上春树排第一,我排第二。两大网站公布名单的时候,恰好是钓鱼岛事件异常激烈的时候,也是国民情绪特别激愤的时候。这样,诺贝尔文学奖好像就变成了我与村上春树、中国作家跟日本作家的 PK 了。网络上把这个问题与钓鱼岛事件结合在一起,争论得非常激烈,最后的结果可想而知。

在网上,关于我有没有资格获得诺奖,引发了很多的争论。有部分人是在评价我的创作、我的文学成就,从文学质量的角度来衡量我是否有资格获得诺奖;也有部分人从政治的角度,甚至是泛政治的角度来评价,使得一个文学问题变成了政治问题。

我相信每个人对文学的判断和喜好都不尽相同,肯定有读者喜欢我的作品,但也肯定有读者讨厌我的作品。我认为,这种情况是每一位作家都要面临的,尤其在当今越来越多元化的时代,让一位作家包打天下,令所有的男女老少都喜欢,是不可能的。那么,在这样的前提下,每一位读者心目中离诺奖最近的作家的名单,肯定也不尽相同。所以,对于自己能否获奖,我还是有着比较清醒的判断。虽然1994 年,诺奖获得者大江健三郎先生曾经说到中国的莫言有希望获奖。而我本人,当年也很是兴奋,认为如果自己努力地不断写作,将来确有可能得到这个奖项。但是,随着社会的不断发展以及我个人情况的一些变化,我却越来越清楚地意识到自己离诺奖越来越远,尽管有很多人认为我是离诺奖最近的中国作家之一。我之所以有这样的想法,是因为在世界很多人的心目中,诺贝尔文学奖从来就不是一个纯粹的文学奖,好像有一套潜在的规则,即喜欢那些跟官方没有任何联系甚至对抗的作家。当某个作家离开了自己的国家,流亡到或者生活在西方别的国家时,他会比较容易引起诺贝尔文学奖评委的注意。而像我这样的作家,一直生活在中国,取得了很多荣誉,譬如获得了第八届茅盾文学奖、在第八届全国作家代表大会上被选为作家协会副主席等,应该是离诺奖越来越远。因此,当人们普遍认为我有可能得奖的时候,我心里却非常地清楚这一希望的渺茫。对此,曾有人暗示我要有所动作,但我却一笑置之。我认为,作家的写作和他的生活应该顺其自然,无论对社会是批评还是赞扬,都要忠于自己的良知。那么,什么叫作良知?良知,我个人以为最大的特征就是要尊重事实。对明明看得到的进步和发展,不能闭眼不看,更不能断然否定。如果仅仅为了取悦某些人,仅仅为了满足一个得奖的条件,而违心地去攻击社会,不分青红皂白地把社会描述得一团漆黑,我觉得这不仅违背了一个作家的最根本的职业道德,也违背了一个人的最基本的做人的准则。

我有着自己的坚守和原则,该怎样做就怎样做,该怎样写就怎样写,始终坚持以事实为根据。那些暗示和劝说,于我而言,如过眼烟云。至于自己能否得奖,我想这不是个人所能够决定的。以上就是我获奖之前,在对待诺贝尔奖问题上的一种最基本的心理状态。

3. 获奖演讲

诺奖名单公布后,大家对于我前往斯德哥尔摩参加颁奖典礼并做演讲的事情都有所期望。诺奖的演讲台是一个万众瞩目的舞台。有人希望我这样讲,有人希望我那样讲。但是,我非常清楚自己要怎样讲。我不是政治家、经济学家,我获得的是文学奖。因此,我觉得最好是讲自己的故事。我讲了三个故事:

第一个故事,当所有的人都在哭的时候,应该允许有的人不哭,应该允许在这个社会当中有一些另类的人存在。

第二个故事,讲我自己亲身的经历。当年,我在部队的时候,曾有位老首长推开我所在房间的门,说:哦,没人。一听到这话,我立即站起来,说:我不是人吗?可谓"义正词严"。事后自己也得意了很久,认为自己敢于抗上。但是,事隔多年,回想起来,就觉得非常惭愧:老首长本就不是找我的,看到要找的人不在,随口说了那么一句。而我,至于那样做吗?现在看来,就是没有礼貌,或者说,就是在故意地表现自己。对于这件事,我觉得非常内疚。

第三个故事,讲我爷爷讲过的一个故事。有八个泥瓦匠到一间破庙里避雷雨,外面风声大作、雷雨交加,传说中的龙亦在吱吱乱叫。这在民间认为是老天要惩罚犯了罪的人。八个人就说:我们当中肯定有一个人做了坏事。那么,究竟是谁呢?无人承认。于是,他们就决定把自己的草帽往外扔,谁的草帽被刮到外面,谁就是那个应受惩罚的人。有一人的帽子被刮到了外面,但他不愿意出去,于是那七个人便把这个人扔了出去。刚把这个人扔出去,破庙塌了,屋里的七个人被砸死了。

对于这个故事,我的本意是:也许八个人都没有罪,也许都有罪。但是,当七个人强行地认为草帽被刮到外面的这个人有罪,把他扔出去时,这件事本身就是集体犯罪。所以这七个人受到了惩罚。这七人有什么理由认定这一个人是有罪的呢?

当然,这个故事还可以有其他理解,网络上、媒体上都有着各种各样的非常有趣的解读。我想,这就是故事的魅力所在。从这个意义上来说,文学作品有时也未必非要讲得那么透彻,某些地方讲得含蓄、朦胧一点,或许会更有意思。如果作家把自己的想法直白地表达了出来，反而会没有了味道。所以，我就在瑞典的演讲中表达了对文学作品的这种理解，即：作品要含蓄，要让每个人从中都能够有自己的思索空间和想象余地。

4. 对我获得诺奖的议论

在我以为诺奖离我日趋渐远的时候，评委们将此奖颁给了我。这是诺奖成立一百多年来第一次把文学奖颁给中国籍的作家。此事在国内引起了众人的关注，围绕着我以及诺奖，流传着各种各样的说法，而影响最大的一条消息是"我与诺奖评委马悦然之间有着不可告人的交易"。本来对于这样的谣言，我觉得根本不必理会，但是事情牵扯到其他人，我认为自己有必要站出来澄清。

诺奖之所以具有如此大的国际性影响，确实有它的理由。第一，诺奖已创办一百多年；第二，其评选有着非常严格的程序，评选内容保密时间长达五十年。因此，关于哪位作家被提名了，哪位作家入围了，都只能是猜测和传说。我和村上春树的 PK 也就是一种猜想而已。

按照诺贝尔文学奖评选惯例，瑞典学院收取提名信的截止日期为每年的 2 月 1 日。因此，有提名资格的单位和个人，如中国作家协会等文学团体、历届诺贝尔文学奖获得者、大学文学教授等，都有资格将提名信提前寄往瑞典。2 月 1 日之后，瑞典学院将来自世界范围的提名信收集在一起。

瑞典学院有十八位院士，有五位是常委，其他人是评委。五位常委在诺奖评选方面起至关重要的作用，他们在所有提名的作家中选出三到五人的小名单，而诺奖的获得者就是在这个小名单中产生的。所以，认为我与马悦然有着不同寻常的关系才能最终获得诺奖的人对马悦然有着很深的误解。马悦然虽然是瑞典学院的终身院士,也是十八位院士中唯一懂中文的学者。但是,在诺奖投票方面,他的权力只在五位常委给出的三到五人的小名单中选择。从目前看来,去年我肯定进入了小名单,但这根本不是马悦然所能决定的。之所以有这样的谣言,我想那些人根本就不了解诺贝尔文学奖的评奖程序。再者,难道瑞典学院的十八位院士都是老糊涂吗?不是的。这十八位院士里也有很年轻的作家、诗人。虽不能说他们有着最高的鉴赏水平,但可以肯定的是,他们都有着自己的审美爱好,不是在瑞典学院里说服了一位院士,就能够让其他院士都对你刮目相看。因此,我认为要想获得诺奖,要在评选中获得过半的票数,最终必须依靠的还是文学本身。另外,也不能以年龄来判断一个人的鉴赏水平,九十岁的人未必就糊涂,二十岁的人也未必就不糊涂。

  大家知道,任何国家,在报纸等媒体上公开地诽谤他人都是要负法律责任的。所以,我想就国内媒体的情况说上两句。

  现在国内有些媒体的职业操守,实难让人恭维。明眼人一看就知道是胡说八道的消息或微博,但有些媒体却依然会登载;这样做无疑会帮助某些人,使他们的谣言扩散,形成一种毫无意义的炒作。我很想对我们的有些媒体说:不要明知是谣言,还要故意地登载;明知是造谣、诽谤,还要故意地扩散。尤其是官方媒体,更应该有一个起码的判断力,对一些明显不符事实的内容,不要随意登载;即使要转载,也请给它加上定语,将其八卦化就好,不要作为一条正式的新闻来传播。

  在这样的舆论环境下,我的得奖势必会引起巨大的争议,我想这也是非常正常的。我知道有人反对,有人嫉妒,有人仇恨。但是我以为这是极少数人,就像杨振宁先生在"中华之光"颁奖典礼上讲的那样:莫言得奖,99.99%的中国人是高兴的。当然,对于那些从艺术角度批评我的人,我也是心存感激。我曾多次对媒体讲过:得奖之前,我不知道我是什么样的人;但是得奖后,我觉得身边多了很多面镜子,通过镜像,看清了世情,看透了人心,也从更多的侧面看到了自己。我感谢那些理智的批评者,是他们让我对自己有了一个清醒的认识。从这点来讲,我认为得奖对我今后的创作有很大的促进作用。我想我会认真地吸取那些对我的文学的批评,也会认真地思考对我个人品格某些方面的批评,争取以一种更好的姿态、更宽容的态度、更开放自由的心态写好以后的作品。

二、我的创作历程

对于我个人的创作,很多朋友都很清楚。我只上过五年学,后来到部队学习了文化。然后,考上了解放军艺术学院文学系。后来,又到北京师范大学与中国作家协会鲁迅文学院合办的作家班学习了两年。这便是我大致的学习成长经历。

其实,与很多农村的孩子一样,我从十几岁便有了文学梦想。那时的我是一个狂热的读者,读的多了,自然就跃跃欲试,对作家、诗人充满了向往,开始幻想着自己能够写小说。之所以是幻想,而未能付诸实践,这与当时的环境有着莫大的关系。白天有繁重的劳动,晚上没有电,家里也没有纸和笔,所以,那时就真的只是梦想而已。直到1976年,粉碎了"四人帮",中国开始新的历史时期后,我的文学梦想才逐步地走向了现实。

那时候,中国文学开始复苏,大量的文学刊物重新复刊,譬如《人民文学》等;一篇好的小说发表之后,便可以引起全国上下的议论。

在这样一个热烈的文学环境下，我的文学梦想更加地膨胀，于是便开始学习写作。

早期写作从河北保定开始。保定有一个刊物《莲池》，我的前五篇作品全是在这个刊物上发表的。当时不敢向《人民文学》《解放军文艺》这类的大刊物投稿，只能在报纸上收集一些小刊物的广告，向县级、地区级的刊物投稿，感觉这样的刊物或许门槛低一些，更容易发表文章。当然我的这种想法未必正确，有的小刊物实际上选稿的水平也是很高、很严格的。说到这里，我要讲一讲我对小刊物这个词的理解。我认为，小刊物是指它的发行量小，覆盖范围小，主办单位级别较低；从这个意义上讲，它是小刊物。有人批评我看不起小刊物，实则是曲解了我的意思。

之后，《莲池》的编辑向我介绍河北文联的刊物《长城》及其他一些大的刊物，建议我也可以向这些刊物投稿。在这期间，我被调往北京工作。直至1984年考上解放军艺术学院文学系，我的创作才发生了质的转变。此前，我的文学观念还是很陈旧的，"四人帮"的一些文艺思想在我的文学创作观念中还留有一些痕迹，认为正面人物就应该是"三突出"，一部作品就应该有光明的尾巴，有正反面人物，有阶级斗争。事实上，文学要远远复杂得多；尤其在小说作品中，很多人物究竟是好人还是坏人，是很难定性的。对这个问题，我们的前辈作家有着很清醒的认识。二十世纪六十年代引起了轩然大波的"中间人物论"，就是对这一问题的探讨。

身为作家，我认为最应该关注自己笔下的这部分人物。他们不能是绝对的好，也不能是绝对的坏，因为绝对了就不真实。我以为，真实的人，无论多么伟大，都会有弱点；无论多么漂亮，都会有瑕疵。引用我家乡的话：貂蝉虽美，还有四个麻子。所以，文学作品中的人物应该更加丰富、立体。在解放军艺术学院的几年,我的创作观念发生了这样的变化:要把人当作人来写,而不是当作神或者鬼来写。即便是一位英勇无畏的大英雄,也会有怯弱的时候;即便是个杀人不眨眼的恶魔,也会有其慈悲之心的一闪念。

作家的创作过程各有特色,我每本书的构思与灵感触发也都不尽相同。有的小说起源于梦境,有的小说则发端于现实生活中发生的事件,但无论是哪种,最后都必须和个人的经验相结合,才有可能变成一部具有鲜明个性的,用无数生动细节塑造出典型人物的,语言丰富多彩的,结构匠心独运的文学作品。

可能是因为我经历过长期的艰难生活,使我对人性有较为深刻的了解。我知道真正的勇敢是什么,也明白真正的悲悯是什么。我知道,每个人心中都有一片难用是非善恶准确定性的朦胧地带,而这片地带,正是文学家施展才华的广阔天地。只要是准确地、生动地描写了这个充满矛盾的朦胧地带的作品,也就必然地超越了政治并具备了优秀文学的品质。

讲到这里,我想到了那些凶残的杀人不眨眼的日本士兵。侵华战争之前,他们在自己的国家,从事着医生、工人、农民等各项职业,他们是妻子的丈夫、儿女的父亲、父母的儿子,他们有很好的朋友,有着人性、理智。可是为什么到了中国,他们就成了野兽一般的人呢?我以为,这不是人的本质坏,而是战争这样特殊的环境把人变成了野兽。所以,写战争题材的历史小说,如果能够站在这样的角度,无论写敌人,还是写英雄,都会有另外的发现,发现人的丰富性。因此,我要说,文学作品可以写战争,但是你要清楚地知道,更重要的是写战争中的人。因为在这种特殊的人类行为中,人的思想会发生许多微妙的、甚至巨大的变化。

写作观念确立之后，我再写出来的作品，与之前的相比确是大不相同了。对历史题材的处理，就跟前辈作家有了很大的区别。譬如《红高粱》，我写的是一帮土匪抗战，这在之前的文学界里是很少有的。因为过去写战争这类文章，描述的往往就是从战役的开始到结束，从战场到庆功会，就是对战争过程的一个记录。这样的作品，更像是历史教科书，只记录了事件，没记录人物；只记录了人物某些外部的行为、言语，没开掘人物的内心。事实上，真正的战争，真正的生活，远比一本文献要丰富得多。这也是文学作品发挥它作用的地方。

可以说，在三十多年的创作过程中，我应该属于比较敢于探索、不怕失败的作家之一。这个探索包括题材、人物塑造、语言等方面。我的创作过程，应该说离不开我们的外部环境。所以，在瑞典的演讲中，我有一段非常明确的表示：如果没有三十多年来中国的改革开放、社会的巨大变化和进步，也就没有我这样的一个作家，自然也就没有我现在的文学作品。所以，从这个意义上，我成为了作家，得到了这样或那样的奖项，是要感谢我们伟大的时代。

三、我的创作计划

最后讲一讲我现在的想法及写作计划。今年上半年，我可能很难坐下来写作了。但是，下半年我会立刻着手写作。

首先，我要写一部戏曲。因为我是一个戏迷，很多民间戏曲，譬如京剧、豫剧、茂腔等，我都非常喜欢，我已在《檀香刑》中表达了对它们的爱好。我认为，戏曲是中华民族千百年来珍贵的财富，它在人类的历史中起到了开放式教室的作用。演员就是百姓的教员，剧本就是百姓的教材,而剧场就是百姓的学校、教室。当然,现如今戏曲已有所衰败,但是我还是想尽自己的力量写一部神话题材的剧本。目前已经完成一半,面临着很多的挑战,但是我还是会尽力写好它,争取能够达到《白蛇传》那样的程度。

戏曲剧本完成后,我会给北京人艺写一部话剧剧本。其实,搞戏剧、写剧本是一件令人上瘾的事情。一位作家,看到有人在读他的书,会感到很满足;如果一位剧作家,在舞台下面看到一群演员在台上演他的剧目,会更加高兴。另外,我觉得小说跟戏剧,二者本身就有斩不断的联系。老一代优秀作家中,很多也是大剧作家,譬如老舍先生。同时,我觉得话剧是一门语言的艺术,它没有过多的环境描写,完全依靠人物的表演和台词来讲述故事。因此,我想写话剧就是对自己的语言能力,尤其是写对话能力的一种锤炼和提升。

这部话剧我想要写有关官员的现实题材。反腐小说一直是比较畅销的门类,有着自己某些固定的套路。而我想做的是要打破这个套路,从另外的角度来写一名官员。他是贪官,但首先我觉得他是一个人;另外,他并不是一开始就这样,也有一个变化的过程。那么,究竟是什么使一个刚开始确实要为人民做事的官员,最后却变成了人民的罪人呢?这个过程我想是值得好好地探讨的。

曾有人说我不关心政治,那么我会用这个话剧来证明自己对政治问题的思考。不论我的思考是对或是错,不论这部作品能否让广大观众认可,我仍然想用这样的作品在文学作品的人物画廊中,增加一个新的人物形象,让他跟其他所谓的贪官形象不同,是一个丰富、立体的人,而不能简单地定义为好人或是坏人。我希望再过两年大家就能够在剧场里看到我今天说的这两部戏。

现场互动：

问：莫言先生,诺贝尔文学奖的评审委员会给您的颁奖词中有这么一句：将魔幻现实主义与民间故事、历史和当代社会融合在一起。关于魔幻现实主义这种手法,不仅仅西方作家在使用,我国的民间传说及蒲松龄创作的《聊斋志异》也是采取了这种创作手法的。所以有人认为,与其说您是打着外国文学流派烙印的中国作家,不如说您是受中国文学传统影响和滋养的作家。请问您是怎么看待这个问题的？

答：魔幻现实主义在国际文坛上确实是一个具有很大影响力的文学流派。但是,诺贝尔奖给我的授奖词里,"魔幻"的翻译实际上是不准确的。在我得奖后,瑞典学院的院长在上海做过一次演讲,他讲道：如果莫言的作品跟魔幻现实主义一样,那么我们就不会给他颁奖了；对于莫言的作品,从更准确的意义上来说,应该是梦幻或是虚幻。所以说,我的作品更多的还是在中国的文化背景下、中国的文化土壤里生长起来的。我认为,西方的各种文学流派对我而言具有他山之石的作用,可以给我启发,让我借鉴。然而,真正要写作的时候,我还是要回归到自己最熟悉的本土文化资源中,还是要运用自己最熟悉的个人经验,还是要从我们广泛的、深厚的民族文化的土壤中汲取营养,包括我们的戏剧、民间传说以及文学典籍。

问：有关当代文学的功能,在许多情况下,认识功能和教育功能应当处于主导的地位。但是,当代中国有一些作家的作品令人失望。我想请莫言先生谈一谈,就这一方面我们应该怎么解决。

答：我这一代的作家，写作的路数应该都差不多。受到外来的影响，然后回归民族文化的根源，更加关注历史，也更加关注人物的命运，有着很深的政治情结。但是，进入新时期，八零后、九零后的年轻孩子们开始写作的时候，网络文学巍然大观，创作的多元化、类型化令人眼花缭乱。在这段时期，老一辈——像王蒙先生这一代在写作，我这一代的在写作，八零后、九零后的一代在写作。这样的一个阶段，如果要求所有的作家都按照一种方式来写，是不合理的，也是不可能的。所以，我多次说过每个时代应该有每个时代的作家，每个时代的作家都应该写出自己的作品。所以，对目前的状况，我觉得还是应该持一种宽容的态度。不论写了什么，只要写了人，写出了人的丰富，写出了人的进步，写出了人的情感，就应该给予肯定。如果让我对年轻的同行们有所提醒的话，我就希望大家可以按照自己喜欢的方式来写，可以选择自己最熟悉、最擅长的题材来写。但是，无论怎么写，都应该把写人当作最高的追求，当然也不要忽视对艺术特色的追求，譬如语言、结构等。总之，文学在这个时代里，我觉得如果希望它可以改变现实，这样的期望未免太高了些。但如果认为文学没有任何用处，这样好像也不是很客观。所以，我在瑞典颁奖典礼致辞时，曾脱稿讲过一句话：文学与其他的奖项相比，如物理、化学，确是没有实际的用处；但是，文学最大的用处也许就在于它的没有用处。我觉得，在今天这句话依然还是对的。

我小说中的人物及原型
——在美国哥伦比亚大学的演讲

时间：2014 年 11 月 7 日
地点：美国

我写了近百篇小说，塑造了数百个人物。小说是语言的艺术，结构的艺术，但更是塑造人物的艺术。每个人物，几乎都有原型。但时间有限，只能解析几个我认为比较主要的、比较有意思的，与大家分享。

首先我要讲的是我的成名之作《透明的红萝卜》里那个黑孩子。这个黑孩子姓名年龄都不详。他皮肤很黑，瘦骨伶仃，脑袋很大，耳朵很薄，眼睛很亮。写他时，我不到三十岁，是个青年，现在我已是老人，但现在，六十岁的人好像还是年富力强的中年人。我自己感觉我还不老，对未来的生活，对未来的创作，还充满着希望和梦想。那个黑孩子，年龄被文字冻结了。他永远不会长大，更不会变老。在小说中，他一句话也没说。我刚开始写这篇小说时，并没想把他写成一个哑巴。事实上他也不是一个哑巴。我原来的设想是让他在小说中只说一句话,但写到最后我也没想出该让他说句什么话。那就一句也不说了。尽管他没说一句话,但他在小说中,用他的行动,用他的眼神,用他的感觉说了很多话。他有着鲜明的爱憎,他知道谁是好人谁是坏人。他有着超人的忍受痛苦、忍受侮辱的能力,他可以在寒冷的天气里赤裸着上身,只穿一条短裤。他可以用手攥住烧红的铁钻子,任凭灼热的铁器烫得他的皮肉滋滋作响;旁观者吓得目瞪口呆,他却浑然不觉,坦然自若。他有着奇异的想象力和丰富细微的感觉,他能够听到头发落地的声音,能够看到光线如何穿过黑暗。他能在物质匮乏、人心冷漠的时代里,感受到爱的温度。当然,更重要的是,他还具有把自己的爱,用自己的方式表达出来的能力。

有一些研究者认为,小说中的黑孩子的原型就是我,但我不同意这个判断。尽管这部小说调动了我的童年经验,尽管我也曾在桥梁工地上像黑孩子一样为一个铁匠当过助手,尽管在我的故乡还保留着这座石头和钢筋水泥堆砌而成的建筑,但黑孩子的原型的确不是我。那么,这个黑孩子是否有原型呢?原型是有的,但不是一个孩子,而是一群孩子,是一群与我同时代的孩子。我们是时代的产物,我们是一群用自己顽强的生命力战胜了苦难的孩子,我们也是一群围绕着熊熊的炉火,用劳动和坚毅创造了自己的生活的孩子。

现在,中国的四家电视台,正在热播着根据我的小说《红高粱》改编的长达六十集的电视连续剧。尽管有人热捧有人狂批,但收视率屡创新高。为什么一个陈旧的故事,还能吸引这么多的观众?我想除了名演员、名导演的号召力之外,最主要的还是剧中人物,不论主角配角,都是性格鲜明、栩栩如生。他们能够让观众从剧中人物的生活联想到自己的生活,能够让观众从剧中人物的命运联想到自己的命运,能够让观众从剧中人物联想到现实生活中的人物,从而使一部历史剧与当下生活产生了密切联系。

电视剧《红高粱》是从小说《红高粱》改编而来，剧中增添了一些小人物，但主要角色还是基本上忠实于小说原著的。所以，电视剧《红高粱》的成功，再一次证明了小说《红高粱》的成功。

小说中有一个主要人物，民国时期的高密县长曹梦九，在电视剧中，改名为朱豪三。改名的原因是吸取了我写小说时的教训。我在小说中，使用了好几个人物原型的真实姓名。我原本想先借用他们的名字，等小说写好后再想个新名字替换，但小说写好后我发现换不了了，无论换成什么名字，都感到不合适。小说出版后，这几个人物原型很不高兴，他们找到我父亲，质问道："我们两家关系一直很好，还沾亲带故，你儿子为什么在小说里把我写成那个样子？"我父亲先是替我向他们道歉，又劝他们不必当真。我父亲说："天下重名重姓的人很多，你们何必对号入座呢？譬如说，他小说的第一句就说'我父亲这个土匪种'，难道他这样写我就成了土匪种了吗？"改编电视剧时，我们生怕这个民国时期的高密县长的后代找上门来，于是就改成了"朱豪三"。这是让我感到遗憾的一件事，因为我感到"朱豪三"远不如"曹梦九"响亮、亲切。我想我们高密县的观众会跟我有同样的感受。

现实生活中的曹梦九是小说中人物"曹梦九"的原型。小说中的大多数人物都是在其原型人物的基础上大量虚构，唯有曹梦九，基本上是将他的传奇故事，原封不动地搬进了小说。

曹梦九是行伍出身，是当时的山东省主席韩复榘的把兄弟。但是高密是赌博盛行、毒品泛滥、匪患猖獗之地。曹来到高密，禁赌、禁毒、剿匪，提倡孝道，兴办教育，令高密风气为之一新。尽管他作风粗野，不讲民主，动辄脱下鞋子打人，在剿匪中误杀了一些罪不当诛的人,但他在高密历史上留下了美名。电视剧《红高粱》把这位小说中的次要人物塑造成主角,给观众留下了深刻的印象。我听家乡人说,他们一边看电视,一边将曹梦九与高密历届领导比较。在中国,情况就是这样。如果某地曾出现过一位杰出的地方官,他的继任者是很难干的。

小说中,我诉诸笔墨、付诸情感最多的自然首推"我奶奶"。用晚辈的口吻讲述前辈故事的小说比比皆是,但描述到前辈人物内心感受时总是受到限制。而我用"我奶奶""我爷爷"这样的人称,就极其主观地将历史与当代、前人与后人融为一体。我仿佛是穿行在历史与当代生活中的游鱼,仿佛是钻进了前辈心中的虫子,获得了极大的叙事自由。这种写法在二十世纪八十年代的中国小说界,的确令人们耳目一新。当然,我后来听人说,这种写法早已有之,并不是我的首创。我想,这无关紧要,因为我从来也没说过这是我的首创,重要的是,我用这种方式,酣畅淋漓地讲述了一个故事。

小说中的"我奶奶"姓戴,名叫九莲。我真正的奶奶也姓戴,但她跟她那个时代的大多数女性一样,没有自己的名字。她是位勤劳善良的农村妇女,一辈子勤俭节约,养儿育女,左邻右舍;无人说她一点不好处。尽管如此,我也得承认,我真正的奶奶是小说中"我奶奶"的原型之一,因为我奶奶手很巧,会剪窗花,还会接生。

小说中"我奶奶"的另一位人物原型是我的一位堂姑,她是我爷爷的亲侄女。她由我大爷爷做主,许配给一户富裕人家。很快就有消息传来,说那男人已患上麻风病。在当时的乡村,麻风是一种令人闻之色变的病,人人避之如蛇蝎猛兽。我堂姑听到这消息,自然不愿嫁,但封建礼教,订婚契约就是卖身契约。我堂姑最终还是跟麻风病人成了亲。一个如花似玉的漂亮姑娘,与一个麻风病人同床共枕,这样的情景,让人想起来就不寒而栗。我小的时候,经常见到这位堂姑,她四十多岁时就得了严重的心脏病,嘴唇发紫,愁容满面。我母亲经常对我们感叹:你姑这一辈子真是不容易啊……

"我奶奶"的另一位原型,是我的一位堂婶,她是我大爷爷的儿媳妇。1947年她结婚不久,我堂叔就跟随国民党的军队去了台湾。我堂婶回她娘家居住,但没有改嫁。后来她生了两个儿子,我大爷爷一直不认这两个孩子,但她每逢过年过节,都带着孩子来给爷爷奶奶磕头。我这位堂婶细腰高个,一表人才,尽管生活在那样的环境里,但她一直保持着风度和尊严。对人们的非议,对公公婆婆的冷眼,她视若不见,该说就说,该笑就笑。她的头发永远梳理得一丝不乱,她的衣裳永远干干净净。她现在已经九十多岁,依然健康地活着。

我的家族中这三位女性亲人,她们的生活、命运、抗争、顽强、忍耐,让我感动,让我感叹,让我认识到女性之不幸与女性之伟大。小说中的"我奶奶"就是在这三个原型的基础上,添加了我的想象,塑造而成。

我的另一部小说《丰乳肥臀》,是风格与《红高粱》相近的家族历史小说。小说中有一个名叫"鸟儿韩"的人物,在抗日战争期间,被日本军队捉了劳工,押送到日本北海道煤矿挖煤。他逃出煤矿,在深山密林中,与鸟兽为伴,生活了十三年。1958年,他被日本猎人发现,费尽周折,最后被引渡回国。这个人物的原型,就是我故乡的一位名叫刘连仁的农民。1984年冬天,我曾骑自行车,跑了一百多里地,去他的村庄采访过他。当时他已经是七十多岁的老人,但身体很好,挑着两桶水健步如飞。他是我故乡的传奇人物,我小的时候就听过他的故事。但是见到真人后,我发现他就是一个普普通通的农民,但就是这样一个普通农民,在异国他乡,在那样艰苦的环境里,竟然活了下来。我惊叹他顽强的生命力,也很想知道,是一种什么样的力量能支持着他活下来。我采访他时很希望他能说出一些豪言壮语,但他没有豪言壮语,他说:我就是想家,想家里的亲人。也就是说,对家乡和亲人的思念,是支持着他活下来的力量。2004年底,我去日本北海道实地考察了刘连仁栖身的山林和地洞。白雪皑皑,寒风刺骨,滴水成冰,能在那儿活下来,的确是个奇迹。我那次去日本,特意去拜访了那位发现刘连仁的猎人,当时他已年近九十,病情严重,他的女儿说他父亲已经神志不清了。但当他听说我是来自刘连仁故乡的作家时,他的眼睛里放出了光彩,脸上泛出了红光。我回国后不久,就听说他去世了。这个猎人,曾经是侵华日军中的一个士兵。我不知道他杀没杀中国人,烧没烧中国人的房子,但我知道,他回国后,成了一个普通的猎人。他发现了刘连仁,救助了刘连仁。刘连仁后来去日本见过他,并将他誉之为自己的"救命恩人"。

我还要提一下我的小说《檀香刑》中的一个重要人物,他是一个戏班班主,名叫孙丙。他的妻子儿女被德国士兵杀死后,他愤然反抗,组织起队伍,与侵略者战斗,兵败被俘,被施以最残暴的酷刑。这部小说的时代背景是清朝末年,德国人强占了山东青岛,并在山东修建胶济铁路。修建铁路,侵占了农民的土地,截断了水道,毁坏了坟墓,因而激起了农民的反抗。德军包围了村庄,用大炮轰开围墙,杀死了数十名老百姓。这个村庄离我的家只有十几里路,这就是中国近代史上有名的沙窝惨案。这也是小说《檀香刑》的故事原型——补充几句,《红高粱》的故事原型是发生在我的村庄东边的一座小石桥上的一场战斗,就是电影《红高粱》和电视连续剧《红高粱》中那座小石桥。当时,国民党领导的抗日游击队在小石桥上伏击了日本人的汽车队,打死了三十多名日本兵,据说其中还有一名少将。日本军队很快来报复,包围了村庄,枪杀了一百多名老百姓,其中多数是妇女儿童——沙窝惨案后,高密有一位名叫孙文的壮士,组织起农民,用最原始的武器,与德国人对抗。在清政府的协助下,德国军队击败了农民的队伍,孙文被俘,在县城广场上被处死,暴尸示众。一位姓单的举人,写了一篇字字血泪的祭文,当众宣读,并伏尸恸哭。这个孙文,就是小说中主要人物孙丙的原型。我为什么要把孙丙写成一位戏班班主呢?主要是因为,我想把《檀香刑》写成一部向中国传统文化致敬的小说。我长期在农村生活,深受民间文化的影响,而地方戏曲是民间文化的精粹,我想把戏曲和小说结合在一起,对小说艺术进行革新。

小说中另一个重要人物名叫赵甲,他是清朝刑部的刽子手,是一个以杀人为职业的人。这样的人物,在过去的小说中多次出现,但都是陪衬人物,从来没被作家当成主角描写过。这个人物的原型是我的故乡一位曾经当过警察的人,据说他曾经在"文化大革命"期间,枪决了一位"文革"后被平反的英雄。我当时就想:这个人,当他得知自己枪毙的人是一位英雄时,他心里有什么想法?他是否会忏悔?是否会自责?但这个人似乎没有忏悔也没有自责,我想他会有很多理由为自己开脱。由此我想到,在任何一部国家机器中,都有一些人要扮演职业杀人者的角色。这样的人身份特殊,工作特殊,但他们也是人,他们也有情感,也有欲望。如果能塑造出这样一个典型人物,剖析清楚这样一个特殊的灵魂,应该是有价值的。有一些读者对这部小说中一些残酷场面提出了批评,我一方面感到读者的批评值得重视,另一方面又感到这些描写是塑造人物的需要。

接下来,我想谈一下我的小说《生死疲劳》中的两个人物。一个是单干户蓝脸,另一个是村子里的干部洪泰岳。

中国从 1955 年开始了农业合作化运动。1958 年成立人民公社，土地集中，公社下面是生产大队，大队下面是生产小队，全体农民被纳入集体，实行严密的半军事化管理。这是当时的革命运动，是汹涌的潮流，多数人是心甘情愿地加入的。当然也有少数人心中不愿意，但迫于形势，不得不加入。但就在这样的情况下，蓝脸，这个农民，因为眷恋土地改革后分到的土地，以一己之力，跟整个社会对抗。在那样的时代里，在全国实现了人民公社化的大形势下，一个单干农民的存在，对当地的官员们来说，是一种巨大的藐视和耻辱。他们想尽了办法，软硬兼施，想让这个农民带着自己的土地加入人民公社，但这个固执的农民顽强地抵抗着，他说：你们颁布的人民公社条例上明确规定"入社自愿，退社自由"，为什么逼我入社？你们颁发给我的土地证上盖着人民政府的大印，有县长的签名，是有法律效力的文书，你们凭什么要夺走我的土地？他据理力争，官员们也无可奈何。后来，他的儿子、女儿也与他分道扬镳，只有他自己坚持到了二十世纪八十年代，中国生活发生巨变，人民公社解体，土地重新承包给农民，实际上是恢复了一家一户的单干。这时，人们恍然大悟，意识到这位一直被视为落后、保守、反动、逆历史潮流而动的农民，实际上是一个有先见之明的智者，是一位勇于抗争、敢于坚持真理的英雄。

这位名叫蓝脸的小说中人物的原型，是我邻村的一位农民。我在小学念书时，每天上午第二节课后在操场上做广播体操时，就会看到——首先是听到木轮车转动时发出的刺耳声音从远处传来，接着就会看到，一位小脚的妇女赶着一头瘸腿的毛驴，毛驴牵拉着一辆木轮车，推木轮车的就是我们高密东北乡有名的单干户。他姓兰，人们给他起了一个外号叫作"烂肉"———一块腐烂的肉——当这个奇怪的劳动组合出现在操场外边的道路上时，我们都会忘记做操，像看怪物一样看着他们。那样一位满面愁苦的小脚女人,那样一头缺失了一只前蹄、残肢上绑着一块破胶皮的可怜的驴子,那样一辆在当时的农村已经很少见到的老古董木轮车,那样一位脑后扎着一条豆角小辫子的、执拗的农民。我们老师说,这是一个活生生的封建余孽的版本。我们嘲笑着他们,我们喊口号羞辱他们:"烂肉烂肉,真臭真臭!"我们甚至捡起石块投掷他们,我们感觉到他们的存在是我们高密东北乡的耻辱。这个人物,在"文革"之中忍受不了批斗,悬梁自杀。但这个人物,他的形象,一直刻印在我的脑海里。当我拿起笔开始文学创作时,我就想把他的故事写进小说,但一直不知道该从何处下笔。一直到了2005年,我写了《生死疲劳》,才算了了这桩心愿。

另一个人物洪泰岳,是村子里的支部书记。他有很长的革命资历,是忠心耿耿的共产党员。他当然也是人民公社化的坚决拥护者和执行者。但当二十世纪八十年代农村改革开始时,他产生了强烈的抵触情绪,他认为中国的改革背离了毛泽东的革命路线,走上了复辟资本主义的道路。尤其是为那些地主富农摘掉"帽子",给予他们公民身份时,他坚决反对并进行了抵抗。最后,他高唱着国际歌,拉响了炸药包,与村子里的继任书记同归于尽。

这个人物的原型很多,从上到下,有一批改革的反对者。在改革开放之前的年代里,每逢春节,农民放假,那些地主、富农、反革命分子,他们要义务地清扫街道。恢复他们的公民身份后,他们在春节期间,不必再去参加义务劳动了,他们几十年来,第一次可以与村子里的人一起看戏、娱乐。我记得我们村子里那位退休的支部书记,跳到戏台上去破口大骂,骂中央的领导背叛了毛泽东,骂那些恢复了公民身份的地主、富农。尽管这个人没有像小说中的洪泰岳一样用极端的行为结束自己的一生,但在他的余生中,他的职业就是提着酒瓶子,醉醺醺地在大街上叫骂。他是一个与时代格格不入的落伍者,就像当年的单干户一样。单干户用自己的坚守证明了自己的正确,但这位退休书记的坚守,虽然也有几分值得尊敬之处,但最终成了老百姓酒桌上的笑料。

小说《生死疲劳》中,除了这两位人物的原型,还有动物的原型。那匹瘸腿的驴子,我之前也已经提到过,它在小说中成了那匹英勇无畏的、敢与恶狼搏斗的"西门驴"。那头在小说中宁死不屈的"西门牛"的原型,是我小时候放牧过的两头牛合并而成。一头性情凶悍,动辄与人拼命;一头体形健美但懒惰无比,只要将套索往它身上一放,它就躺在地上装死,任凭你鞭打、火烧,它都不起来。至于小说中那几头猪,它们的原型都可以在我们村子的养猪场里找到。小说中那条能够飞檐走壁的狗的原型,就是我妻子与女儿在县城居住时养的那条混血狗。这条狗对我妻子和女儿忠心耿耿,对普通百姓也很友好,但对干部模样的人凶猛如狼。有一次县委办公室的干部去找我喝酒,那条狗挣断了铁链扑上去。这位干部体态肥胖,竟然翻墙而出。连他自己也感到惊讶,平时走几级台阶都感到费劲,竟然在情急之中翻越了高墙。这条狗对我一直不尊敬,经常冷眼看我,后来它竟咬了我两口,当然,因此它也断送了自己的性命。对这条狗我一直心怀歉意,所以在小说中,对它的智慧、体能、道德水平都进行了极度的夸张。狗啊,你虽然咬我而被处死,但我在小说中美化了你,也算对得起你了。

《生死疲劳》出版后,有读者问我,为什么只写了驴、牛、猪、狗这些动物,没写别的动物?我说我找不到其他动物的原型。

时间所限,我不能再举例了。

我之所以不厌其烦地讲述创作过程中这些琐碎的事,主要是想说明以下几点感想：

　　无论多么有才华的作家，都不能脱离自己的生活写作。尽管你的作品可以写得上天入地，可以写得牛鬼蛇神，但就像一个人无法拔着自己的头发脱离地面一样，你也无法脱离自己熟悉的生活。我熟悉的生活，是中国北方农村的生活，北方农村的人，北方农村的动物，北方农村的植物。你让我写一位中国南方或城市里的人物，我写不了，写了也不好。你让我写我老家的植物红高粱，我能写得让读者仿佛身临其境。我在一部小说里曾写过南方的红树林，写着写着，红树林就变成高粱地了。我写牛、写驴、写猪写得心应手，因为我与它们打过交道，对它们的习性十分了解。但如果让我写熊猫、写袋鼠，我就无法下笔，因为我只在动物园的铁笼子里看过它们。

　　小说的构成因素很多。作家写作时要锤炼语言，要设计结构，要编织故事，要刻画人物。我想，最重要的还是要围绕着人物写，紧贴着人物写。我不会去过多地考虑人物的阶级属性，也不会给他们贴上好人或者坏人的标签。不管他们是好人或是坏人，都首先把他们当人写，要写出所谓好人的弱点，也要写出所谓坏人的尊严。只有这样写，才能使小说克服地域性的障碍，获得走向世界的通行证。至于我在小说中写到的动物，除了描写它们的外貌和性情特征外，其他的方面，与写人无异。也可以说，小说中成功的动物形象，实际上都有一颗人的心，有一个人的灵魂。

　　作家要想持续不断地写作，就必须克服个人好恶，与形形色色的人打交道。喜欢的人，要接触；不喜欢的人，更要接触。愈是你不喜欢的人，愈有可能成为你小说中人物的原型。当然，通过阅读报纸，通过观看电视也可以间接地接触人，但这样的接触，总不如面对面地交往收获更大。譬如，有一个一直骂我的人，在我心里已经把他妖魔化,但有一天我无意中看到他在街上牵着他女儿的手行走,他的脸竟然很慈祥;譬如有一位高官,我在电视上经常看到他衣冠楚楚、正襟危坐的样子,在心里也早把他神化,但有一次近距离接触,竟嗅到他满身酒气。这样的经验越多,作家对人的认识便越全面、越深刻,写作时也就越有把握,写出的人物也就具有真实感和生命力。

我曾经说我是一个讲故事的人,其实也可以说,我是一个观察人、研究人,包括观察我自己、研究我自己的人。只有理解了别人,才能理解我自己;当然,也只有理解了自己,才能更好地理解别人。

幻觉现实主义与中国当代文学

——在香港公开大学的演讲

时间：2014 年 12 月 2 日
地点：香港

知道香港公开大学要授予我荣誉博士学位的时候，我感觉很兴奋，因为我当年做梦都想上大学，而突然有一天我也能和"博士"这两个字联系在一起，让我自己觉得似乎脑袋上都放出了光芒。在我写简历、出书的时候我也把这个头衔印上去，但是很快我就知道有人讽刺我，说我不自量力，但我还是会把它印上去。所以说香港公开大学这一举动对我来说是很有意义的。

但当时请我来到大学里做讲座，我是很抗拒的。政治家一上台就会兴奋，可以充分地展示他们的才华，但对于像我这样一个将写作作为职业的人来说，站在这个台上非常难过，简直是战战兢兢，如履薄冰，生怕一语不慎引来麻烦。我没有学过逻辑，因此表达也没什么逻辑，如果今天我讲的有什么不对的地方请多多包涵。直到现在我也不知道我该讲什么，因为我这个人比较懒，不会准备演讲稿，用老家的话来说就是想到哪里说到哪里。这样也许更见性情，更容易讲出真话。在现在这个社会讲真话很不容易。我这次一定尽量讲真话。

对于这个幻觉现实主义，可以说它有，也可以说它没有。其实对于作家而言，应该多写点作品，少谈点"主义"。一旦某一个作家被某种"主义"框住，这个作家的创作生命基本可以说是结束了。有了"主义"就有了教条，有了教条就有了准则，写作就会失去自由，就会受到拘束。所以任何一个作家都希望远离"主义"、突破"主义"，当一个"主义"框住你的时候，你就要写出和这个"主义"完全不一样的东西来，让他们再去想另外一个"主义"的名词。但是现在，幻觉现实主义已经和我建立了联系，所以不妨就谈一谈我的看法。

我们都知道有一个很著名的魔幻现实主义，指的是拉丁美洲的"爆炸文学"，是以马尔克斯为代表的一批拉美作家在二十世纪六十年代形成的一种写作风格。这个魔幻现实主义当时风靡了世界文坛，带来了一股强大的冲击波，为所有作家开辟了一个新的视野，也让全世界的读者阅读到了一种新的样式的文学作品。当然，也让全人类多了一个观察世界的维度。可是在二十世纪六十年代我们这批人是无缘看到这批作品的。只有到了二十世纪八十年代，中国进入改革开放，大量外国作品翻译引入中国，其中就包括马尔克斯的《百年孤独》等等。我们这一批作家看到了这样的作品，以我自己而言是既震惊，又遗憾。震惊于这种作品的写法，遗憾自己没有想到这样去尝试。所以有人说我的作品受到马尔克斯的影响，这一点我供认不讳。

我从未否认过拉美的"爆炸文学"对我有一种启发性的巨大作用，但其实我直到 2008 年才读完魔幻现实主义的代表作《百年孤独》。我1984年读了它的前两页就把书放下了，因为我觉得我已经掌握了魔幻现实主义的写作技巧。它激活了我生活中大量的同类素材，所以我当时迫不及待地想赶紧开始按这样的方式写自己的小说。在1984到1985年之间，不仅仅是我本人，我们这一批青年作家都不约而同地走向了用魔幻的方式叙述生活的道路。但是我们很快意识到，这样的写法是没有出息的。跟在别人后面爬行，无论多快也还是爬行；模仿别人，无论多像也还是二流货色，不是原创。所以在1985年我写了一篇文章，题目是《灼热的高炉》。大家知道除了马尔克斯和他的《百年孤独》，另一个对中国作家影响深远的人是美国作家福克纳，他是美国南方的代表作家，他的代表作《喧哗与骚动》也对中国作家产生了积极的推动作用，让我们认识到已经有这样的作家用这样的方式进行写作。所以在《灼热的高炉》中，我将马尔克斯和福克纳比作两座高炉，而我们是冰块，如果距离远还有可能存在，如果距离近则会被蒸发掉。在这篇文章中我也写入了对中国当代文坛的设想。我想我们要写出有中国风格的文章，就必须到民间文化中寻找，必须向古典文学、中华民族传统文化学习。当然我们绝不排斥西方文学，我们要充分了解西方的文化创作，从中得到启发和借鉴。在这基础上，我们再去了解中国的传统文化，了解中国古典文学和民间口头文学，加上个人经验中宝贵的资源，最终找到自己的个性，形成中国当代文学整体性的风格。所以我想，经过这几十年的努力，我们已经让中国文学成为世界文学宝库中重要的组成部分。在世界文学的版图上应该有中国作家的一片天地。

当然这种说法会遭到一些人激烈的反对，因为究竟要如何评价中国文学这三十年来的成就，在大陆、在香港、在台湾等等地方，无论是中国的读者还是别国的读者，无论是中国的批评家还是别国的批评家，对这个问题都有不同的看法。有的人把中国当代文学贬得非常低，有人像我一样把它抬得很高。尽管我是这个创作群体的一分子，我也一同经历了这个时期，我认为我还是以一种比较客观的角度评价中国当代文学的。因为我的评价是建立在广泛的阅读的基础上的，我大量阅读了同行的作品，经历了自己的创作，又加上与西方以及多方面的交流，所以我个人认为我的判断比较客观。

我刚才讲了西方魔幻现实主义文学对我们中国本土作家的影响，但我们又很快知道不能这样一直被影响，"寻根运动"就是这样一种反思的结果。经过大家的共同努力，我想我们中国文学已经整体性地呈现出了一种独特的风貌。这个风貌中有很多方面，有写实作品，有非写实作品，还有写实与非写实结合得比较好的，比如幻觉现实主义文学。幻觉和魔幻是两个概念。我记得前些年我获奖之初，瑞典学院授奖辞中提到了幻觉与现实结合的问题。当时国内大多数媒体把"幻觉"译成了"魔幻"，后来瑞典学院前院长也强调，给我的授奖辞与"魔幻"不一样，和当年给马尔克斯的授奖辞是有区别的。我想这个词的用法包含他们对中国当代文学的肯定，因为尽管我的作品和马尔克斯的有相似性，但还是存在独创的意义在里面。我要特别强调一下这种肯定。在当代作家中用这种方式创作的不止我一人，我可以列出一个作家清单来。经过了几十年的探索，经过了近代社会的震荡起伏和不平凡的历史过程，让我们这一批作家用现实的方式写作，我们觉得是完全不能达到心里那种积压的情感强度的。只有用既有现实的基础、又在某种程度上超越现实的手法，才能淋漓尽致地、畅快地将我们心里积淀的东西挥发出来。超现实的这一部分既是对生活的提升，也是对生活的夸张、歪曲，是更加强烈、更加集中的反映。

梦幻也好,幻觉也好,其实都深深地扎根在生活的土壤之内。中国的作家写的东西当然是深深扎根在我们的生活之中,这也不是偶然的。我曾经说过,一个作家的写作风格是在他没有成为作家之前就确定的,我之所以这样写作而不是其他那样,是因为我们的生活经历是不同的。我想我们中国之所以这样写,而不是完全照搬马尔克斯所谓的魔幻现实主义的写作,是因为我们中国近代生活和拉美生活有区别。所以我们的选择看似主动而实则被动,这是我们的生活经验逼迫着我们这样做的。

　　把幻觉和魔幻这两个概念说清之后,我想这是一种对自己的表扬,说明我不是模仿别人,而是借鉴了别人的经验写作的作家。我也深深赞成瑞典学院所用的"幻觉"一词。我承认在我的作品里,幻觉和梦幻确实出现很多。譬如说我的成名作《透明的红萝卜》里,就有一个善于白日做梦的黑孩子。他有超过一般孩子的能力,能忍受肉体的和精神的痛苦;他能感受到别人无法感受的外界的事物,耳朵能听到头发落地的声音,眼睛能看到水底的游鱼,更能感受到别人心里对他的爱或者恨。当然他也有一种把自己的情感表现出来的方式,他用眼睛向对方传达自己内心的眷恋。这样一个孩子,确实是一个现实中的孩子,我甚至说他身上有我的影子。前两天在提到我小说人物原型的时候,我特别地讲到《透明的红萝卜》里黑孩子的原型有一部分是我,因为少年时期我曾经在一个桥梁工地上给一个铁匠做过小工,小说里的黑孩子也是如此,这是一种生活经历的重合。我也记得我小时候因为衣服太少,在气温到零度左右时我还赤裸着上身,不仅是我一个人,还有我的小伙伴。我们为了表现自己的勇敢,经常在天气寒冷的时候跳进水里去游泳,尽管等我们上岸时会浑身发抖,但是还是会装出无所谓的样子。我们常做超出人类忍受痛苦的极限的事情，比如我们会把烧红的铁棍放在肚皮上，我也会做这种现在看来是很愚蠢的事。尽管当时满足了自己的虚荣心，把别人不敢放的灼热的铁棍放到肚皮上，赢得了小伙伴的惊叹，但回家会受到父母严厉的惩罚。烫伤是要花钱上药的，但当时家里没有钱，所以当时那种傻乎乎的举动是很不负责任的。我把童年这样的经验写到小说里去，也算是给愚蠢的行为捞了一点本，没有白白挨烫，因为它变成了小说的细节，小说得到了稿费，我得以寄给了家里补贴家用，报答了当年他们买药的恩情。

《透明的红萝卜》是基于梦幻写成的，写的时候是冬天，大概是十二月，我当时是在北京的解放军艺术学院的文学系学习，在凌晨时刻有一个很辉煌的梦境，梦里有一片很大的萝卜地，这种萝卜是北方的大红萝卜，是球形的、鲜红的。我记得在这样一片萝卜地里，太阳高高地升起，萝卜地里有一个丰满的少女，她拿着一根渔叉，上面叉着一个火红的萝卜，对着我走来。醒来以后，我对我同事的同学说，我做了一个很美的梦，我想把它写成小说，当时他嘲讽我是"白日做梦"。但后来我真的写成了，而且只用了一个星期。我想仅有一个梦境是不可能写成小说的，所以我又加入了童年的经验。在"文革"这样一个背景里面，美丽的梦境、艰苦的环境、黑色的孩子、超常的感受，就变成了这样一部充满童话色彩的小说。这部我的成名作也包含了我之后小说中基本的因素，"幻觉"在其中表现得淋漓尽致，而且成为了它最鲜明的特色。

我后来写了很多作品，比如《爆炸》这个中篇小说，当时是发表在《人民文学》上的。它征服了当时文坛的很多大将，比如王蒙先生，他是《人民文学》的主编。他很感慨地对他的编辑说：读完了莫言的《爆炸》，我感觉我老了；如果我年轻二十岁完全可以和这个小子拼一拼，不过现在就不行了。他这种说法一方面表明了扶植后辈的胸怀，一方面也显示了他的谦虚。这部小说之所以征服了王蒙先生，是因为小说中感情的奇特和放大化。征服王蒙先生的可能是一个耳光。在小说中我写到了主人公回乡，当时正好是麦收的季节，他的父亲在打麦场给麦脱粒，因为某种原因扇了他一个耳光。这个耳光我写了一千八百字。王蒙觉得能写一千八百字的一个耳光确实是不容易。后来很多人不服气，说要写一万八千字，但这样已经和这个耳光相去一万八千里。我的一千八百字都是紧扣这个耳光写的。手怎样扇到脸上，声音怎么传出去，脸上的感觉，父亲手的感觉，跟天上的飞机、树上的小鸟都融合在一起，才能写出这么长。这样一种描写确实不是真实的。谁能感觉到耳光的声音在空气中一波一波地传递？恐怕只有幻觉了。

　　这个小说后半部分也反复出现了一批红色的狐狸，它们在主人公面前来回奔跑，全身放出熠熠的光彩，奔跑的动作也像电影里的慢镜头，非常舒缓，非常优雅。后来有一些老一辈的作家来问我：这些狐狸代表了什么呢？我说我也不知道。我就是感觉应该出现这样一批狐狸，给满眼的绿色增加一点光彩，所以就出现了这样一批火红的狐狸。后来有批评家解释说，这批狐狸象征了一种欲望或者潜意识。我想，你们说得愈复杂，我愈高兴。这样一种写法显然也是超越了现实的，我的故乡里是见不到狐狸的，所以狐狸只是我的一种想象。

　　在我另外一部小说《球状闪电》中也出现了许多动物，还有闪电。比如会说话的奶牛和滚来滚去的球状闪电，我并没有见过，我爷爷和我讲过，但他也没有亲眼见过，也许科学家会解释说在雷暴雨的天气时有一个发光的球状闪电在地上滚动。小说中每当闪电出现，就代表着人群中有一个犯下了滔天罪行的罪犯，天公要惩罚他。有时小说中还会有巨大的蛇或者蝙蝠，或者巨大的刺猬或癞蛤蟆，天公要制造球状闪电把这些成了精的东西劈死。这些我都没有见过，但我却把它们写得活灵活现。实际上，我是按照篮球滚动的方式来写这个球状闪电的。这样一种写法很难找到实物参照，所以也算是幻觉。

在我比较有名的一部作品《红高粱》里面也有大量幻觉。像小说里的"我奶奶"，临终时躺在高粱地里，有一大段独白，这样的独白属于幻觉。这样无边无际的、红得像血海一样的高粱地，实际上也不真实。这次山东电视台把《红高粱》改编成了长达六十集的电视连续剧，很多演员都要钻高粱地。我听到演"我爷爷"的演员朱亚文说高粱地太难受了，又热又闷，高粱叶子还会划破他们裸露的上身。但是我在小说中却把高粱地写得美轮美奂，好像人间的仙境，让很多城里的年轻人都想钻到高粱地里去浪漫一把。当然我年轻的时候经常到高粱地里去喷洒农药，把老叶子劈下来，给高粱除草。尤其是给高粱地喷农药时，简直算人间地狱。农村里都这么说，当你给高粱喷农药之后，走出来站在地头上，你会觉得是人生中最幸福的事情。高粱地里密不通风，所以出来在地头上，尽管是热风你也会觉得非常清凉。这样一种景色在小说里被美化了，这也是一种幻觉。

至于《酒国》这部小说，完全就是建立在一个大的幻觉之上。某地的腐败官员们竟然胆大包天到要吃婴儿，这是一种象征的幻觉，以此表现人性中恶的极致。小说里的侦查员就是要侦查这样一起幻觉中的事件，他所经历的东西也都是半真半假的。在整体的幻觉基础之上，又加入了极为写实的笔法，所以我想小说《酒国》的张力由此而产生。小说里面那个跑来跑去的小精灵是类似《透明的红萝卜》里面的黑孩子的角色，是真实的，也是虚假的，是有现实的模特为原型的，也是作家虚构的。至于后来《四十一炮》中的那座古庙，那个絮絮叨叨的老和尚和不断讲自己生活经历的罗小通，也是一种梦幻中的人物。这部小说同样是在梦幻的整体氛围中植入了很多严酷的现实。所以这样一种小说，说它超现实也可以，说它密切关注现实也成立。至于《生死疲劳》，它建立在佛教的六道轮回之上，写人在不断转世，同时也能通过动物的眼睛来观察四十年来中国北方农村的变迁。动物的眼睛所看到的有很多独特的地方，不同动物看到的也不一样，所以我想我在小说中充分考虑到了动物性与人性的区别。但由于它有佛教六道轮回的思想在里面，所以这部小说里的很多情节用现实主义是难以衡量的。

在我最近的一部小说《蛙》中，我刻意地用现实主义的手法去写，因为我感觉自己几十年来一直在玩幻觉和梦幻的花样，有厌烦之感。所以这次我特意用平白朴素的手法来讲述"我姑姑"——一个妇科医生——的故事。但总感觉这样写不能满足我的心理需求，我写着写着幻觉的手法又出现了。比如"姑姑"在她临近退休的时候，晚上喝酒回家，看到了路上有成千上万只青蛙拦住了她的道路，要和她算账。这些青蛙有的断了腿，有的甚至坐着轮椅。这些青蛙对她围追堵截，最后追上了，青蛙们用爪子挠她，用嘴咬她，把她的衣服撕得破破烂烂，让她精神几乎不正常。这种手法显然突破了现实主义，显然是一种梦幻。

总而言之，我的小说中大量出现的幻觉性描写来自生活，是生活的一种曲折的、极度的夸张表现，借用这样一种表现来表达内心的强烈感受，和对生活荒诞的、批判性的认识。这样的写法不是我发明，而是有拉美的"爆炸文学"作为源头的，正如之前所讲。实际上真正的源头也在我们中国的古典文学里面，在我们山东籍的清朝伟大作家蒲松龄写的《聊斋志异》里，写到梦的很多小说都是我的教材。我小时候听了很多故事,当我长大有了阅读小说的能力时,我发现很多儿时的民间故事和"聊斋"中讲的一样。我当时就有这样的疑问,是我爷爷给我讲的故事在先,还是蒲松龄写的《聊斋志异》在先。后来我想着两种可能性都有。一种是村里的知识分子读了"聊斋",把其中的故事变成了老百姓的语言,一代代流传至今;另一种是有人路过了蒲松龄摆在路边的摊子,他们抽蒲松龄的烟,喝蒲松龄的茶,然后讲故事给蒲松龄听。我想这样一种民间文学变成书面文学的过程,依旧是现在很多作家创作的模式。我受"聊斋"的教益远远超过了受拉美的教益。

所以,瑞典学院确定了"幻觉"是对我的肯定,不敢说他们是"慧眼识英才",但他们确实具有对文学本质的识别能力。还有一个幻觉和现实结合的问题,实际上这是当代作家普遍使用的写作手法。我还要强调这是与作家的生活经验密切相关的。尽管它有超越生活的地方,但它仍受到生活强大的制约。如果我们的作家想要写出好的文章,就必须与中国当代日新月异的社会生活建立联系,然后加上个人的幻觉想象,从而创作出超越现实、但又贴近现实的新作。

至于历史与当代的结合,这也是当代中国作家创作的主流倾向。我记得在二十世纪八十年代我写完了"红高粱"系列,涌现出了一大批写历史的小说,有的批评家将它们称为"新历史小说"。我们这样一种写法是有它的客观性和必然性的,这不是我们凭空发明的,而是当时思想解放的程度、文学创作的热度再加上每个作家的特质,凑成了这样一种具有共同性的文学思潮。我们这些读着"红色经典"长大的作家,当然不愿意再去重复写这种风格,我们看到了这种写作方法的不真实性,违背客观性。比如有些英雄人物好得完美无缺,有的坏人坏得一无是处。这显然不符合人性,不符合历史真实。所以我们的笔触深入到历史时,我们获得了新的视野。我们用主观的角度对我们心中的历史进行了新的描述,《红高粱》就是这样一部作品。当我们用当代人的视角写祖先的题材,当代人的思想观念和对历史的看法自然会被融合进去,我们都在写自己心中的历史。我们当时都明白,虽然我们写的是历史,但我们并不是为了描述历史,而是借历史的外壳来讲述在当时的特定环境下人性的表现,所以我们始终都把描写人性在历史中的变迁作为最高追求和目的。

领受香港中文大学荣誉博士致辞

时间：2014年12月4日
地点：香港中文大学

我非常感谢香港中文大学授予我文学荣誉博士衔，我也很荣幸能接受这个博士。

其实我与香港中文大学有很深的渊源。1990年12月香港中文大学翻译研究中心邀请我任访问学者，我在香港逗留了一段时间。他们邀请我的目的是要翻译我的一部中篇小说集《爆炸》，这是我的小说第一次被翻译成外文，当时翻译研究中心主任是孔慧怡女士。那时我还在军队里服役，是一个小小的军官。所以我来中文大学做驻校访问学者的审批手续非常麻烦，整整审批了八个月，然后才坐上了飞往香港的飞机。但这次来港只用了八小时便通过了申请手续，由此可以看到社会的发展与进步。在香港中文大学的那一个月里，可以说是眼界大开，我看到很多在内地没见过的事物。我去逛过很多令人眼花缭乱的商城，从来没有想过人类竟可以把这么多的商品集中在一个地方，也从来没有想过人类已经研究了这么多有用与没有用的商品。从前我只知道物质的匮乏,但来到香港才知道物质可以过剩。从前我只知道买家要抢购东西,来到香港才知道商家要挖空心思,引诱人们购物。这种对比与反差,那时对我产生了巨大的震撼。

在翻译研究中心我与几位翻译家一起合作,帮他们解决了一些翻译作品时遇到的难题,当然他们也帮过我很多忙,包括他们请我吃饭。记得当时翻译研究中心有一个英国籍翻译家、汉学家魏贞恺女士,她的丈夫是美国人,一家人住在香港。感恩节那天她请我到她那里吃饭,她跟我说,她的丈夫从凌晨五时便起来烤火鸡,晚上十时那只火鸡才烤好。这令我感到外国人做事实在太认真、太有耐心了。因为这么长时间,我可以写一部一万五千字的短篇小说。最后当然吃过那只火鸡,味道确实不错。我还记得有一次孔慧怡女士请我去香港一个饭馆喝汤,饭馆的招牌叫"阿二靓汤"。汤上来后,饭馆的侍应也把熬汤的一盘材料端到餐桌上,我毫不犹豫拿起筷子夹其中的肉吃,孔慧怡女士就告诉我这肉不能吃。因为经过近几十个小时的煎熬后,肉已变成了渣滓,营养都到汤里去了。

经过这些事情,让我从这香港之行悟出了人生的道理。第一是做事一定要认真,就如那翻译家的丈夫烤火鸡一样,不惜花上极多的功夫也要把事情做好。第二是文学蕴藏在生活的原材料中,就如营养蕴藏在熬汤的材料中一样,要把它从材料中熬出来。小说、诗歌甚至每一部文学作品都应该是精华。

今天典礼上博士济济一堂,很多人的博士帽是用知识做成的,但我的博士帽是用布缝成的。为了缩减荣誉博士与真正博士之间的距离,我一定会向香港中文大学的老师及同学好好学习,增加我这顶博士帽的知识含量。

首届汪曾祺华语小说奖获奖感言

时间：2018年5月20日
地点：辽宁大连

拙作《天下太平》获汪曾祺华语小说奖，十分高兴。汪先生是短篇小说大师，一篇《受戒》在二十世纪八十年代文学创作中尚有诸多清规戒律时另唱别调，令人耳目一新。其后模仿者甚多，但得其神髓者甚少。盖因欲作散淡之文，应先做散淡之人，而遍视当时文坛，能具汪先生那般散淡心态者，确也寥寥无几。

汪先生的散淡当然不是故作的姿态，他的散淡来自曾经沧海，来自彻悟人生，来自司空见惯。但汪先生并不是绝念红尘的老僧，他的那颗童心蓬勃跳动着，使他的作品洋溢着天真和浪漫。这样一种老与嫩、动与静、山与水的融合，使他的作品呈现出一种既有传承又有创新的独家气象。

有人有才而无趣，有人无趣而多才。汪先生是多才而有趣之人。有人留下文章没留下故事，有人留下故事没留下文章。汪先生是既留下很多文章，又留下很多故事的人。当然，现在坊间流传的很多汪先生的故事与许多被众口相传的名人故事一样，是不能当信史对待的，但故事编撰者的爱憎是分明的。

其实我与汪先生并没太多的交往，见过数次，历历在目。一次是我在原解放军艺术学院文学系读书时，听汪先生讲课。讲课开始，汪先生先在黑板上写了六个大字："卑之无甚高论。"然后从他家乡集镇上米店、炭铺、中药房大门上的对联讲起，油盐酱醋，喝酒饮茶，全是日常生活，一字没提《受戒》。课后，我追他至大门口，问和尚头上所烧戒疤的数目。他略一思索，说："十二个"。第二次是拙作《透明的红萝卜》在华侨大厦召开研讨会，他参加了。主持会议的冯牧先生说："连汪先生都来了啊。"第三次是首届"大家·红河文学奖"授予拙作《丰乳肥臀》，颁奖典礼在人民大会堂进行，汪先生是评委，出席了仪式。席间，他悄悄地对我说："你这本书太长了，我没读完。"之后在一个晚会之类的活动上，又见过一次。散会之后，他在那些履行完使命的花篮前专注地挑拣着花朵，几位女子帮他挑选。这情景鲜明地烙印在我脑海，以至于每当提起他，便想起他挑选鲜花时的神态。

这次荣获"汪奖"，是评委们为我创造了一个缅怀汪先生的机会，谢谢你们。

拙作《天下太平》，原本是想写一个悬疑故事，里边原本有用渔网拖上来令人不快物品的情节，但考虑再三，感觉不好，便改写成现在这样子。当然现在这样子也未必好。

谈到自己的小说，就想起汪先生写在黑板上的"卑之无甚高论"。几十年来，我一直从字面上来理解这句话，以为汪先生只是在谦虚，今日一"百度"，才知道此句还有提醒他人讲实际问题，不要空发议论的意思，而这意思，无论是对从事什么工作的人来说，都是好意思。

那天，在军艺的课堂上，汪先生讲没讲他的老师沈从文先生传授给他的小说秘诀——贴着人物写——我确实记不清楚了,但经汪先生传播之后的沈先生的这句话,在我们这茬作家中,产生了深刻的影响。吾生也晚,无缘聆听沈先生讲课。猜想中,他讲课的风格,应该与他的高足汪先生相似吧?——他们都是沉静敦厚但又内蕴灵光的人,也都是笔下滔滔但又不善言谈之人。更相似的一点,他们都"但开风气不为师"。这句话与教师职业并不矛盾。那些自以为开了风气,插旗招徒,啸聚江湖的人,大多是无甚建树者;而如沈先生、汪先生,却是在谦虚中引领了风骚。

在法国艾克斯马赛大学
接受荣誉博士答谢辞

时间：2014 年 9 月 19 日
地点：法国马赛

尊敬的校长先生，尊敬的副市长女士，各位副校长，各位教授，各位朋友：

下午好。

首先我对你们慷慨地授予我这个学位表示衷心的感谢，同时我的心里面也感觉到很惶恐。因为我从小就对能够上大学的人非常崇拜，感觉大学里能够获得博士学位的人应该和我不一样，他们应该是神。我做梦也没想到我的名字能够和博士产生联系，更别说是和法国一所著名大学的博士产生联系。但是校长先生刚才说了，我已经成为这所著名大学的一员，我已经成为艾克斯马赛大学的荣誉博士。来以前我和我太太也开玩笑，我要去领取博士学位了，你在家里面准备一点饺子吧。她说，也不是个真的嘛，是个假的博士。我说，真博士成千上万，假博士一年才有一个。我相信等我从法国回去的时候，迎接我的肯定是一顿非常丰盛的饭。

像校长先生所说的一样,我和艾克斯马赛大学确实有非常亲密的联系。中国当代作家里来得最多的就是我,当时我也没想到这样频繁的来往会导致今天这样的局面。因为在中国,一个人一旦黄袍加身之后,就当皇帝啦。我今天也是黄袍加身啦,但愿这黄袍不是皇帝的新衣。总而言之,我心里确实是很感动的,也非常的紧张。我最紧张的是我没有学问,但是穿上了这样的袍子,得到了这么高的荣誉。尽管我年纪已经快六十岁了,但是今后我一定好好学习,争取做出一点成绩来,免得这黄袍蒙受耻辱。

最近几年我因为睡不着觉,经常在回想我的作品在法国被翻译成法语的过程。毫无疑问,法国对中国当代文学的兴趣和热情是全世界最高的,翻译成法文的中国当代作家的数量也是最多的。我个人应该是在中国当代作家中被翻译成法文作品最多的一个。像杜特莱教授、尚德兰教授、林雅翎女士、尚多礼先生,还有一位我不太记得名字了,他们一直以来都在非常勤奋地翻译我的小说。所以正是因为他们的努力,我在2000年的时候就获得了法国儒尔·巴泰庸外国文学奖。当时和我同时获得这个奖项的就是杜特莱先生。2004年我获得法兰西文化艺术骑士勋章,今天我又获得了这个光荣的学位。这一切都是因为翻译家的勤奋的工作,让我的作品变成了法文,让很多法国读者读到了我的书。因此,我要对翻译家们表示衷心的感谢。当然我也要感谢法国瑟伊出版社的编辑安妮女士。我想我的书肯定给他们出版社赔了很多钱,但他们一直在出我的书。但愿我获得了诺贝尔文学奖之后,让他们出版社把赔的钱又赚回来。我还要感谢艾克斯这座美丽的小城市,每一次来都受到了当地人民的盛情接待。这里有好几位义工。像安妮女士,每一次我来都是她开着车去接去送，拉着我去参观了很多名胜古迹。她开车的速度给我留下了非常深刻的印象，她的车不是车，而是一匹烈马。我昨天上午才知道她原来是赛车运动员出身。

总而言之，艾克斯是座非常美丽的城市，而且历史上也出现了像塞尚、左拉这样一些伟大的艺术家。我来这个城市这么多次，对我的文学创作也产生了非常积极的影响。很多文学批评家都在研究我的小说受到了哪些外国文学家的影响，但是他们忽略了一点，我的小说实际上也受到了很多外国画家的影响。我记得1985年在北京的解放军艺术学院读书的时候，那时候我的书桌上就放着塞尚、凡·高、莫奈这些画家的画册。我当时最大的愿望就是用文字来表现色彩，用文字把画家用色彩所表现的精神表现出来，所以像凡·高笔下像在燃烧的火苗的树、旋转的星空，都在我的小说里有改头换面的表现。塞尚的绘画对我的小说也是很有影响的。塞尚告诉我一个道理，一个艺术家一定要耐心，一定要坐下来慢慢地画，慢慢地写。他几十年来不厌其烦地画他对面的那座山，我的小说里，也在几十年来不厌其烦地描写一个地方，叫高密东北乡。由此我也想到尽管很多艺术门类不同，但是道理是一样的。任何一个门类的艺术家想要创新的话，都要广泛地借鉴，包括借鉴其他艺术门类的作品。我个人的经验实际上已经证明了这一点。我从法国画家、欧洲画家那里学到的东西一点不比我从外国作家那里学到的东西少。

我想我之所以成为这样一个作家，我的小说之所以是现在这样一种面貌，确实是跟我从小的生活和我的故乡密切相关的。在我童年生活中，我感到历史和现实是始终交织在一起的，因为历史是通过一种传说的方式、一种话语的方式，在不断向我们展示它的存在。另外一点，我始终感觉到，人的世界是和鬼神的世界密切地交织在一起的。在我童年的印象中,我认为,所有的死人都是可以经常回来看望活人的,所有鬼和神都和人生活在一起。这两个问题,也是瑞典学院在给我的颁奖辞里所概括的:幻觉与现实、历史与现实的关系。

  非常不好意思,因为我的发言让校长先生他们站在这里,所以我说到这里就结束了,非常感谢。

图书在版编目(CIP)数据

讲故事的人/莫言著.—杭州:浙江文艺出版社,2020.5(2021.3 重印)
(莫言作品全编)
ISBN 978-7-5339-6001-8

Ⅰ.①讲… Ⅱ.①莫… Ⅲ.①演讲—中国—当代—选集
Ⅳ.①I267

中国版本图书馆 CIP 数据核字(2020)第 015165 号

策划统筹	曹元勇
责任编辑	李　灿
封面设计	Compus·道辙
责任印制	吴春娟

讲故事的人
莫言　著

出版	浙江文艺出版社
地址	杭州市体育场路 347 号　　邮编　310006
网址	www.zjwycbs.cn
经销	浙江省新华书店集团有限公司
印刷	浙江新华数码印务有限公司
开本	650 毫米×970 毫米　1/16
字数	240 千字
印张	20.75
插页	5
版次	2020 年 5 月第 1 版
印次	2021 年 3 月第 2 次印刷
书号	ISBN 978-7-5339-6001-8
定价	49.00 元

版权所有　侵权必究
(如有印、装质量问题,请寄承印单位调换)